# 獨語

趙啟光　著

# 目次

# 自序

散文火得令人生疑。

據出版界人士告知：幾年前開始的「散文熱」仍未過去。鼓舞之餘，我會迷惑地想：誰來消費這種「文化」？借一位海上朋友的話說，「在只剩下匆匆流覽，甚至只流覽書名和封面的時代，誰是你期待的讀者呢？」

像是又一度出版旺季，儼若八五年情景的重現。但那一回備受寵遇的是學術，這一次當令的則是散文隨筆——僅此，已向你提醒了「大眾文化」的時代。這是世紀末的繁榮，八五式的浪漫激情早已消退。

散文原是道地的特產。即五四新文學，魯迅也說過，「散文小品的成功，幾乎在小說戲曲和詩歌之上」（《小品文的危機》）。我們眼下雖不便推舉哲學家去抗衡海德格爾、薩特、德里達，卻像是一向不難找出足以匹敵蒙田的散文家。至少自信如此。散文確也是更「平民」的文體。散文將「意義」零碎化之後，使得製造它顯得不那麼困難、只能是少數哲人的專利；散文將「歷史」個人化且片斷化之後，讓我們有了置身其中的切實感覺，同時自以為插足了史家的神聖領地。散文方便了諸種幻覺的製造，也包括了那位海上朋友所說的你是「作家」的那種幻覺。對後一點，我個人的經驗即可證明。在刊出了幾篇散文之後，就有人對我使用了這稱呼，我因而得知「作家」這名銜比之「學者」更易於領取。

但我們仍然忽略了一個小小的事實：散文很久以來，已淪為「邊

緣性」文體，或許竟是這文體的驟然繁榮，提醒了知識者向邊緣的位移的？你為一下子湧出的大量副刊、為層出不窮的以雅俗共賞（或坦然用了「俗」）為標榜的刊物而寫作，你經由這寫作，放棄了為「嚴肅的學術刊物」寫作時的自我意識，確認了你的邊緣位置。中國知識者從來不難於這一類的確認。何況你會寬慰地告訴自己，文體並非一切！

　　近一時上海的書展，被媒體炒得沸沸揚揚。京中近幾年其熱鬧足與海上相比的，像是只有降價書市。無從懸揣海上的情形究竟怎樣，只知道我自己每走過書店，想到我的書就要和那些乏人問津的書們擠在一起，先就有了一點失落之感，「失落」之餘，仍動手製作——除了這種製作，你又能做什麼？你以為你能做什麼？如果鞋匠做的鞋子、成衣匠做的衣服也會乏人問津，你又緣何期待你的成品的命運有所不同？

　　（寫到這裡，又暗自驚詫於對「行情」的關心。寫作學術論文時，是從不在意有幾個讀者的，這裡豈不正有對某種角色、位置的確認？）

　　儘管出版物的包裝一下子豪華得令人目眩（在這一方面像是提前進入了發達社會），我仍相信這大批量生產的「散文」，會瞬即消失在時間中，我何妨也讓自己的文字在時間裡稍稍浮游一回？如此這般地想過了之後，就編成了這一冊名為「獨語」的小書。

　　　　　　　　　　　　　　　　　　　　　　一九九五年六月

# 閒話北大（之一）

　　幾年前讀馮友蘭先生的《三松堂自序》，覺得其中寫北大、清華、西南聯大的幾章很可玩味。雖然我個人的經驗不同，卻無端地以為馮先生的三校比較極精彩：或許正是這一類的前在經驗，把我的個人感覺掩沒了。

　　一九六四年我考入北大時，北大大而無當的校園裡全無輕鬆氣氛。那正是「四清」時期，校內一派革命景象，只令我感到不適。倒決非不想革命，只是覺得吃力而已。我的同學的姿態氣概，以往都只在電影小說裡看到過。我這才知道，我所讀過的中學，在我的家鄉也近于「貴族學校」的，比起京城或其他南方大城市的學校，實在只能算作鄉村中學，我自然是十足的鄉下人。記得當時喜歡穿農村婦女式的大襟衣服，中學畢業照也是穿這種衣服拍的；報到那天，先到的同學半開玩笑地說，看了照片，以為是個很老實的農村婦女。又說，人還沒到，信倒是來了。那是同考到北京的中學同學寫來的，無非約著一起玩玩。但我不久後就知道，我們那所「鄉村中學」在男女交往方面，又似乎風氣超前了。而那正是革命時代，即使年輕的男女革命者，也不便隨意往來的。至於「文革」期間風氣一變，則是後話。

　　尤其令我敬畏的，是大城市且名校出身的同學，那些氣宇軒昂的男生和風度不凡的女生，他們的見識、口才，都更令我自慚形穢。「儀態」這玩藝兒是難以描述的，但就有那麼一種味兒，今天叫做「派兒」的，我只有羨慕的份兒。到很晚的「後來」，我才看穿了那種「北大做派」，或者說「派兒」。大言，大姿態的後面，也許竟是一

無所有的。但大校的確能造出這一類的「派兒」，令你即使到了陌生的遠方，也能憑著那味兒，辨認出你的校友來。

你很難將大言的「大」，與大氣魄的「大」剝離。大校的大，確也系於氣魄。我疑心那大而無當的校園，也參與了氣魄的製造——誰說得准呢？風氣因陶染而成。至於我自己，雖在進入北大前已習慣了抑制，也似有某種情欲被喚醒了。雖不能至，心嚮往之。也是「後來」，我又相信了北大的「大」對其間人物的致命影響。那種對大境界的渴望很可能就此悄悄地伴隨了你一生，即使最終只落實於大話，只成為對你的純粹嘲弄。其實不唯北大，通常名校學生，都有幾分狂。我所讀過的中學也如此。其積極效果，是有可能使你逃脫委瑣。縱然落到了極不堪的境地，骨子裡的那點傲氣，也夠你撐持一陣子尊嚴，所謂「倒驢不倒架」。消極處卻也在此：你或許要為你的不肯趨附付一點代價。這令人約略想到貴族的命運，雖然明知有點擬於不倫。我的確發現我的校友在北大北京之外，比起別個更難於生存。當然這或許只是由於我觀察的粗疏。其實道理很簡單，這個民族留給狂狷者的生存餘地從來狹窄。至於校園文化，與社會向有疏離，純粹的校園動物，很可能永遠地失去對社會的適應能力。當然這多少也屬危言聳聽。

話說得遠了，再回到「前文革」時期我所在的北大。我還得承認，對新環境的適應不良、自慚等等，多少也因了女孩子在那個年齡難免的虛榮。最初一時，我的那些女伴在我眼裡是那樣耀目，即使因風氣所限，她們不得不將美好的軀體裹在簡陋的衣著裡，也能令人感覺到美的輻射似的。美而革命，實在是一種幸福。

令我傾倒的還有高班學生。記得曾有一位沈姓女生領我們做操，那自信與幹練，就令這一群中學女生羨慕不已。其實她並不美，吸引了我們的，是所謂「風度」。這沈姓女生已不在人世，是「文革」初

期自殺的，我並不確知原因。聽到這消息時，似乎也並不震驚。只是恍然記起那身姿，悵然了好一陣子。

「浪漫」與「革命」向有宿緣。倘若浪漫而又封閉，「革命」幾乎是激情的僅餘的出路。我至今還能清楚地回憶起「文革」前夕北大校園中躁動不安的氣氛。剛進入一年級，我所在的班裡就組織了批判小組，靶子是游國恩先生主編的《中國文學史》（當時我們叫它「藍皮文學史」，以區別於那本「破字當頭」的紅皮文學史）。游先生不可能對此氛圍無所感覺，否則他不會在每次課前先將毛主席語錄一絲不苟地寫在黑板上。也有照舊用了響亮的京腔講他的宋詞元曲，且在李清照的「愁」字上迴旋不已的，只是這位先生肯定不知道，他的學生正格外起勁地記筆記，以便備足批判材料。即使已入老境，我也不想說這只是些兒童遊戲。當時的我們是十足莊嚴的，雖然未見得真以為天下興亡在此一舉。

今天的年輕人已不能想像那一代人的話題。其時也如眼下青年的說劉德華、張國榮，有幾個時時掛在口頭的名字。掛在我們口頭的，是一兩位年輕而筆勢淩厲的批判健將的名字；其中的一位，即後來進了「四人幫」的姚文元。偶爾在晚飯後，有男生找我聊天，談的無非是這一類的大題目。我們繞著未名湖，有時竟繞著校牆一圈一圈地走——這已在當時的風氣之外。但我知道，那話題實在是很革命的。

這是「前文革」時期。充斥在空氣中的激情與暗示，令你時時有所期待，對於籠統的「變動」以及具體的「事件」。尤其「事件」。你的期待總不會落空，即使那只是小小的事件。比如某家刊物的封底油畫中埋伏著幾條反動標語以及人像等等。晚間在寢室裡，一夥人仔細研究千方百計找來的這刊物，事件的神秘性令人興奮不已。這種「期待」此後更被「文革」所鼓勵，又被「文革」所消耗。持久的興奮與期待之後，多半是刻骨的疲憊。到七十年代初下鄉插隊，心境已一片

冷漠。那兩年裡像是很少讀報紙。那地方缺紙，大字報一上牆，就被農民一塊塊撕下來捲煙抽了。無所期待，也不大有好奇心——除非有關再分配或回城的消息。直到七一年九月那個爆炸性的事件輾轉傳遞到偏僻鄉間，才重又具體地感覺到了「政治」。此刻的北京怎麼樣了？

「前文革」之為「文革」的前奏，或許只有在北京且北大這樣的所在，才能令人感知。身處此境，你才相信一切順理成章，水到渠成。那張大字報正屬於你所期待的，雖然你的期待並不這樣具體。你等著那終究要來的，你等著有什麼炸開那充滿虛偽的平靜。你等來了。

而我自己卻在「等來」之前先已崩潰。這是另一回事，先不去說它。

我不能假惺惺地說我有什麼「先覺」。事實是，我體驗了那浪漫的「革命」對一個心性柔弱、決無革命氣概的女孩的吸引；此後更有對於這種與其說是「革命」無寧說是知識者的「革命想像」的持久迷戀。這似與我的性情不合，但這是真的。還記得一九六四年的「一二‧九」，班裡開晚會，我請求熄了燈，在黑暗中朗誦了高爾基的《海燕》。「革命」實在是「青春事業」。十幾年後重回北大，讀現代文學的研究生，由三十年代文學中，讀到的就是青春浪漫的「知識份子的革命」，儘管文字粗率，那屬於年輕人的熱烘烘的氣息，是我所曾經熟悉過的。五四則是北大的青春時代，生機淋漓。我一再覺察到北大人保有青春的努力，卻相信大校亦如大國，也會衰落的。這樣說或如梟鳴，只讓人厭惡，不說也罷。

# 閒話北大（之二）

　　一九七八年考回北大，實非我自己所願。「文革」中期離開北大時，我曾打算和這個鬼校永別的，卻如魯迅《在酒樓上》所寫，蒼蠅般繞了個小圈子，又飛了回來。人的想到所謂的「命」，多半也在這種時候的吧。

　　剛回北大時，我甚至怕走某些太熟悉的地方，比如原中文系辦公室所在的二院（或是五院）。那一帶在我，有種冷酷的味道。但我還是漸漸安下心來。這一趟重來，使我有機會進入另一個「北大」，是我以往疏於瞭解的。我只是到這時，才注意到燕南園的西式住宅，留心彌漫在燕南園、朗潤園一帶的不易描述的氣氛。而我十幾年前進入北大時，也如我的同學，眼光總是由這種所在漠然地掠過的。後來我更走進王瑤先生的客廳。我與師長輩打交道一向局促，但這間客廳影響於我此後的生活是這樣大，從我第一次走進它時就註定了。由遙遠的事後看來，不也是「命」？

　　我仍然不大能和老先生來往。讀研究生的三年裡，曾因人之托，去過一趟宗白華先生家。宗先生的家陳設似乎極簡陋，兩個老人（？），在室內昏暗的光線下。全不記得當時問了些什麼，只記得宗先生正如通常形容的那樣，很「慈祥」。臨畢業時，送碩士論文，又去了一次吳組緗先生府上。當時天氣已熱，我被他的家人請進屋時，吳先生正穿著背心短褲，於是便手忙腳亂地穿衣服，有點狼狽。我倒因此而鬆弛下來。我看到的是一個普通的老人，像我的父親那樣。直到我畢業，其他老先生，只是遠遠地看到過。系裡合影，王力先生到

得稍遲，笑嘻嘻地迎著大家走過來。還有一次，和同伴們一起，見到林庚先生打不遠處大步走過，外衣被風吹開，覺著很飄逸，目送著，議論了好一陣子。三年下來，我所熟悉的，只是王瑤先生的客廳。

但在我，這才是北大。我終於進入了北大。

北大系於「人物」。我得說，我的進入北大，多半因於當初偶爾（也一半是不得已）選擇的專業。第一次打動了我，喚起了某種驕傲的，是蔡元培長校的北大，魯迅、周作人等等執教的北大。這北大在我三年讀書期間愈重愈大，終於將我原來的那個「北大」遮蔽了。後來我又仔細地讀了周作人《知堂回想錄》中的《北大感舊錄》，對其中人物、由「人物」構成的人文環境更不勝神往。那即使算不上最稱輝煌的學術文化時代，也是一個其人物最富於魅力的時代。而「魅力」由知識背景更由性情造成。這也是我所要研究的中國現代文學史的第一代人的魅力所在。

當著文獻資料不再能使我的想像饜足，我即自然地在王瑤先生、吳組緗先生們那裡搜尋「那個北大」。他們畢竟是距蔡元培的北大更近的一代人。應當承認，我是在這些先生處境最狼狽時，開始注意到他們的。我看到了他們的被羞辱，被公開批鬥，排列在階梯教室的講臺上示眾，聽說過他們的或軟弱或頑強，現在也還記得流傳在學生中的笑料趣聞。卻正是這些故事，最終使他們的形象生動起來，以至我一九七八年因研究生複試而重返北大面對王瑤先生時，那些舊事並未使我有什麼不敬，倒是有一點因熟識而來的親近之感。但你大概想像不出，初回北大時，甚至稱呼「先生」也有點彆扭。這稱呼像是廢止已久；「文革」期間，我們是直呼「王瑤」的。

此時我們已是中年人，自以為有了充足的世故與閱歷。研究老師從來是學生的一種功課。二三好友在一起，不免將其先生作為話題，以至未曾親聆那先生教誨的，也似在想像中熟悉起來。在「文革」後

寬鬆的環境中，我們首先恢復的，似乎就有對於人的鑒賞力；而我們
的老師，則提供了最適於鑒賞的物件。吸引了我們的，首先是「性
情」；而這性情保存之完好，甚至令我們迷惑——它們是怎樣避免了
戕害的？這種避免怎麼可能？我還記得「文革」「清隊」期間被安排
在班上接受「群眾監督」的林濤先生。即使在那個野蠻時期，林先生
的優雅風度，也像是有某種感染力，比如令人不忍粗暴。去年冬天，
我在香港中文大學的校園裡遇到了林先生夫婦。那是一個晚飯後，我
走在由食堂回賓館的路上。路燈與樹影下，穿著白色西服的林先生笑
容可掬。我在那一瞬，想，大陸出席所謂「國際學術會議」的，豈不
正應是這等人物！

　　「鑒賞」也包括了對弱點的鑒賞：即使這些先生顯而易見的弱
點，也有著更為深厚的人性內容似的。這大約因為那性情幾乎始終未
被柴米油鹽等世俗瑣屑所消磨；在其形成中，也不曾像其後人那樣，
被置於無休止的摩擦爭鬥中。此外當然還有早年置身的人文環境。文
人的「性情」從來賴教養、習染而成，所謂個性魅力中已包含了知識
學養的魅力。

　　「文革」之後人們想到了彌補。但有些東西的缺失，是無從彌補
的。比如那不可名狀的所謂「氣象」，以及境界等等。貧寠會令人猥
瑣，無休止的摩擦爭鬥則有可能讓人忮刻褊狹。這還是一些最淺層的。
我還不敢及於某種政治文化造就的人格。在這種時候你所想到的「命
運」，就不再只是純粹個人的，那是一代人，一代知識者，一代人文
的命運。可歎的是，還不止於一代。至於文化荒蕪學術荒落的後果，
將在更長的時期顯現出來。你難道不認為，這裡有整個人文的劫運？

　　於是在這個大校裡，我有了一種蕭條之感，想到了「大校的衰
落」。北大是越來越被作為象徵了，在「衰落」這意義上，不也可以
被視為象徵？

　　一九八九年底，在上海，我目擊了王瑤先生的死。那在我，是重回北大以來最黯淡的一段日子。似乎不止先生，還有一些東西，在我心中死滅了。我突然感到了衰老——在這之前，「老」還只是我喜歡的話題而已。我自知某種狀態，某種心境，已永遠離我而去。我的生命中的有些東西，永遠地流走了。

　　近幾年，仍時而聽到某位老先生病倒或去世的消息，已不再如王先生的死，有那樣刻骨銘心的痛感，只感到一種茫漠的悲哀，不知這流逝與衰蛻將伊于胡底。

　　蔡元培先生的雕像，在北大的校園裡，引人憑弔與追懷。那是北大校園內最美麗的所在，卻非北大而是燕京大學的舊址。不知蔡先生在那裡感到安適否？

一九九三年十一月

# 書緣（之一）

　　我所讀的第一部可以稱之為「小說」的，是一位蘇聯女作家的長篇，《勇敢》，寫一群年輕人建設「共青城」的故事。那一年，我剛讀小學五年級。在文學藝術方面為我開蒙的是我的大姐。她當時是高中生。再也沒有如我的大姐那樣生動的講述和朗讀，更能刺激你對那書的好奇的了。終於有一天，我找來了這書；也就從這時起，我結束了讀童話與民間故事的時期。接下來，是當時流行的其他蘇聯小說，《青年近衛軍》、《遠離莫斯科的地方》等等，以及契訶夫、果戈理的短篇。對於一個小學生，這些書是沉重了一點。那種俄羅斯式的憂鬱，會不知不覺地，浸染了你的生活。直到高中，讀溫·卡維林（是否這個名字？）的《船長與大尉》時，我還體驗過那種像是無從脫出的沉重的憂鬱。我至今也無法說明，這些或許在蘇聯文學史上並無所謂「地位」的小說，是怎樣有力地參與過對我的模塑。

　　但如契訶夫的《草原》這樣的作品，要再過一些時候，才能令我沉醉。我在中學時期讀了《復活》，卻將《戰爭與和平》留到了「文革」時期──這或許於我更合適。而讀陀思妥耶夫斯基的作品，一開始就是一種「嚴重的」經驗。記得高中畢業那年，讀他的《白癡》，竟在夜半敲響父親的房門，訴說我的混亂。隔著門，父親說，不要再讀這些書了。直到「文革」期間讀《罪與罰》，還有被窺視的恐懼。我難以忍受這「殘酷的天才」的那雙眼睛。但到更晚讀《卡拉瑪佐夫兄弟》時，已能平靜而旁觀：借用了別人的說法，讀書的經驗，也是「很年齡」的。

　　自然也有其他的閱讀經驗。這期間我有了對中國古典詩文的迷
戀，對於我，這應當更出於「宿緣」。但對北方的那片黑土的感情，
卻並未因而減損。也逐漸接觸了其他「外國文學」。在有了某種政治
性的閱歷之後，巴爾扎克令我有對人世的懼怕。但我始終不能接受狄
更斯。《約翰・克裡斯朵夫》也終不能更深地打動我。它們於我「不
契」。近十幾年更隨潮流所至，讀卡夫卡，讀瑪律克斯，讀黑塞，讀
米蘭・昆德拉等等，也不能有年輕者那樣的會心。或許可以歸之為
「先入為主」，它們再不能如俄國文學之於我那樣地「浸染」與「籠
蓋」。而那些早期經驗之參與鑄造性格與命運，是上面已經提到了
的；對此，難言幸與不幸。

　　在有了新的時尚之後，頗有人嘲笑過上述感情（往往兼以自
嘲）。「俄國文學藝術」像是一種「五十年代人物」的過時的記號。嘲
笑者或許已自己發現了輕薄。當然他們也有可能自得於擺脫：這也難
言幸與不幸。我總覺得人與書的「緣」也像是宿命。你其實是在尋找
自己。你最終總會找到的，無論是怎樣的「自己」。因而由其人的友
人固然可以略知其人，由其人與書也可以約略知道其人的。不信，試
試看。

一九九四年七月

# 書緣（之二）

　　到「文革」期間翻開《魯迅全集》，方知中學語文課本之誤人：選那些篇目，適足以敗壞少年人的胃口。

　　我不知道有多少同代人，是在「文革」期間走近了這個人的。在當時，讀他，我有一旦「開悟」之感。這真是奇妙的經驗。當時我正在一種極尷尬的處境中。上述「悟」，使我有可能多少超脫一點個人境遇，去與世界對面。這對於當時的我，無異於拯救。但我至今不能說出所「悟」，甚至不曾去想。我當時似乎只是朦朧地發現，我對這世界的經驗、因此我與這世界的關係，被改變了。

　　此後，在有了所謂的「條件」之後，我也並未打算研究他。我只是在讀研究生時，以此為內容寫了第一篇「讀書報告」；後來整理成第一篇論文，發表在《中國現代文學研究叢刊》上，並未引起過注意。但卻經由他，認識了我的丈夫，和一兩位知交。在這些關係中，他是類似「基礎」的東西。有了他，許多都成為不言而喻的。他的在場是如此重要，不止簡化了表達，省略了過程，而且預先就規定了溝通的方式，與到達的程度。我由此相信，這一種書緣，是我的一種「塵緣」，是我與這世間的一種「緣」。我自然也讀過一點其他的書，那些書卻不曾以這樣的方式，進入我的生活。

　　友人錢君曾說過魯迅之為他的「精神支柱」。我說不出他對於我是什麼。我總有意無意地避開「崇拜」這字樣。這字眼被用得如此輕浮，以至聽起來更像諷刺。我只知道他對於我決非神明而已。

　　一九七五年夏，我第一次由中原南行，在上海有五天的滯留。我

獨自一人去了一趟虹口公園。欲雨未雨，公園裡遊人寥寥。我終於走近了這個人，這意識使我一時不能自抑。歸途遇雨，我在雨幕中疾走，去平復事後看來很可能有點誇張的激情。我現在當然明白，這是一種憑藉了特殊的歷史情境才能有的「緣」。年輕人當然應當有也會有他們與他的「緣」（或者竟是「無緣」）。在他們的眼中，我及與我有同好者的上述感情早已古老。這是那種老祖母的陳舊的故事——關於人與書，關於人與人。但我仍然講了這故事。我所讀的那個人，是祈望過自己及其文字速朽的，略有點諷刺的是，偏有我這樣的古老的故事。但你難道不認為，有許多這樣的極其個人的故事，極其個人的「緣」，文化之河才會如此「活活」地流淌的？

一九九四年七月

# 書緣（之三）

　　「職業性」的讀書，在我，應當是在選擇了「研究」這職業之後。

　　當初的考研究生，實在並無高遠的目標，不過想「挪挪窩」，離開我任教的那所中學而已。為此也曾想過別的法子，很用了些氣力，卻都卡在了某個關口上。這時節（一九七八年）的研究生招考，自然像是值得一試的機會。而當時的選擇「中國現代文學」，則十足是「機會主義」的：這專業較易於準備。說來可笑，直到去應試，我還不曾讀過五四新文學的經典作品，《子夜》、《駱駝祥子》之類。在那之前，讀的是外國小說和中國的古典詩文。

　　我的讀書，從來不曾像研究生三年間那樣艱苦過。事後回想，那真是一種可怕的經驗。那期間感到過愉悅的，是讀郁達夫的某些像是寫得很隨意的文字，在我看來，類似一種形諸「白話」的古典散文。這三年「惡補」中讀過的作品，有許多絕對不能重讀，也決不能在另一情境中讀。「為研究」的讀，或者更功利——為了寫一篇論文的讀，固然會有所謂的「發現」，卻也肯定地損傷了腸胃。

　　對於所讀，我幾乎從來是要選擇的，即使在「愛好地」閱讀的時期。因為有功課，有家務，少餘閒。細細一想，這「選擇」中即有功利，離「為研究」的功利，不過一步之遙。前兩年，忽發奇想，想賈餘勇，另找塊園地試試，請友人給開書單。友人開列了一批明清的「美文」。他誤會了。我要的並非（或者說主要不是）「審美愉悅」，而是「可研究性」，比如擴充知識的可能性（這尚可勉強地說成「為己」），提取論題的可能性（不消說更屬「為人」），等等。我期待的，

是一點「挑戰性」：尤其對於思維能力的（是否又有自虐之嫌？）。
「研究」這職業，已造成了它自己的趣味。生活則更少了餘閒。我幾
乎讀不進小說，正在完全地喪失為那種閱讀所必要的心境的寬裕。

　　「職業」之於人的塑造自然不是什麼新鮮題目。我只是說了一點
我對此所經驗的而已。

　　但即使「職業性」的閱讀，也仍會有快感的，比如那些精闢的出
人意表的見識──讀王夫之的史論時，我一再遭遇過（雖然此公也常
有極迂腐之論）；再如別致的文字。這應當是一種更「私人」的愉
悅。在枯燥的書齋生活中，文字之美，是永遠的補償。前一時讀錢謙
益的《有學集》，讀到其記某書生「攝衣冠之學宮，緩步閭巷，風謖
謖出縫紝間」，即精神為之一爽，儘管並非所謂的「名篇」。令人愉快
的甚至有「學人」的文字，如顧炎武的簡勁洗練。

　　職業性的閱讀，也創造著意境。你會有澄明之感──當思路由紊
亂中走出；你會有飽滿之感，在你清晰地體驗著知識之積累的時候。
你由文字間體味著力量，氣勢，境界；另一歷史時代在你的想像中日
見鮮活，那空氣也似可呼吸……當然，你要小心地保持距離，以避免
在其中扮演一個角色；你不可過分投入，不要因激動而失去「研究」
態度。雖然我抱怨了那麼多，我還想說，「研究」這職業，絕不比之
其他職業更乏味，更「清苦」。而它之適於我，則更是我從不懷疑的。

一九九四年七月

# 買書記（之一）

　　我從無藏書癖，正如沒有其他種癖。買書即為了用：十足的功利主義。尤其在以「研究」為業之後，幾乎不大有「嗜好地讀書」，自然也不大會有「嗜好地買書」——這一點上，就大不同于友人平原夫婦。曾見過平原自刻的藏書章，雖對那刀法不敢恭維，卻也覺拙得可愛。丈夫倒是請人刻了一方，取兩人的名字合成「後園」，嫌巧了一點。只有他自己，偶爾好興致，用上一回。

　　既然沒有藏書癖，也就少有留連書肆的雅興，更不曾有平原那種「訪書」的經歷——由大江南北，直訪到香港，東京。疏懶性成，更喜歡坐在自己的書桌邊，讀手頭最方便取到的書。常由人家的文字間，讀到「坐擁書城」的字樣，真驚羨不已：譆，書城！何等的氣派！我無此種「城」可供「坐擁」。自然，書倒是有幾架，但絕對不可用「城」來比方。且讀書一向極慢，一書到手，即夠消磨好一陣子的，也就不以為有四處尋訪的必要。

　　但在幾年前，竟破例地一氣跑了多次書店。那是一九八八年吧，當時對所謂的專業，實在有點厭倦了，就聽了平原夫婦的建議，「試試明清看」。這一試非同小可，首先，書就成了極大的問題。搞原來的專業，也並未購置多少書——所買多系專業以外的書，也證明了對所謂「專業」，從來就缺乏必要的忠誠。但明清不然。也說不清為什麼「不然」，反正一反常態地跑起了古籍書店來。當時還沒有後來的「國學熱」，竟然很容易地買到了中華書局版的《明儒學案》，才十幾塊錢一套，由事後看來，簡直像是白撿的。還有六元三冊的《柳如是

別傳》。那時用了「中國書店」這名目的，很有一點存貨，蒙一層土，懶懶地賴在架子上。

不過幾年，這類書店就一起變了風味。且不要說燈市西口的那家，你到海王村走走看！我所說風味之變，不止指古籍書店裡「古籍」所占比例之小，還指那些出版物包裝之俗豔——形式卻也正與內容一致。古籍出版界早做起了炒「養生之道」、炒「棋道」，以至炒「烹調術」的生意。當然，老祖宗寫下的，都是「文化」。

也不便抱怨古籍書市的蕭條。只消看榮寶齋對面那家書店櫥中的《吳下方言考》、《百城煙水》之類，便宜到五元十元一函，仍無人問津，就知道許多書確不必再印。那函《吳下方言考》，我拿在手裡掂了掂，明知用不到，還是買了下來。我說，就這個函也值。丈夫則說，就那幾個字也值——書名是他老師啟功先生題寫的。

雖未必總有收穫，京城的幾家「中國書店」還是要跑跑的，唯恐錯失了什麼寶貝。也不能不跑：單位的經費拮据，購書的款項越來越少，逼得你非藏點書不可。有一回在琉璃廠向平原通告書訊，他購書回北大，路遇大雨，據說狀極狼狽。這年頭，大約被人看得最傻的，就是這種讀書人吧。

一九九五年四月

# 買書記（之二）

　　前幾年之可懷念的，還有幾回的古籍書市。書市設在琉璃廠那院子裡，沿廊及平臺上，正可謂滿坑滿谷的書。書多破舊，翻揀者如拾荒，無不眼神貪婪，兩手烏黑。也有不破的書。有回竟排出一批線裝書來，價極廉，讓你不忍不買。看到一套《章氏遺書》，即毫不猶豫地撲了上去，可惜有人捷足先登，當時的心情，竟像是被人搶了自己的東西，頗快快了一陣子。後來購得了精裝本，對那套線裝仍不能釋懷。近些年真是老了，捧讀大磚頭般的洋裝書，已覺腕力不勝，於是領略了線裝的好處：一卷在手，又輕又軟，且字又大，實在像是專為了老人印製的。在燈下讀，或病中讀，尤覺有味。因而想起魯迅夫子所說的「看洋裝書要年富力強，正襟危坐」（《病後雜談》）的話。老祖宗確實有高明之處，而中國文化，即使其包裝，都像是更宜於老人似的——不知這對於民族，是幸還是不幸。

　　書市在時下的所謂讀書人，該是最「平等」的所在了：其間男女雖不都灰頭土臉，敝衣縕袍，畢竟衣著光鮮入時者不多。一心一意淘書的既不暇顧盼，售書人做的是這等生意，對主顧的衣履也不便挑剔，你因此免去了看人家的白眼。如此大的京城，大約只有在這種交易中，你才會暫時忘卻了自己的寒酸。而書價卻已在向你翻白眼了。

　　眼下的洋裝書，正向豪華裡走，似乎打的只是大圖書館或款爺們的主意，或只為了供新婚夫婦裝點書櫥，本不欲窮書生問津的。款爺們多半不會為這種「文化」解囊的吧，即使用了怎樣漂亮的包裝。而你，將一本本書從架上抽出來，看看定價，再放回去，那心情正如在

豪華商場。你不知道文化究竟在升值還是在貶值，還是僅僅你自己在貶值。

每逛一回書店或走一趟書市，都要累倒。到這時候，就不由你不想念那個明窗淨几，可小憩、可品茗的舊海王村來。更何況其間據說還有工於應對，精於目錄之學的書肆主人呢。更可羨慕的，是送書上門這一種服務。隨便翻開一頁《魯迅日記》，就恰恰碰到了如下一句：「晚書估持舊書來售，不成。」你可以解嘲說，現如今讀書人多了。但似乎還得補一句：這社會的「文化」未必就比當年「多」。

各地的報紙一窩蜂地辟「讀書版」，其動機真令人生疑：真有那麼多人在讀書嗎？既卻不過約稿，只好用了買書的經驗來搪塞。書生作與「書」有關的文字，常不免於泛酸；寫完了上面那些關於線裝的話，連自己也嗅出了遺老的氣味。但如若這一點虛榮也被剝奪，不也太慘了點兒。何況不寫「書」，又寫什麼呢？書既是你啖飯的傢伙，又差不多是你的全部家當。更何況你的那份得意是真的──儘管也犯不上強拉別人來分享。

一九九五年四月

# 致友人

　　謝謝你所寫關於我的學術的文字。我不相信還會有別人能以如此的耐心去讀我的那些舊作——我自己當那些書出版時，就已「不忍卒讀」，而且確實幾乎不曾回頭讀過。但也如我所擔心的，你的評價仍像是「過」了。當然我絕對相信你的真誠。一個人大學時期的閱讀經驗，會長期影響著此後的興趣與態度——在你我都一樣。

　　憑著你的敏銳，你其實說中了某些癥結，比如你提到了「幾分冷酷」；但「冷酷」這字樣似乎嚇著了你，你不敢（或不忍）在此停留，即匆忙地說到所謂「博大的愛意」。我們確實懼怕某些字面。我還記得當我七十年代末，見到夏濟安寫魯迅的「黑暗面」時的驚詫與不安。當然「愛意」是有的，但決不「博大」。而且在我看來，不止我，我所屬的這一代，所缺少的，正有「博大」；他們只是「似博大」而已。而我，更近于黃宗羲所謂「隘人」。我剛剛在一組隨筆中引過黃宗羲對那「隘」的形容：「隘則胸不容物，並不能自容」（《縮齋文集序》）。至於這「隘」的由來，我部分地在一篇談「戾氣」的論文中說到了；在那裡我說到了社會生活中充斥的「戾氣」的人性後果，「坎坷」、「疢疾」對性情的戕害。當然我並不打算將個人的一切缺陷都方便地歸之於「社會」、「歷史」——「社會」、「歷史」又是什麼？

　　在我看來，「博大」不止是性情，尤其不是「天性」，它應當是有堅厚的觀念基礎的個人境界，是人對世界對生活對他人的態度。當它終成「性情」的時候，那些觀念已充分「內化」了。

　　文體是如此敏感的東西，在文體中性情幾乎無從掩蔽。當我看到

別人自然「大氣」、疏疏朗朗的文字時，總不勝羨慕與神往。我知道自己文字的澀，局促逼仄，所給人的壓抑感，其背後是怎樣的「病」。看得出你對文體的敏感。你是否有興趣去探究隱蔽在文體中的「人生」？

倘若一個人打從幼年起就已習慣了抑制，又在其後的文字獄的陰影下訓練了吞吞吐吐、曲曲折折，一旦鐐銬解除，怕會不成舞步的吧。當然從來有人樂於欣賞曲折掩映之為美；但上述那種「曲折掩映」，即使美，也是一種病的美。我猜不出合理社會中的健全的人，將怎樣去讀這類文字。

希望我的這些話不致使你沮喪。我真誠地感激你極細心的讀解。在據說「只剩下匆匆流覽，甚至只流覽書名和封面的時代」，自己的文字能被人這樣地閱讀，實在是一種幸福。

# 再致友人

　　這話題竟引起了我自己的興趣：關於文體中的人性與人性歷史。

　　經歷過「文革」的，往往「文革」前的文字已消滅盡淨。我還記得「破四舊」初起時，父親將家裡收藏的長袍馬褂全剪成了碎片，這些長袍馬褂是緞子縫製的，在那之前我不記得曾經見過。景泰藍花瓶已埋進土裡，又刨出來砸扁。那瓶子太結實，砸它像是很費了氣力，但父親的手哆嗦著，拼力地砸。你能相信這同一只書生的手，曾將一把手槍拍在我家鄉的地方當局面前，迫令其武裝民眾抗日嗎？被認為有問題的書，已搶先清理了；一時捨不得扔掉的，一律撕去了書皮。更急於消滅的，還是所寫文字，文稿，日記，信件等等。撕之不已，繼之以燒。那一把秦火被士大夫罵了兩千年，但這當兒連你也會相信，焚，確實是最最徹底的辦法。一定要眼看著那些文字變成一小堆灰，你才能放下心來。紙墨的確有可能「更壽于金石」。但那另一面即是：白紙黑字，鐵證如山。

　　在那些日子裡，父親不許我們大聲說話，尤其不許大聲笑。他會氣急敗壞地趕來敲我們的房門，警告說院子裡有人偷聽。但我所經驗的更大的恐怖，還是在北大的「清隊」時期。當時由於過分的緊張，一再有人因喊口號時將「萬歲」與「打倒」顛倒而被當場「揪鬥」。為防夢話，我曾在臨睡前將小手絹銜在口中——雖然我實在並無「反動思想」。

　　「文革」中的諸種「羅織」、「鍛煉周納」，可謂集荒謬之大成，其想像力，足令古代的所謂「僉壬」自愧弗如。我聽到過一個不是笑

話的笑話：某君每晚邊啃饅頭邊讀「毛選」，被指控為「對毛主席著作咬牙切齒」。在經歷了那樣的恐怖之後，你發現，你已永遠喪失了書寫時的「自由」心態，諸種避忌在你已成本能。即使在寫家書時，你也不會忘記了那道「限」。那「限」並無需別人替你設置；對這一種「藝術」你早已無師自通。

　　所有發生過的，都不會乾乾淨淨地消失，甚至發生在遙遠年代的與你似不相干的事。「昨天」就這樣活在了今天，活在了你的肌體裡。我這裡談論的「文體」，不過透露了一點此中消息而已。

　　在「文革」已過去了一些年之後，看到年輕朋友的文字，仍會為他們捏一把汗，卻又同時對那坦蕩與明朗懷了點嫉妒，羞於用自己的那套防身術去玷污那未失純淨的心。

　　在絕對意義上，也許從來就沒有所謂「自由心靈」。但我仍然會想，未來年代的人們還能否想像我們所經驗過的恐怖？還能否由這一代人的文字間，讀出那恐怖歲月的陰影的？

　　文體中的政治歷史，前些年曾有人涉筆。這實在是個可以再作下去的題目。與此有關的，比如「毛文體」以至「九評」文體的影響——說到「九評」，似乎已需加注；時下的年輕人，怕是早已不知其為何物了。發生過並繼續發生著巨大影響的，還有魯迅文體。至於「文體中的人性及人性歷史」，不消說是個更難作的題目，像是更無跡可尋。你是否對這題目有一點興趣？

一九九五年七月

# 代價

　　大約這世上任何一種可稱之為「選擇」的選擇，都不可能無所謂「代價」的；而人總要選擇。人生即一長串選擇，直至生命的終結。甚至終結方式也仍可選擇，雖然那已非多數人所能指望。

　　一九七八年「文革」後首次招考研究生時，我正在家鄉的一所中學教書。初試的考場即設在隔牆的小學裡；我教的班上的學生，能以觀看小學教室裡他們的老師被「烤」為樂。我在那一年的選擇學術，由事後看過去，實實在在是「選擇命運」，那意義之於我，真大到不可估量。其實在當時，也是無可選擇的選擇：你想逃離一個環境，你只發現了一個出口。我猜想那一年考研究生者，多半與我的境況仿佛。因而我後來的同學，多來自偏僻省份，且多系中學教員。我不知道別人怎樣，當我再次走進北大校門時，並沒有可稱崇高的目的，比如「獻身學術」之類。研究生這身份在我，不過意味著一種機會：我將有可能重新選擇單位，找一個別的窩兒。如果不是為著迫不及待的「逃離」，我本不願重返這舊地的——在那所大學經歷了「文革」，那塊土上留有太多令我不快的記憶。直到又在這學校住了些日子，仍不能認同「北大人」的稱謂。雖然在幾年後，在與她又有了距離之後，我曾在文字中稱其為「精神鄉土」，感激於在其間與幾位友人的「遇合」。

　　在這我並不愛的地方，竟又生活了三年。那三年之苦，再次損害了我對這地方的感情。據說在西方老人重入校門，已是時尚，但依我的經驗，學生生活對於一個年已長者，實在是太沉重的壓迫。入學一年之後通過外語考試時，我就想過，這應當是我這一生中的最後一次

應試。若干年後，我果然因拒絕考試，放棄了一次晉升職稱的機會。三年的學生生活，除結識了幾個朋友外，別無樂趣可言。到畢業時，原本濃密的頭髮，只能紮成鼠尾般的一束，而因過分的緊張導致的疾患，已在隱隱地作祟了。

這還只是易於計量的代價。更高昂的代價，是要幾乎用了其後的全部歲月支付的。畢業後的一段時間，我仍然不得不繼續自我訓練：思維的以及寫作的訓練。寫作「標準規格」的論文的訓練，處理難度較大的課題的訓練。不厭其煩地修改，謄寫，每一篇的寫作都如在泥濘中跋涉。為了思維所必要的緊張，我將本子、紙片散放各處，以便隨時記下稍縱即逝的什麼念頭。我的第一本書，是上述訓練的成績。完成它時，神經已近於麻木，甚至它的出版也不再能引起喜悅。到這時我已清楚地認識到，這是那種要求你全部付出的職業，是那種整個地佔有你，強制地規定了你的生活方式的職業。

漸漸地，我發現自己永遠地喪失了遊戲態度，永遠地喪失了悠然、怡然，以至日見遲鈍了對四季流轉、寒暑交迭的感覺。我竟一年年地忽略了初春時節柳梢那輕煙似的鵝黃；到瞥見枝頭已翠色欲滴，照例地悚然一驚。同一學術偏又訓練了對人事的敏感：這份職業正要你面對「人生」，你無從逃避。偶爾的「旅」，在我正如短暫的出走。那一回直走到青海湖邊，才約略嘗到了一點類似「物我兩忘」的滋味。但短暫的出走之後呢，豈非更其漫長而單調的日子？

在日復一日的讀與寫中，我體驗著自己的被製作：被寫作這行為製作，被那一套「學術話語」製作，被學術方式製作。這職業比之別的，更能令我感受人的生而不自由。坐在書桌旁，我不便也不敢追問意義、價值，尋根究底地追問；甚至不敢如傳統士大夫似地追問「為人為己」。我偶爾竟會懷念起那所破舊的中學來，想起那像是全無所「為」的夜讀；夜讀的間隙去打開水，提著暖瓶，對著空蕩蕩的操場

放開嗓子大唱。那真是近乎無欲的歲月。

十幾年間，由「五四新文學」到「當代文學」再到「明清之際的士大夫」，我在課題所在的上述時空漂泊，寫作方式則由爬格子到敲鍵盤。已少有靈感來襲，少有最初那種攻堅中的緊張與興奮，更近乎工匠的程式化操作：備料、碼磚，有條不紊，這「職業化」的嫻熟令我恐懼。我的由一個研究物件走向另一個，不就是在逃避「成熟」？

已無法計量你在這職業生活中究竟喪失了多少。一次聚會中我對友人說，別被「學者散文」這名目給騙了；製造這小小的「熱」，不過出版家的生意經而已。我們的強項仍是學術而非散文。學術已壓殺了我們的有關能力——像張愛玲那樣活躍的語言感覺，那樣富於靈性的想像與聯想；當然更可能我們壓根兒就不曾獲得過那種能力，同時又失去了樸素與單純。我們只會用常規的方式感覺與表達；我們的文字中缺少的，正是鮮活的生命味兒。我們的作品的易於發表，是因了「名」或者別的。我們不必自欺。

但在上面這一大篇訴苦、抱怨的最後，我仍得說，這份職業是適於我的；其實我對命運的上述安排常懷著感激。我喜歡這份工作的那種個人性，依賴書齋環境，同時知道其代價（比如行動能力的萎縮，對人群、社會的適應不良）。而且我知道，任何一種職業都有代價；或者如本文開頭所說，任何選擇都有代價。全不為「物」所「役」所「累」，能作「逍遙遊」的，惟《莊子》所謂的「真人」、「神人」。事實上正是這份職業，助成了上述有關「代價」的自覺（暫且不論這「自覺」本身有何價值），使我保有了這一種自省、自審的能力（也無論這能力是否有妨生存）。我從不鼓勵他人選擇學術，卻也從未動念去而之他。如果真有所謂的「來生」，我或許會祈望另一種生活；至於今生今世，——還是「交給」這鬼學術吧！

一九九五年三月

# 十年回首

　　在過去了十年之後，回看一九八五或曰八五前後，不免如通常所謂的「感慨系之」。「八五新潮」這一度激動人心的字樣，像是早已有了某種諷刺意味。一九九三年初，在香港中文大學的一個小型座談會上，提到大陸現代文學研究界一九八五、一九八八的兩次「創新座談會」，與會者笑了起來。我明白他們笑的是「創新」這詞兒。但在當時的使用者，這字眼不消說是莊嚴且被賦予了自豪感的。時世的變化，殊非我這樣的凡人所能逆料。但那段歷史畢竟不是一段笑料。有眼光的學術史家，也將不會置八五於不顧。然而現在談論八五，畢竟有其困難。十年，由大歷史看，不過一瞬，還未提供為學術史評價所要求的距離。但如老人負喧話舊的隨意談談，該是可以的吧。

　　去年，我在所編的一部鑒賞類書的前言中，提到出版界在一個特殊時期發揮的特殊功能：發現與扶植新人，以至「組織」學術。以我的經驗，這樣說並不誇張。與我個人有關的，如上海文藝出版社的「文藝探索書系」，浙江文藝出版社的「新人文論叢書」，其組織者的氣魄，均為其後所難以想像。而在零訂數下出書，也非在那一時期則不能辦。據我個人的經驗，那確是一種「純潔的熱情」，充滿著對學術發展的熱望，和以發現、扶植新人為職志的職業責任感。我至今仍能從我出版於那一時期的第一部書（《艱難的選擇》）的「內容提要」（出諸該書的責編之手）中，讀出編輯的熱情。那些編輯是你的讀者，你的評論者，就所謂的現、當代文學而言，他們還往往是你的同

行。他們憑藉其職業，參與了你的研究。若干年後，我還聽說，有我並不相熟的年輕編輯，自己搜集了我發表在刊物上的文章，要求出版的事；雖那事並無結果，仍不免為之感動。

當然，支持了上述出版熱情的，是「學術過熱」這一極其稀有的情境。此後生長起來的學人，當不能想像一部嚴肅的學術著作，印至一二十萬冊之多的情況。據某著者說，在那部書的首發式上，上海的讀者為了著者的簽名，竟擠倒了桌子，打碎了茶杯。事後看來，學術過熱的效應是複雜的。這一時期的「慷慨」，也包括了對「名」的慷慨給與。這實在是一個製造「名人」也易得虛名的時期。而「名」所造成的誇張的自我估價與不適當的期待，在其後，在學術已趨蕭條之後，仍然在繼續維持著錯覺，淆亂著清醒的自我意識。失態，失常，失重。你有機會在各種場合，看出諸種「名人病」。而兢兢於對「名」的保有，則使得人生虛偽，且不說這是件何等累人的事！

借了一種偶爾的機緣，我與我的同伴撞進了七八十年代之交的「中國現代文學研究界」。在這學科複歸平靜（亦即回到「常態」）之後，很少有人提起，在那一段特殊時期，這在學術界、文學研究界地位並不顯赫的學科，是怎樣勃興、吸引了大批人才的。那一度的熱鬧，固然因了它與「政治」的特殊關係，卻也因了這學科本身的年輕。學科基礎的薄弱，以及屢遭重創，不免使其為人所輕視，卻也為後起者預備了較大的馳騁餘地。而易於成功的背後，則預先潛伏了學科的危機：當時卻未必能想到的。

我後來發現了我的導師，對其親自參與開創的學科，也有著隱蔽的輕視。他生命的最後幾年裡，私下閒談時，不止一次地提示我，可以搞點專業以外的東西，比如「向上搞」。話說得有點含糊，不像對我的師弟，但意思仍不容誤解。在我的治中古文學出身的導師，「現

代文學研究」作為專業，不能使其學術自信獲得充分的滿足，是顯然
的。事後看來，自己當初那些率爾為之率爾發表的研究成果的後面，
何嘗不潛藏著對這學科的輕視！儘管如此，當初的選擇了這學科，仍
是一種幸運。這不止指經歷了「文革」後，研究物件與這一代研究者
經驗的某種契合（這方便了借諸「研究」的自我表達），也因了這學
科的訓練，所造成的特殊視角、趣味：我這裡主要指「研究」與「現
實」與「當代」的關係。雖然它同時是限囿，令你終生難以脫出。幸
運還在於這一界尚未及凝固的傳統，專業圈內活躍的空氣，是較適於
年輕者的生存的。專業傳統固系於人——首先是開創學科的人，也系
於研究物件，如魯迅。我發現，「中國現代文學」學科開創者的作為
「魯迅研究者」，對於造成學科風氣關係之重大，是無論如何不可低
估的。自己犧牲於「後起的生命」之為學術道德，使得這學科的老一
代的學者，即使有困惑，也仍力避迂執與僵硬，努力保持與青年的聯
繫，以獎掖後進為己任。這種精神之可貴，大約要與其他學科比較，
才更容易見出。

　　因有上述條件，才有一九八五、一九八八年的兩度「創新座談
會」。八五年的那次，是我所屬的一代現代文學研究者的大聚會。為
年輕者提供這樣的講臺，即使在那個年輕的學術時期，也是罕有的
吧。這學科的「大度」，學科組織者的個人品格與氣量，研究者代際
關係的相對和諧，也非置諸「文革」以及歷次政治運動所造成的破壞
之後，才更看得清楚。回想中自己也覺得驚詫的是，參加那會，我竟
平生第一次也是唯一的一次將長髮披了下來。次年春去香港，到廣州
時，同行的朋友轉告一位京中友人的話：過港時，讓趙園把頭髮披起
來。可見那一回給人印象的深。我是一向懼怕刻意的。裝束上的簡
陋，則有更複雜的背景，其中自然也有這一代人心理的殘缺。因而這
唯一的一次，只能歸之于「時風眾勢」的煽動。

記得那次的會上，友人錢君在發言中說到，既有「竹內魯迅」，何不可以有「理群魯迅」、「富仁魯迅」——正是當年一班年輕人的口吻（雖然如錢君、如我都已不年輕）。一大群年輕者及以年輕人自居者聚在一處，那氣氛即自不乏煽動性。那真是學術的青春時期。

當年的「現代文學研究述評」由我撰稿，題作「1985：徘徊、開拓，突進」，由題目尚可感知當時的熱度，卻也已略有了衰颯之感。到八八年，專業衰象畢露。第二次的「創新座談會」是更艱難地舉辦的，也愈見出組織者的苦心。盛極而衰，即使沒有此後的「商業大潮」，也未必能免的吧。次年年終王瑤先生作為學會會長，主持了他生前的最後一次現代文學研究會理事會，發言中對學科的成績有深情的回顧；報告中有些精彩的話，在這老人，可稱絕唱。那次會的情況，我是事後聽別人講述的。那次的會，當可為這一「界」的道德水準作證。

近些年，曾為這學科所扶植的研究者，陸續有人跨出了這一界，在我看來，他們此後的成就，正證明著原有學術環境以及學術訓練的意義。他們並非在「擺脫」原有專業，只不過將其作為背景罷了。這學科不止為其提供了起點，而且以慷慨的鼓勵，助其建立了最初的自信。當回首時，他們是不會忘記了這一點的。


那既是一個年輕的時代，對於「大」的耽嗜就是順理成章的：大系統，大架構，大覆蓋面，大題目，等等。一時的權威性學術刊物，扮演了引領風尚的角色。如對「宏觀」的偏好。這與其說是「實力」的不如說更是「氣魄」的較量。而當時的年輕人即使有學術準備的不足，氣魄卻是絕不缺乏的。即使到了十年後，你仍能看出那種風氣的影響。不久前與年輕人的一次座談中，聽到了有關「價值」與「意義」的質疑，像是「大題目」已被作盡，研究的價值已無從實現，倒讓我不免訝然。我甚至不敢相信，年輕者竟至這樣軟弱。不就在幾年

前，我海上的友人還宣導過「重寫文學史」的？剛剛在一篇論文中寫到明人的嗜「大」。嗜「大」似乎也一向更以京城人物為甚。何況我們的京城，本來就「大」，似乎不刻意作「大」，就對不住這城，不配稱京中學人。而同一時期，海上的年輕學人已悄悄地在用了更「實證」的方式研究上海，不事張揚，卻將一個個不大的題目做得結結實實。

這一代人的脫出八五氛圍的時機與方式，自是因人而異的。我已很難追述在自己這裡發生的過程。但我清楚地記得，一九八九年初春，在走下華中的一所理工科大學的講臺之後的反省。在那些年裡，我不止一次地站在講臺上，面對高校狂熱的聽眾。但八九年春重慶至武漢之行，卻使我對講臺感到了厭倦。我突然懷疑自己被講臺所操縱：你自以為操縱了聽眾，卻恰恰被操縱於聽眾的情緒。你於不覺間以誇張了的激情回應你的聽眾，你當時所說，很可能是你靜夜獨坐時並不那樣想，至少不以那種情緒想的。「演講」之為情境，暗示了你的方式；「交流」的渴望，則是極其正常而不可抗拒的誘惑。你為了交流而多少犧牲了真誠。這代價是否值得？

我其實並不知道上述想法有多少出於清醒，有多少由於年齡，即由於衰老、精力衰退。你並非總能明白你自己。但我在那之後，卻習於以上述眼光看自己也看他人的表演，而且決非出於被迫地，確認了書齋之為我的生活方式。人生轉折的契機總是因人而異的。我相信我「回到了自己」，回到了我的性情，我本有的態度、方式，而不願更方便地一徑歸因於外部環境的變易——儘管那變易肯定地起了作用。

是這樣的十年歲月。回憶使人蒼老，但回憶也使人充實。這樣的十年，確也是值得回憶的。

一九九五年春

# 邂逅學術

　　已到了「知天命」之年。在這個年齡談「我與學術」，我得承認，我是幸運的。

　　由學術看，在我，最可稱幸運的，當是在北大讀書，與在文學所研究了。

　　一九六四年與一九七八年的兩度入北大，其對於我的意義當時並不明瞭。只是由越來越遠的事後看去，才確信那是「命運」。正是北大，決定了我此後所從事的研究的格局。但我無法具體描述校風的浸染，以至某種「傳統」的滲透。這類影響確實是無跡可尋的。而我到中國社會科學院文學研究所之時，這個龐大機構正處在一個微妙的時期：舊秩序瓦解，新的則尚未建立。那種散漫的非組織的狀態，使得真正「個人化」的工作以及「書齋生活」成為可能。要知道前於此，我的所內的同行，常常被組織在「大兵團作戰」中：大專案，集體撰寫。我相信不少人的學術潛力，就在這過程中被耗掉了。你大概不會忘記，在一個相當長的時期，個人著述是要冒被目為「個人主義」的風險的。「散漫」與「個人化」之於我，其意義甚至不止在學術。我一向缺乏應付人事的能力，也極其懼怕人事的紛擾。我應當並不誇張地說，正是書齋與個人著述，使得生存在我，不那麼艱難了。

　　我的幸運，還在專業與學科環境。我之從事「中國現代文學研究」全出偶然。當「文化革命」開始而中斷學業時，我還未及學到「現代文學」——那時北大中文系的文學史課程，是由古代部分講起的。「文革」爆發那年剛剛講到宋元。我還能記起當我的老師在課堂

上將宋詞講得如醉如癡之時，他的學生埋頭記錄以備批判的情境。
「四清」及「文革」前夜的北大，已安放不下平靜的書桌。之後，是
「橫掃」、派仗、「教改」（所謂「鬥、批、改」），接下來，是「四個
面向」——我即插隊到中原的一個小村，在鋤紅薯和侍弄煙葉中度過
了兩年。一九七八年恢復研究生考試時，我正在家鄉城市的一所中學
裡。那中學大約沒有人認真對待我的報考，因而當我準備應試時，還
擔任著畢業班的語文課，只由同事處得到了一點幫助。我無可選擇。
在十幾年的荒廢之後，我只能報考僅有三十年歷史的「現代文學」以
便考取。

複試時，銜著大煙斗的王瑤先生問到我，為什麼選擇這個專業，
我竟不假思索地說，我年齡已大，記憶力衰退，學古典文學為時已
晚。王瑤先生莞爾而笑的樣子，至今仍在眼前。在一位老先生面前
說年齡，或許真的是可笑的，而當時的我，很可能看起來還不算老大
的吧。

但我終於感激起這不得已的選擇來。一旦進入專業，我和當時我
的同學，多少都覺察到了與我們所研究的那一代人、那個時代的精神
契合。我的第一篇讀書報告，寫的是魯迅。當我在「文革」中通讀魯
迅時，這個人之於我，略近于我的友人錢理群所謂的「精神支柱」。
前不久一個臺灣女孩子問我「最喜愛的中國現代作家」，我說那是魯
迅。這些年裡我改變了許多，而這份喜愛，應是未曾改變且不大會改
變的。魯迅之外，較早吸引了我的，還有郁達夫。經歷了一個充滿虛
偽與禁忌的時代，郁達夫的率真，他的學養與他灑脫之至的文字，對
於我都有十足的魅力。我和我的同學還發現，正是這專業，滿足了我
們自我表達乃至宣洩的願望。或許只有在這種研究中，你才能體驗
「學術」之為個人境界。你像是「生活在」專業中。而借諸研究物件
整理自己有關「知識者命運、道路」的經驗之所以可能，當然也因對

五四對五四人物的認同。「認同」所構成的限制，現在已經看得很清楚：我們至今仍在所研究的那一時代的視野中。一九八四年我的第一部「專著」完稿時，友人為它起了個頗合時尚的書名，「艱難的選擇」。其實那部書稿的缺陷正在于，未能充分寫到中國現代史上知識份子命運之為「選擇」。即使這樣我仍然要說，正是上述那種與研究物件的關係，造成了這一代研究者特殊的文學史眼光與見識，他們對這段史的發現與敘述方式。

專業與最初的研究選擇，無不因於各人的性情與經驗背景，又影響於此後一個長時期的取向——錢理群的魯迅、周作人研究，淩宇的沈從文研究，以及我的老舍研究和知識份子形象研究都如此。甚至在變換了的物件領域，也仍可見出那一起步於你之重大。在這種意義上，專業選擇以及課題選擇不也可以視為「選擇命運」？

當然也有代價。我不久就發現，那三十年的文學，經得起審美度量的作品實在太少了，閱讀中不得不用了極大的耐心。那一冊《論小說十家》中，集中了我以為較經得起研究的小說家。即使「十家」也多少出於拼湊：我也未能免於魯迅所謂的「十景病」。幸而我們還發現了那些作品的其他價值，比如作為思想史材料的價值。現在不妨承認，以文學為材料作準思想史的研究，多少也受制於材料本身的品質。但更多的作品，即使在這種運用中，也嫌意義過於稀薄。即使如此，回頭看那種研究，我仍不認為是精力的浪費。那無論在我還是在我的此後更遠離了「專業」的友人，都是真正的開端——至少在學術訓練的意義上。別人大約已無從想像，我們是在怎樣低的起點上開始「研究」的。在重返北大前，我甚至不曾寫過一篇論文（「文革」中的大字報除外）。一切都從「零」開始，包括寫作。直到畢業時，我仍不習慣於寫通常被認為「論文」的論文，以至我的老師也預先為我能否通過論文答辯而捏一把汗。正是研究生三年及畢業後的繼續訓

練，思維的以及寫作的（那難以數計的大量摘錄、劄記），使得此後的研究得以進行。

本文開頭所說的「幸運」還不止於此。在專業研究中我收穫了友情。我已在一篇題為「遇合」的散文中，寫到了因重回北大而與友人間的遇合。我所屬的這一代現代文學研究者之間較為融洽的關係（不止於京中；比如京海之間），也應由一個較為成熟的學科，較為正派的學科風氣所助成，由明達的學界前輩、由具學者風範的師長助成。上述種種構成了你生存其中的「北京學界」，它抽象而又具體。這學界較為穩定的價值態度，使你在此後洶湧而至的商業大潮中，保持了一份寧靜。你坐在你的書齋裡，不必用了「安貧樂道」來自慰或解嘲。你相信你所做的，是任何一個正常社會必有人做的，其價值無須特別論證。當然學術是寂寞的事業；「坐冷板凳」，是其職業要求。但並非所有的人都以寂寞為苦。即如我，就不妨承認，正是這一職業，滿足了我的精神需求──我難道不應為此感到幸運？

我的幸運，還在於一九八五年前後的學術環境。有關的經驗使我相信，機遇之於世俗所謂的「成功」有多麼重要。現在人們盡可批評那一時期的浮躁與空疏，但也應當認為，正是那個熱情的時代，使得眾多的「新人」得以生成。你不但為學校，也為當時極其活躍的期刊，為出版界的大型叢書所塑造，為熱忱的編輯們所塑造。我的後來收入《艱難的選擇》一書中的某些文字，最初在《文學評論》、《中國社會科學》一類刊物上發表時，曾應編輯的要求而一遍遍地修改。我已印出的每一部書稿，都有編輯者的熱情灌注。作者與編輯的「同志」之感，正發生於那一時期的特殊氛圍中。你在後來者眼裡，的確是幸運的。

一九八八年，在大致完成《北京：城與人》之後，我有了難以擺

脫的厭倦之感。在此之前也有過厭倦，卻不曾如此持久。在年輕的友人面前，我甚至淚流滿面，說我不想再搞學術了。我難道就不能做一點別的，比如製作工藝品？這當兒，友人提到了明清，說，何不試試換一個領域？

　　一九八九年初夏到一九九〇年，我用了差不多一年的時間讀《諸子集成》與《四書集注》。我試圖由「現代知識者」上溯，到其前身「士」；我久已渴望達到歷史的縱深，探尋「士與中國文化」。但我未立即啟程。我又回到了未完成的題目上，為了告別與結束，寫完了《地之子》。一九九一年秋末訪日回到北京，「正式」涉足新的領域。我陸續讀了錢穆的《中國近三百年學術史》，梁啟超的《清代學術概論》、《中國近三百年學術史》，黃宗羲的《明儒學案》，通讀了《明史》，又接著讀顧炎武的《日知錄》與詩文集。我試著尋找可致力的方向。我首先感到了「明清之際」這一時段的吸引。吸引了我的，是其時士的積極姿態，言論的活躍，精神現象的豐富，其間傑出人物所提供的深度與魅力。那是一個造出了「大人物」的時期。

　　我還得承認，這一選擇也同樣因了與物件間的某種契合。我終不能「為學問而學問」。早已「歷史地」鑄就了的性格，使我更傾心於明清之際的人物。我追求人生意境與學術境界的合致。雖然到此時，已不像初涉現代文學時那樣易於認同，熱情洋溢，對三百年前的那段歷史，是在較遠距離眺望的。

　　我在香港中文大學度過了一九九二年那個冬天。三個月裡，待在中大圖書館，流覽有關明清的書籍，直至春節閉館。離開北大十年後，坐在南國俊秀的少男少女間，重溫圖書館情調，竟也感到了新鮮。春節前的圖書館一派冷清，透過大玻璃窗的斜陽顏色慘澹。翻閱完臺灣版的那一大套《明清史料彙編》，我長長地舒了口氣：終於有了題目。返回北京的書齋，繼續讀王夫之、黃宗羲、錢謙益、吳偉

業，讀陳確、孫奇逢、劉宗周、方以智、張履祥、劉獻廷、張煌言、祁彪佳、瞿式耜、顏元、朱彝尊……主要由文集而非史著入手，我選擇的或許是更繁難的方式，但它適合於我的興趣與目的。正如在現代文學專業，我關心的是「問題」更是「人」。我由那些文集「讀人」。我力圖在想像中復原那時代的感性面貌，觸摸那段歷史的肌膚，力圖使三百年前的空氣生動起來。我明白自己的缺陷。我將具體的研究目標設在「文化—心態」上；我聲稱我所處理的主要是「話題」而非史實，我關心的是那一時期的士大夫說些什麼以及何以這樣說：雖然這題目也並不容易對付。我重又體驗了不自信，而且較之研究現代文學之初更不自信，甚至有點兒「如臨如履」。但這不正是我想要找的感覺？當初友人向我建議明清時，我所想到的正是，這或許將是我最後一次較重大的選擇。我必須試試自己的力量與可能性。倘若再不動手，我將會永遠地失去了機會與勇氣。

我事實上一直在尋求挑戰——陌生的知識領域，陌生的理論架構，以至陌生的表述。而尤為我尊重的，是思維能力、認識能力，以及將認識理論化的能力，包括用明晰的理論語言表述的能力。這或許不是中國傳統學術所最注重的能力，卻是我自始至終努力獲取的能力。甚至不止在弄「學術」之後。「文革」前自覺地讀馬恩兩卷集，與「文革」後期讀當時所謂「六本書」，不就為了上述能力的獲取？較之學術建樹，我以為更值得追求的，是生命的深。在我看來，上述能力之所以值得尊重，因其非但是「學人」的，也是人的重大能力，甚至有可能是人性深度所系；而我們首先是「人」，然後才是以學術為業的人。上述價值尺度或能解釋我自一九七八年以來學術上的選擇。當著到了「知天命」之年，我不得不遺憾地說，我終未能獲得的，也正是最為我所珍視的那種能力。

在不自信中，我仍試著開始討論幾個「話題」——關於「戾氣」

的，關於「生死」的，關於「南北」的，有關文字分別刊載在《中國文化》、《學人》、《上海文化》上。友人讀了我拷在軟碟上的「戾氣」一文，說「太五四了」。我自己也發現了已有的專業在我的研究中的投影：不止興趣，而且角度與評價。也因此這是一個新文學研究者所讀出的「明清之際」。那一點點意義正應當在這裡。

此時我已開始了用電腦工作。電腦給予我的諸種便利之一，即便於修改。即使已發表的文字也仍是「初稿」，是有待於不斷補充修正的。我不急於完成。我想從容地將一個個題目做下去。這也將是個漫長的學習過程。我曾對人說，我再讀一個學位。當然，「學位」只好由我自己授予了。但總算開始了。我告訴友人，這一組文字的發表，對於我的意義也就在「開始」。這是我以幾年的努力期待著的。學術之於我已這樣重要，如果我不能再度開始，我甚至會懷疑活著的意義。

也如同從事文學研究，我明白自己的極限。我不給自己設置不可能的目標，從不用「終極價值」一類題目恫嚇自己，更不以學術為所謂「名山事業」。學術在我，是生命活動，是生命實現的方式。當然我也明白由「歷史」及個人資質造成的限制是不可跨越的。在選擇中我關心的一向更是「我能做些什麼」。我不大在乎別人的估價，「無人喝彩」從不影響我的興致。我懼怕的是自己，比如那種致命的無力感，比如厭倦。我相信我及我的同代人所做的，只有在「總體估量」中才有意義。我們都是些「過渡性」的人物。倘若我們真的處在文化荒落與繁榮之間，那麼我們的使命就在為「繁榮」準備條件。我們參與著「積累」。我們的成績將沉積在土層中，成為對「天才」的滋養——這難道不是值得欣悅的？

學術繁榮系于新人迭出。看著年輕者的活躍姿態，如對一片生機蓬勃的土地。正是由學術，我生動地感覺著文化之流的推展，心境寬裕而明朗。我激賞我年輕的友人與同行，同時寬慰地想，我已做了我

所能做的，雖然所做微不足道。

在春節打給父母的賀卡中，我說，台港人好說「成就感」，我對「成就」並不在意。滿足了我的，是「力量感」。我在研究中體驗自己的力量，思維的以及表達的。「學術」方便了我體驗生命。我因而對我的職業、對我的書齋懷著感激。

在「我與學術」這一種關係中，我確實感到「幸運」。當然還感到了別的。我常常想到這份職業的代價，當此之時，甚至不免會有誇張的悲劇之感。幸運感及悲劇之感都是真的。你不可能什麼都得到。你只能滿足於你所盡力獲取了的。

由刊物推動，過早地作了這番回顧，像是為了終結。其實我所希望的正相反。我希望一切剛剛開始，且永遠在開始，永遠能開始。我想我能。

一九九五年五月

# 王瑤先生雜憶

　　一九八九年歲末，隨師母護送王瑤先生的骨灰回京後，理群兄來約寫紀念先生的文字，我只覺得內心枯河般的，是洪水過後的一片沙磧。然而時間總能療救創痛的。「回憶」亦如京城三月漫天黃塵中的新綠，漸漸又在心頭滋生。關於先生，終於可以寫稍多一點的文字了，雖然仍不能盡意。

　　先生于我，並非始終慈藹。平原兄的紀念文章中提到，先生對子女和弟子「從不講客套」，「不只一個弟子被當面訓哭」。我就曾經是被先生的威嚴震懾過的他的學生。一九七八年重返北大，先生的那一班研究生中，被他一再厲聲訓斥過的，我或許竟是唯一的一個。待到有可能去體會那嚴厲中包含的「溺愛」，已是我再次離開了北大之後。而在當時，卻只是滿心的委屈，還真為此痛哭過幾回。直到畢業前，先生似乎都不能信任我組織「論文」的能力。有次在校園裡遇到他，關於論文題目一時應答不好，竟被他斥責道：連題目都弄不好，還怎麼作論文！那裡正是北大後來頗有名的「三角地」，

　　人來人往的所在。當時我必定神色倉惶，恨不能覓個地縫鑽進去的吧。在護送先生骨灰回京的列車上，我才由閒談中得知，先生當初是表示過決不招收女研究生的。我突然想到，那時的先生聽別人說起我的委屈和眼淚，是否也為他終於收下了這個女弟子而後悔過的？

　　作為導師，先生自然有他的一套治學標準，有時在我看來近於刻板。比如他對論文規格的強調，我就並不佩服，以為太學院氣了。因而即使在畢業之後，看到黃裳先生挖苦「論文」的文字，仍然忍不住

興沖沖地摘了來，嵌在自己論文集的後記裡。然而我應當承認，先生的「那一套」，對於訓練我的思維與文章組織，是大有益處的。畢業後繼續這個方向上的自我訓練，其成績就是那本《艱難的選擇》。這應是一本「獻給」先生的書，雖然書上並沒有這字樣，甚至沒有循慣例，請先生寫一篇序。

我並不打算懺悔我對於先生的冒犯——那是有過的，在幾經「革命」、破壞，古風蕩然無存之後。我這裡要說的是，即使時至今日，我也仍然不能心悅誠服于他震怒時的訓斥。在我看來，這震怒有時實在不過出於名人、師長的病態自尊。先生在這方面也不能免俗。而他過分嚴格的師弟子界限，時而現出的家長態度，也不免於「舊式」。五四一代以至五四後的知識份子，有時社會意識極新而倫理實踐極舊，這現象一直令我好奇。因而在先生面前聆教時即不免會有幾分不恭地想：我永遠不要有這種老人式的威嚴。然而於今看來，如先生這樣至死不昏聵，保持著思維活力和對於生活的敏感，又何嘗容易做到！

正是在北大就讀的最後一段時間及離開北大之後，我與我的同學們看到了這嚴於師生界限，有時不免於「舊式」的老人，怎樣真誠地發展著又校正著自己的某些學術以及人事上的見解、看法。「活力」，即在這真正學者式的態度上。而嚴於師生分際的先生，對於後輩、弟子的成績，決不吝於稱許。畢業之後，我曾慚愧地聽到他當眾的誇讚，更聽到他極口稱讚我的同伴，幾近不留餘地。他一再地說錢理群講課比包括他自己在內的幾位老先生效果好，用了強烈的驚歎口吻；說到陳平原的舊學基礎與治學前景時，也是一副毫不掩飾的得意神情。我從那近于天真的情態中讀出的，是十足學者的坦誠。正是這可貴的學者風度、學人胸襟，對於現代文學界幾代研究者和諧相處、共存互補格局的造成，為力甚巨。我相信，十余年間成長起來的「新人」，對此是懷著尤為深切的感激之情的。

　　我已記不大清楚是由什麼時候起，在他面前漸漸鬆弛以至放肆起來的。對著不知深淺放言無忌的自己的學生，先生常常含著煙斗一臉的驚訝，偶爾喘著氣評論幾句，也有時喘過之後只磕去了煙灰而不置一辭。然而先生自己也像是漸漸忘卻了師生分界，會很隨便地談及人事，甚至品藻人物，語含譏諷。他有他的偏見，成見，我不能苟同；行事上也會有孤行己意的固執。但我想，這也才是活人的愛惡吧。我還留心到即使在彼此放鬆、交談漸入佳境後，先生也極少譏評同代學者，這又是他的一種謹慎，或曰「世故」。先生並不屬於「通體透明」的一類——我不知道是否真的有過以及目下是否還會有這類人物。先生是有盔甲的。那儼乎其然的神氣，有時即略近於盔甲。在一個閱歷過如此人生，有過這樣的經歷的人，這正是再自然不過的事。但先生最令人印象深刻的，畢竟又是他「丟盔卸甲」的那時刻。坦白地說，我樂於聽先生品評人物，即因為當這時最能見先生本人的性情。而先生，即使有常人不可免的偏見，卻更有常人所不能及的知人之明。記得某次他對我說，有時一個人處在某種位置上，就免不了非議，並不一定非做了什麼。我於是明白，對於先生，有些事，已無須乎解釋了。還聽說先生最後參加蘇州會議期間，私下裡談到一位主持學術刊物編務的同行，說，他「完成了他的人格」，在場者都歎為知言。據我所知，先生與那位同行，私交是極淺的。

　　常常就是這樣，先生信意談說著，其間也會有那樣的時刻，話頭突然頓住，於是我看到了眼神茫茫然的先生。我看不進那眼神深處，其間互著的歲月與經驗畢竟是不可能輕易跨越的。然而那只如電影放映中的斷片。從我們走進客廳到起身離去，先生通常由語氣遲滯到神采飛揚，最是興致盎然時，卻又到了非告辭不可的時候。我和丈夫拎起提包，面對他站著，他卻依然陷在大沙發裡，興奮地說個不休。我看著他，想，先生其實是寂寞的。他需要熱鬧，盡興地交談，痛快淋

漓地發揮他沉思世事的結論，他忍受不了冷落和淒清。天哪，「文化大革命」中的那些日子，這位老人是怎樣熬過來的！

「文革」中先生處境極狼狽時，我曾一度和他在一起。那已是「清隊」時期，教員被分在學生班上，甚至住進過學生宿舍。他即在我所在的文二（三）班，北大中文系有名的「痞子班」——「痞子」二字，是當年被我們洋洋得意地掛在口頭的。我目睹過對先生的羞辱，聽到過他「悔罪」的發言，還記得班上一兩個刻薄的同學模仿他的鄉音說「惡毒攻擊」一類字眼的口氣。我曾見到過他在「革命小將」的圍觀哄笑中被勒令跳「忠字舞」的場面；也能記起他和我們一道在京郊平谷縣山區遠離村莊的田地裡幹活時，因尿頻而受窘，被「小將」們嘲笑的情景；他與另一位老先生拖著大筐在翻耕過的泥土中蹣跚的樣子，還依稀如在眼前。為了這段歷史，我在「文革」後報考他的研究生時，著實惴惴不安了一陣子。我雖然未曾有幸躋身「小將」之列，但與先生，畢竟處境不同，也確實不曾記得當年對他有過任何親切的表示。重回北大後與他的相處中，偶爾聽他提及與我同班的某某，說：「我記得他，他是領著喊口號的。」語調輕鬆自然，甚至有談到共同的熟人時的親熱。我終於明白了，他已將我所以為不堪的有些往事淡忘了。在累累傷痕中，那不過是一種輕微的擦傷而已。他承擔的，是知識份子在那個瘋狂年代的普遍命運——先生大約也是以此譬解的。

卻也有屢經懲創而終不能改易的。談起先生，人們常不免說到他的「世事洞明，人情練達」，他的社會的、人生的智慧，他的深知世情，以至深於世故，我卻發現，某些處世原則，先生其實是能說而並不怎麼能行的，比如他的「方圓」之論——外圓內方、智方行圓之類，我總不禁懷疑這是否適用於對他本人的描述。這或者只是他的一

種期待罷了，譬如《顏氏家訓》的誡子弟勿放佚，譬如嵇康的教子弟謹願。聽先生說到他在某次會議上因發言不討好而不獲報導，聽他談論某位骨鯁之士，聽他談他所敬重的李何林先生，他的友人吳組緗先生，都令人知道他所激賞的一種人格。性情究竟是自然生成，不容易拗折的。

但我也的確多次聽到他告誡我以「世故」。這與「知行」一類問題不相干，也無關乎真誠與否。或許應當說，這也出於真誠的願望，願他所關愛的人們更好地生存。我因而相信他的本意決非在改造我的性情。臨終前的半年裡，幾次當老淚縱橫之時，他仍諄諄叮囑我慎言，「不要義形於色」。我默默承接著那淚光閃閃的凝視，領受了一份長者對於後輩的深情。

中國式的書生，往往自得於其「迂」。先生的魅力，在我看來，恰在他的決不迂闊。其學術思想以及人生理解的一派通脫，或正屬於平原兄所謂「魏晉風度」的？先生以身居燕園的學者，對於常人的處境，困境，瑣屑的生計問題，都有極細心周到的體察，決不以不著邊際的說教對人。他沒有絲毫正人君子者流的道學氣。他的不止一位弟子，在諸如工作安排、職稱、住房一類具體實際事務上，得到過他的幫助。這種不避俗務，也應是一種行事上的大雅近俗的吧。

有一個時期，他也曾為我的職稱費過神，令我不安的是，似乎比我本人更焦急。每遇機會，即提之不已。我曾在筵宴的場合，看到所裡的頭頭面對先生追問時的尷尬神情。我也曾試圖阻止他，倒不是為了清高，而是為了避嫌。一次聽說他將要去找某領導交涉，即搶先打電話給他，懇請他不要再為我費心。先生在電話那頭像是呆了一下，然後說：「好吧。」過了些日子，他講起他如何向某方反映情況，特意加了註腳道：「當時大家都在說，我只是隨大流說了一句。」我一時說不出話，心中卻暗笑他神色中那點孩子似的天真與狡黠。

　　我個人對於知識份子的研究興趣，即部分地來自我有幸親聆謦欬的首都學界人物，尤其北大老一代學人中碩果僅存的幾位先生，王瑤先生，吳組緗先生，林庚先生等。我曾急切地期待有人搶救這一批「素材」，相信文學正錯失重大的機會——這樣的知識份子范型，歷史將再也不會重複製作出來。我尤其傾倒于這些老學者的個人魅力。那彼此區分得清清楚楚的個性竟能保存到如此完好，雖經磨歷劫而仍如畫般鮮明，真是奇跡！而比他們年輕些的，卻常常像是輪廓模糊，面目不清，近於規格化——至少在公眾場合。這自然也出於教育、訓練。其間的差異及條件，誰說不也耐人尋味，值得作深長之思呢！

　　一九八八年北大為了校慶編《精神的魅力》一書來約稿時，我曾寫到過我所認識的北大與北大人。但我也曾想過，那些以一生消磨於校園中的，比如先生，是否也分有了「校園文化」的廣與狹的？先生是道地的「校園人物」，而校園，即使如北大這樣的校園，也通常開放而又封閉：某種「自足」，自成一統。偶爾將先生與別種背景的學者比較，我尤其感覺到他顯明的校園風格。我一時還不能分析這風格。是先生本人助我走出我視同故鄉的北大的。之後每當回望這片精神鄉土，對於一度的滯留與終於走出，是悵惘而又懷著感激的。

　　當著北大在一九八八年慶祝建校九十周年時，我見到了最興致勃勃的先生。那一夜，他被一群門生弟子簇擁著，裹在環湖移行的人流裡，走了一圈，興猶未盡，又走了一圈。之後，他提議去辦公樓看錄影，及至走到，那裡的放映已結束，樓窗黑洞洞的。返回時，水泥小路邊，燈火黯淡，樹影幢幢，疲乏中有涼意悄然彌漫了我的心。此後，憶起那一晚，於人流、焰火外，總能瞥見燈火微茫的校園小徑，像是藏有極盡繁華後的荒涼似的。

　　去年十一月先生南下前，我與丈夫去看望他，他正蜷臥在單人沙發上，是極委頓衰憊的老態。丈夫過後曾非常不安，寫了長信去，懇

請他善自珍攝，我也打電話給南下與先生一道開會的友人，囑以留心照料先生的起居。一個月後，在上海，我站在華東醫院的病房裡，看到臨終前的先生。這來勢急驟的震撼幾乎將我的腦際擊成一片空白，因而回京後，交給理群兒的，是寫於尚未痛定時的幾百字的小文。姑且錄在下麵：

## 無題

先生最後所寫的，或許就是那個「死」字，是用手指寫在我的手心上的——我湊巧在他身邊。那是十二月十三日上午，他生命中的最後一個上午。

我不敢確信他想表達的，是對死神臨近的感知，還是請求速死。如果是後者，那麼能摧毀一個如此頑強的老人的，又是怎樣不堪承受的折磨！目睹了這殘酷的一幕，我一再想弄清楚，先生的意識活動是在何時終止的。沒有任何據以證明的跡象。先生幾乎將他清明的理性維持到了最後一刻，而這理性即成為最後的痛苦之源。

我寧願他昏睡。

不妨坦白地承認，先生最吸引我的，並非他的學術著作，而是他的人格，他的智慧及其表達方式。這智慧多半不是在課堂或學術講壇上，而是在縱意而談中隨時噴湧的。與他親近過的，不能忘懷那客廳，那茶几上的茶杯和煙灰缸，那斜倚在沙發上白髮如雪的智者，他無窮的機智，他驚人的敏銳，他的諧謔，他的似喘似咳的笑。可惜這大量的智慧即如此地彌散在空氣裡。我不由得想到《莊子》中輪扁關於寫在書上的，「古人之糟魄已夫」那番話。當著只能以筆代舌，歪歪斜斜地寫下最簡

單的字句，當著只能以指代筆，在別人手心上畫出一兩個字，
那份閉鎖在腦中依然活躍（或許因了表達的阻障而百倍活躍）
的智慧，其痛苦的掙扎，該是怎樣驚心動魄！

我因而寧願那智慧先行離他而去。

我並不慶倖目睹了最後一幕。我怕那殘酷會遮蔽了本應于我永
恆親切的先生的面容。我不想承受這記憶的沉重，這沉重卻如
「命運」般壓迫著我。超絕生死，究竟是哲人的境界，而我不
過是個庸人。這一時翻閱舊書，也頗為其中達觀的話打動過，
比如「大塊載我以形，勞我以生，佚我以老，息我以死」之
類，卻又想到，得在老年享用那份「佚」的，並不只賴有「達
觀」。然而無論如何，先生總算「息」了下來，雖然是如此不
安的一種「息」。

寫這文字並非我所願，我仍然勉力寫了。我說不出「告慰靈
魂」之類的話。我知道生人所做種種，自慰而已。我即以這篇
文字自慰。


在寫本文這篇稍長的文字時，我清楚地知道，因了先生的死，我
個人生命史上的一頁也已翻過了。我願用文字築起一座小小的墳，其
中與關於先生的記憶在一起的，有我自己的一部分生命。有一天，這
墳頭會生出青青的新草的吧。

一九九○年早春

# 燈火

讀路翎的作品，我由他那些寫燈火的華美文字，讀出的是這靈魂的孤獨，這靈魂對人間的疏離與依戀——確是既疏離又依戀，因而那總是遠方的燈火，一個流浪者的燈火。他依戀而又逃避著那燈火下的世界。燈火是人間，又像是一段舊事，溫暖而又淒涼。時在望中的燈火，確證了他的流浪者的身份：他只是在流浪而非棄絕塵世地隱遁。他命定了只能痛苦而又滿足地輾轉在泥途中。

遠方的燈火，也如遠山，遠水，遠村，遠樹，因其遠而成純粹的詩。只是在孤獨的行旅中，你才無以抗拒遠方燈火的蠱惑，因為唯它足以提示你所熟識的那一些，那瑣瑣碎碎的日常情景，與那情景相連的一份安適。這瑣碎的安適，在平居中你已無所感覺。你在這時想到了家人。你忽而變得軟弱，有陌生的溫情襲上了你的心……

在夜行的列車上，吸引我在視窗久坐的，正是這遠方的燈火，那閃爍在林木間的，那由農舍洞開的門內泄出的，那天地盡頭孤獨地點亮著的。淩晨的小城鎮，似在濃睡中，高矗的燈柱下一派寂寥。我想到了故鄉城市的夜。我曾在「文革」武鬥期間的一個深夜，回到家所在的城市。你大概想不到，武鬥中的城市竟會給人奇特的安全感的吧。這燈火通明的城市令我覺得陌生。我獨自走過空曠的街道，如走在一座被遺棄的空城，情景怪異而新鮮。夜的城市似乎總是美的，其破敝掩蔽於夜色，又為燈火所修飾。燈火因而也如月色，方便了作偽——為人生所需的小小騙局。

「文革」開始的那年，因了某種心理紊亂，我曾一度離開就讀的

大學，住在豫南姥姥家所在的三家村，其間還曾在距縣城稍近的姨家
小住。那三家村其實說不準是幾家，除姥姥、舅舅與表哥的一家（已
分了鍋灶）外，還有未婚婆的楊姓兩兄弟。秋末夏初，白天在生產隊
的地裡幹了活，晚上拖一領席子到屋後坡上獨坐。月朗風清，只聽得
遠村的犬吠，和周遭唧唧蟲鳴，反而有一種令我不適的空寂之感。姨
家所在的村子叫八裡崗，離縣城大約八裡。中原也如大西北，因土質
疏鬆、雨水沖刷，地面多斷層，溝壑縱橫。入夜，坐在姨家後園的土
崖邊，白日裡看不清晰的縣城，竟陷落在不太遠處，閃灼飄忽，搖盪
成一片燈的湖。那時我並不確知北京發生了什麼，卻似由空氣中感覺
到了幾千裡外的騷動，使我再不能耐鄉居的岑寂，不久後即燈蛾撲火
般地，回到了那座正在瘋狂中的大城。

之後，我曾有過一點漂泊的經歷。疲憊不堪地走在熟悉或陌生的
道路上，那些路邊人家視窗的燈光，竟也會讓我停下腳步。我想像著
那燈下的家居情景，那燈光中的牆壁，那廚房裡的家什，模糊地猜想
著那是一個怎樣的家。這份興趣至今仍未失去，在道途中，在夜行的
列車上，那燈火總要引我的想像到陌生人家去。其實我何嘗不知道，
那燈火下所有的，或許只是卑瑣，彼此詈罵的夫妻，吆五喝六的酒
鬼，昏天黑地的賭徒。但我仍忍不住要猜想，放一些我熟稔的零碎經
驗在裡面。

在那個小村八裡崗看到的那片燈的湖，是城市。我在鄉居中證實
了自己對城市的依賴。但此後更能引動所謂「閒愁」的，依然是鄉村
的燈火。浸泡于古舊詩文的意境，中國的讀書人更樂意品味鄉村式的
孤獨與淒寂。我所住過的北方鄉村，農家常常捨不得那點兒燈油。下
工回來，家家門裡，只見烙餅的鏊子下明滅不定的火光。你行旅中所
見燈火的寂寥，多半緣這窮。鄉民在他們的夢中，大概要夢到燈火輝
煌的都會的吧。在窮鄉僻壤的鄉下人，那或許竟是他們一生中最回味
不已的夢。

　　你我都有一些關於燈的故事，那通常是一些最平淡的故事；但正是燈證明了這故事在人境。窗外的燈遠遠近近地亮了。我在黑暗中坐著，聽四周窸窣的聲響，感到寧靜與平安；而後打開檯燈，翻開了正在閱讀中的書。

　　　　　　　　　　　　　　　　　　　　一九九三年十月

# 遠方

　　「遠方」是永遠的誘惑，是為你我所需要的那種明知是誘惑的誘惑。這通常是一種甜蜜的騙局。那可以無窮推進的地平線，是現成的誘惑物。或許遠方這概念就是由地平線所啟示的？

　　七十年代初在河南鄉村插隊時，「遠方」曾回復了它單純的性質：那遠遠的地平線，地平線的那一邊。工間休息時，躺在堅硬的土地上，望著目力所及的最遠處（那裡或有一排稀疏的小樹，或許只是灰濛濛的霧氣），模模糊糊想到的，就是「那一邊」。這模模糊糊的嚮往，是我的一份私念。身邊是納著鞋底的大嫂大娘，瑣瑣細細地交換著東家西家的新聞。我以及我的嚮往，與她們壓根兒不相干。這是插隊的第二年，我已認識到自己不易改造的頑梗本性，開始在夜間早早地關門上閂，而不是任村裡的姑娘們坐滿一屋子；也已能在田間休息時孤獨地躺在村民中出神，不再努力地參與她們的交談。只是在這時，我模模糊糊地感覺到了「遠方」的吸引。

　　那些個似無思慮的日子至今令我懷戀。在那之前或之後，我都不曾體驗過那種近乎無欲的境界。當然也因無所指望，而不止因了鄉村的寧靜（我下鄉不久就明白了，「寧靜」只是供如我這樣的外來者、漂泊者享用的）。但到我模模糊糊想到「遠方」的這時候，同樣模模糊糊的欲望已在我心裡蠢動。我不再和同伴們一起早早地睡去，而是把一個盛了煤油的墨水瓶放在床頭的一摞書上，在夜風與窗紙的簌簌聲中，讀我帶下鄉來的單行本的《辭海》。也仍然似無所「希望」；但現在回想起來，就在那時，地平線與「那一邊」漸漸失去了單純性。

我仍然是個頑梗的知識者。

北方的坦平如砥的大平原，是天然地誘你向遠方凝神的。也就在鄉居中，我對鄉間小路產生了複雜的感情。一個人，孤零零地走在空曠的天地間，那小路的無盡延伸，令你希望而又絕望。當此時，你才清晰地體驗著你的作為旅人，你永在途中，你的註定了的漂泊。「遠方」，更系於漂泊者的情懷，是漂泊中的一份希冀。但也正是這份孤獨者的甜蜜與惆悵，使我習慣了獨行。

在這個據說缺乏宗教意識的民族，「遠方」也不免於最世俗的性質，它往往是用了最物質的材料構成的。即使大平原，也不能啟發我作無羈的暢想。我的遠方仍有著極庸常的顏色。記得十二歲那年，家裡遭了一場變故，我也在那時學會了發愁。父親會在黃昏，把我從沉思中拉起來，在暮色裡沿著家附近的公路向北走。他未必知道那北邊對我的神秘吸引。那裡有一個小小的拖拉機站。晴明的白天，由家門口可以模糊地看見，那大片農田中擱著的一溜平房。現在想起來真不知為什麼，我從來沒有走近過它，卻在它那裡安置了大量的幻想。幻想的材料是當時流行的蘇聯電影和小說，《收穫》、《拖拉機站站長和總農藝師》等等。手握在父親的手裡，我們正向那兒走去。夜色愈見濃重了，那一小排平房透出了昏黃的燈火。我們仍然沒有走近它（更可能父親根本不知道我的那份小小的秘密），它也就仍然是我的「遠方」。

在枯坐書齋多年之後，似乎已沒有了「遠方」。只是在偶爾的旅途中，鄉間小路又提醒了那模模糊糊的嚮往，當年的單純心境卻再也不能找回。或許有一天，在生存漸有餘裕之後，遙遠的地平線會重又呈現出來⋯⋯

一九九三年十月

# 雨中

　　那小院中的雨，已記得不大真切，卻似乎還能感覺到雨水打在無花果粗糙葉面上的重濁。有水泡在院內積潦上游走，倏忽明滅。雨點敲擊著房檐，單調而安適。入夜，葉面和積潦上有燈火的反光，院中花木的香氣，濕漉漉的，更濃了。你在這時感到了靜的深，領受了雨夜特有的淒清。那小院中的雨。

　　我其實不大知道記憶中的這雨，與我由宋詞中讀出的，是否摻雜在了一起。我的耽嗜宋詞，倒像是根源於開封小院中的童年的。但那種令人安適而又惆悵的雨，卻只是一份記憶。成年之後的人生中，與雨有關的詩意已日見稀薄：你漠然于公寓樓外的雨；只是在偶爾的行旅中，在你短暫居留的城市的樓窗邊，那滴滴答答的雨聲，水光閃閃的街道，才使你感到了寂寞。對面樓牆上的水跡，像顏色黯淡的古董，陰鬱地提示著某件令你不快的舊事。你開始懷念起你居住的那個經常是乾燥而陽光充足的城市來。

　　告別童年之後，似乎只有一個雨夜，常常被我懷著所謂的「溫馨」記起。那是一個春雨之夜，手執一本馮至的《杜甫詩選》，跟家屬區的老太太們巡夜。過後很久我才發現，那春雨的一夜，那巡夜中瑣瑣細細的情境，竟如此強烈地影響了我，我不能不說我中學時代對杜詩的迷戀，是與那一夜的雨有關的。

　　但雨對於當年那個心性柔弱善感的女孩，更經常的是陰鬱的，那種濕漉漉的感覺，那種人與人被隔絕的感覺，常使她有與年齡不稱的荒涼之感。那也是一個春雨之夜，只不過雨不是溫柔的「淅淅瀝

瀝」。她與同學們一起睡在農家的閣樓上。他們在附近挖渠，遇到了雨天。當時她是初中一年級學生。男同學更慘，他們的住處是公社新修的豬圈，鋪著稻草。由那次的經驗，她發覺了雨的髒：那泥濘，那被鞋底踐踏的濕乎乎的稻草。而她們住的是閣樓。她和其他女孩一起躺在水跡斑駁的樓板上，只覺得如在荒野上似的無助。樓梯那兒有一盞油燈，不時有人上下。牆上晃動著的巨大人影，誇張而怪誕。但她並沒有想到某一個童話情節。那是個太現實的時代，她早已失掉了童話感覺。只是想家，想躺在自己的那張床上。

因了「出身」這一種原罪也因了道德自律，那時的我幾乎是在自虐式地苦幹，拼出了吃奶的氣力革命。挖渠，翻地，運肥，收割；朗誦，發言，寫革命詩（順口溜），儘管仍不能免於疑論：此人的學習目的是否明確？革命動機是否純正？我不能克服那種時時泛上的疲憊感。用了眼下時髦的話說，真累。

似乎從那時起，我就常在投入與逃避、興奮與疲憊之間，既懼怕喧囂又不耐岑寂，在「群」中不勝其擾攘，獨處又有被冷落的悲哀——經歷了那個革命年代者的一種矛盾。而那革命年代在我個人，恰恰開始在由胡同中的小院到公寓（即「單位宿舍」）之後。

公寓樓外的雨，是極少詩意的。這也是城市建設的一份代價。公寓生存使你失掉了某些精微的感覺能力，你冷落了月色，忽略了雨聲，你對四季的流轉漸漸遲鈍。你甚至對這些失去也不再動心。你的子女已不能欣賞宋詞——當然這是無關緊要的。但如果你是所謂「文人」的話，這畢竟是實實在在的失去。我在意識到「失去」時，察覺到了自己人生的荒蕪。偶爾，在工作的間際，仰在椅背上，會想起一條長長的雨巷，夾巷的高牆散發著土腥味兒，一枝伸出在巷上的樹枝，滴一串涼涼的水珠在脖子裡。這當然是極平庸的夢，多半是打別人那兒借來的。但我仍夢著那溫潤的雨，那長巷，那雨中的一派晶

瑩，那唯雨才能給予你的極幽深的靜。在這瞬間，似乎又與童年經驗
相遇了。那小院中的雨。

一九九三年十月

# 忘卻

剛試著在電腦的鍵盤上打字，就開始謄寫父母所寫的回憶。十年前，我這裡還沒有電視機，父母偶爾來小住，就說些瑣碎的往事消度長夜。那時我說，寫下來吧。當時與其說出於對舊事的興趣，不如說看得老人太寂寞，想為他們找點事兒消磨時間。沒想到父親認真了。此後，他斷斷續續寫了十幾篇。更沒想到，母親竟寫了一篇《家庭簡史》。假期回去，隨便翻翻，讀得並不那麼仔細，為此多少有點抱歉，因為那些文字畢竟是兩個老人寫下的。今年夏天，為風氣所裹挾，也來「換筆」，首先想到的，就是列印父母的作品，了卻一樁心願，也為了補過——這層意思，卻沒有向父母提起過。

我何嘗不知「人過三十不學藝」的古訓（？），雖然上了機，仍不免戰戰兢兢。倒是這手不應心，使我將父母的文字，在鍵盤上仔仔細細讀了一過。父親所記的有些事，是我親歷的，比如一九五七、一九五八年間家庭的變故，但在鍵盤上打下去，仍不能不動心，尤其所記我當日的表現，有一些我全不記得。那文字後面，不消說是一雙父親的眼睛。事情發生的那年我十二歲，小學還沒有畢業。「一個星期六夜裡，我被園兒的哭聲驚醒，拉開燈一看，她正在床上坐著哭泣。她說，我不上學了，我要到泌陽縣姥姥家放羊，我不上學了，我要去放羊。我和培義一面勸她躺下睡覺，一面也為孩子所承受的精神壓力而暗自落淚。」「她經常星期日也留在學校。一次我去看她，學校大多數同學都已回家了，校園裡顯得冷冷清清。經我打聽，說她到洗臉間洗頭去了。我站在院內等了好一會，她從洗臉間出來，一句話也沒

說，默默地在我跟前站了一會，兩眼紅紅的，掉頭又回寢室去了。」

這是我麼？顯然是的。「反右」過去了很久，我才懂得了父親當年的緊張與憂慮。記得剛考入中學後的那段時間，父親常常會在上晚自習時來到我們教室的門外。後來我請他不要這樣頻頻來看我，同學們要笑話我了。他於是不再出現在教室門口。但我不久即發現，父親仍經常在教室窗外注視著我——週末回家，他會在飯桌上描繪那個小學生幹部儼乎其然的神氣。

但更令我動心的卻是母親的《家庭簡史》。在鍵盤上敲擊時，我才注意到，這篇以她本人的經歷為主要線索的回憶，記述她一九五七年以後的遭遇的文字竟是那麼少，卻在一些我以為極瑣屑無足涉筆處不厭其詳。如若不是父親的回憶對她當年的處境有細緻的描述，她本人和這個家幾十年間最重大的事件，在他們的史述中幾乎要付諸闕如。那是二十多年的歲月，當然不可以如此草草地帶過。近十幾年混跡學界，知道了一點自我心理保護之類。母親年近九旬依然天真，她不會想到所謂的「自我保護」的。她只是在回溯一生時，眼光自然而然地從不堪回首處掠過；也因為這始終天真的老人，保存了太多的溫暖記憶，她更樂於回味那些她以為值得回味的。她當然有這權利。

「……同院的一個老年婦女問明情況，把我領進一座坐東向西的三間草屋內。我不記得有床和桌子，除了迎門有一片空際外，從南到北，全是地鋪，和每人一卷兒簡單的被褥，真是名副其實的勞改犯的住處。」「她有一種樂觀的天性，對前途總懷著希望。特別是為了挽救這個一向被人譽為『美滿』、現在卻瀕臨毀滅的家，她拼命勞動，寫了幾本歌頌勞動，歌頌農村『大好形勢』的詩篇，還餵了幾隻雛雞。每次出工勞動，小雞總是緊追不放，放工回來，小雞又圍繞腳前啾啾不休，盛夏午睡醒來，小雞依床而臥，不忍離去。在有家不得歸的情況下，小雞就成為她的小家庭成員。」這裡寫的是母親。

不必搜索，我的記憶中全沒有這些場景。我那時在哪裡？我不記得曾到過母親所在勞改地和鄉村，也全不知她當時的生活，甚至過後也沒有想到過去打聽。而那時我已經十幾歲；她後來待過的村子就在我讀書的學校附近，去一趟不過舉足之勞。那時她的生活中只有父親。只有父親。

或許正是那保存了一生的單純拯救了她，否則她也會動輒如我似的，感到「荒涼」的吧。那確是一個感情荒蕪的年代。

「儘管如此，她的內心淤積起來的痛苦，也總有抑制不住的時候。在一個夏夜，大概是星期六吧，孩子們都在膝前，她突然像決了堤似的，痛哭起來，哭得那樣傷心，最後說出的一句話是，我和爸爸離婚吧，離了婚，徹底『劃清界限』，我就不再連累你們了。我和孩子們都向她圍了過去，用無言的深情撫慰她……」

這場面我還隱約記得。但我同時知道，母親的創傷，至少部分地是由我造成的。我還能回想起我當年的乖戾；那些怨憤的表示，其中有十足少年人的冷酷。這卻又是我所不忍回想的。更可怕的是甚至無處懺悔，因為父母似全忘卻了。

十幾年來，寫回憶錄亦成時尚。回憶錄的價值當然以其人的地位、其人關係國家興亡、民族絕續的程度而有種種。我的父母的回憶只是寫給他們的兒女的，不便用上述尺度衡量。我自己也已漸入老境。即使在將來，我也不大會寫回憶錄的吧。較之母親，我的記憶之書中有更多令我不敢注視，必得急急翻過的篇頁。我只是預先懼怕著「罪錯」會有一天使我永遠地失去了安寧。

有意的忘卻也屬人類本能的。忘卻甚至可稱一種藝術。幸而有忘卻，否則人生將太沉重，令人不堪負荷。但在列印父母的回憶時，我感到的卻更是父母之愛的博大，他們對人間溫暖的從不放棄的渴求。這當然是一份常人的習性，註定了其人難以如陀思妥耶夫斯基似的窺

見人性的深。但我們都是些常人。能忘卻，有渴求，也才能生活。

　　列印出的文稿已在父母的案頭。我的心當然不會從此而安寧。我也會努力地忘卻，為了平靜地活著。這肯定正是父母所希望于我的。

　　　　　　　　　　　　　　　　　　　　一九九三年十月


## 〔附錄〕父親的回憶（節錄）

### 家庭的災難

　　……

　　在這期間，鄭州師專處理了一批所謂「極右分子」，是深夜抓到卡車上帶走的，帶到什麼地方，誰也不知道，甚至連打聽一下也不敢。

　　寒假到了，黎和隴在開封上中學，要回家過春節。關於媽的問題，我只在通信中簡略談過。為了使孩子們思想上有準備，我寫信給他們約定，到鄭州車站下車後，先到文化區鄭州師專，我在門口等候。大約夜裡九點左右，他們到了。從師專到行政區幼稚園，約有三華里，我們一起在伸手不見五指的黑夜，穿過農田和村莊，邊走邊談，講了媽的情況。我估計問題並不嚴重，叫他們安心度過寒假。其實這個寒假的氣氛是非常黯淡的。一般春節時期的歡聲笑語，在這個家庭消失了。過去經常來往的親友，見不到了。誰還敢和有「右派」嫌疑的家庭接觸呢。家庭本來是有東鄰西舍的，現在卻像一個孤島，人們如害怕瘟疫一樣，躲避著這個家和這個家的每一個成員。人們常說，某某人被「打成右派」了。人本來不是右派，但是可以被「打

成」的。一旦被「打成右派」，就像被染上一種有毒的色素一樣，令人望而生畏，令人憎惡。

一九五八年的可怕的春節到了。幼稚園的領導小組對培義的問題提出的處理意見是：免職降資，在原單位監督勞動。在文委審批時卻改為到農村勞動改造。工資沒有了，所剩的只有勞動吃飯的權利。處理宣佈後，兩天內要隨教育廳的「勞改隊」到商城縣去。

從此，我和孩子們就成了「無家可歸」的人了。首先我到實驗小學找夏××，她是小學的教導主任，一九五〇年開封師專畢業，當時我擔任「開師」的領導工作，算是有師生之誼。她對我的處境表示同情，我提出讓女兒趙園、趙申住宿、就餐，她同意了。我本來在師專有宿舍，吃飯就在食堂。

現在想來，我最大的遺憾是：總以為她倆還小（一個十二歲，一個九歲），只要安排好生活就可以了，沒有向她們多作解釋，使她們準備迎接即將到來的生活變遷和可能出現的困難。因此，孩子的幼小的心靈上所遭受的折磨比我所能預料的要大得多。培義離家的那天早晨，孩子哭著走往學校，接著園兒受到一系列的打擊：她的少先隊大隊長的職務被罷免了，還要當眾檢查，表示要和右派母親劃清界限，同學們的冷嘲熱諷是不可避免的。一個爭強好勝、在同學中嶄露才華，受到老師和同學們愛戴的孩子，一下子成為令人側目的對象，如何受得了！

最使我難忘的是，培義從商城回來以後。她由於身體虛弱，習慣性便秘，需要經常灌腸，實在支援不了，請求脫離公職，回到鄭州。本來計畫在沈崗村租房居住的，後來師專領導同意分配給一套宿舍，位址在白廟村附近。從此，園兒和申兒就可以回家過星期日了。一個星期六夜裡，我被園兒的哭聲驚醒，拉開燈一看，她正在床上坐著哭泣。她說，我不上學了，我要到沁陽縣姥姥家放羊，我不上學了，我

要去放羊。我和培義一面勸她躺下睡覺；一面也為孩子所承受的精神
壓力而暗中落淚。

　　培義回鄭州以後，申兒轉到文化區小學，她年紀小，離我近一
點，便於照顧。園兒仍在實驗小學，一直到畢業。她經常星期日也留
在學校。一次我去看她，學校大多數同學都已回家了，校園裡顯得冷
冷清清。經我打聽，說她到洗臉間洗頭去了。我站在院內等了好一
會，她從洗臉間出來，一句話也沒說，默默地在我跟前站了一會，兩
眼紅紅的，掉頭又回寢室去了。

　　小學畢業，園兒考入師專附中，當時正值一九五八、一九五九年
「大躍進」的高潮時期，學生的勞動量很大：割麥、積肥、挖塘泥，
每週都有活要幹，有時一連幾天不休息。我拜訪過她的班主任，問她
在學校的情況，班主任說，她年紀那麼小，可幹勁比大學生還大，叫
她休息也不休息⋯⋯這除了她向來嚴於律己的性格外，我不能不想到
她母親的問題，對她所造成的負擔。因為她是「右派」的女兒，就應
該付出更大的代價，才能獲得同學的諒解。

　　⋯⋯

　　培義從商城勞改隊回來，雖然是在身體不支的情況下，要求被批
准以後回到鄭州的，但還是以「脫離組織」論處。「右派」的命運並
不因此而有所改變。五月到鄭州，六月麥收季節，就被迫去到農村割
麥，之後又被發配到鄭州西郊約三十裡的杜莊。那裡集中了大約近百
名男女「右派」，進行有領導有組織的勞動改造。在鄭州師專的家
裡，只剩下我和園兒、申兒，又開始了丈夫沒有妻子、孩子沒有母親
的生活。至於培義在那裡是怎樣度過了大約兩年的時光，我就不得而
知了。這中間，我去過兩次，她也因我吐血症突發，學校派人向勞改
隊說明情由，准許回家照顧我一段時間。五九年春節期間，玲、黎、
隴都回來了，她們當然想見見媽媽，我也打算給妻送點節日食品改善

一下生活。說也湊巧：那天我騎車帶著一籃東西到了杜莊，她也因放假半天回到鄭州市的家，因為各走各的路線，並未相遇。東西送到後，同院的一個老年婦女問明情況，把我領進一座坐東向西的三間草屋內。我不記得有床和桌子，除了迎門有一片空隙外，從南到北，全是地鋪，和每人一卷兒簡單的被褥，真是名副其實的勞改犯的住處，雖然在他們打成「右派」之前，都是「人民教師」和「機關幹部」。我無心久留，把一籃食品掛在梁頭上，又循原路回來，在中途恰恰碰上玲、黎送媽回杜莊勞改隊。天色是陰沉的，冬季的下午又是那樣短，媽又必須在夜色籠罩田野之前趕回住處，就這樣又匆匆分別了。「右派分子」在一年一度的春節，只能和子女有一兩小時的聚會，而和我，則只是匆匆一面，就要分手。說什麼呢？

一九六〇年，說是因為培義改造得比較好，寬大處理，又叫她回到鄭州師專的家裡，「右派」帽子並沒有摘掉。在學校家屬小賣部勞動一段時間之後，又被發配到近郊大鋪村勞動，離家只有三裡路光景。先在生產隊吃大鍋飯，後來允許自己做飯。她從勞改隊改為「監督勞動」，住在生產隊會計家裡，分給她兩間房子，不再睡地鋪，而是單人床。有事也可以請假回家看看，從來沒有超過半天，或在家裡過夜。我去看她也比較方便。她有一種樂觀的天性，對前途總懷著希望。特別是為了挽救這個一向被人譽為美滿、現在卻瀕臨毀滅的家，她拼命勞動，寫了幾本歌頌勞動、歌頌農村「大好形勢」的詩篇，還喂了幾隻雛雞。有雛雞為伴，平添了一些生活樂趣。每次出工勞動，小雞總是緊追不放，放工回來，小雞又圍繞腳前啾啾不休，盛夏午睡醒來，小雞也依床而臥，不忍離去。在有家不得歸的情況下，小雞就成為她的「小家庭」成員。

儘管如此，她的處境和精神壓力所淤積起來的痛苦，也總有抑制不住的時候。她雖然決心在子女面前不流露一絲一毫的脆弱，但忍耐

畢竟是有限度的。在一個夏夜，大概是星期六吧，隴、園、申都在膝前，她突然像決了堤一樣，痛哭起來，哭得那樣傷心，最後凝結為一句話：我和爸爸離婚吧，離了婚，徹底劃清界限，就不會連累你們了。好像只有這樣，才能解除她不可排解的內心痛苦。我和孩子們向她圍了過去，為她揩淚，用無言的深情勸慰她，她逐漸平靜下來。說什麼呢？她究竟是否「反黨」，我最清楚；孩子們由她一貫的表現，也無法把媽媽和「右派」聯繫在一起。要劃清什麼界限呢？黎兒考入河南師範學院以後，在一次來信中也說，子女是最瞭解媽媽的。在當時的條件下，也只能這樣含蓄地表露母子之情。

培義對黨的忠誠幾乎到了孩子般地純真，有點近乎宗教信徒的虔誠。五十年代學習蘇聯的狂熱，在教育工作者中是相當典型的。她對「凱洛夫教育學」「馬卡連柯的教育言論」等等的學習幾乎達到入迷的程度。她有早起的習慣：一家人都還在夢中，她就悄悄地起床，點起煤油燈讀《簡明聯共黨史》、《史達林全集》、《列寧全集》、《毛澤東選集》等等，邊學習邊記筆記。她有記日記的習慣，數十年沒有間斷。這幾十本筆記、日記，全在「文化大革命」中毀滅了。

……

培義為了早日「改造」好自己，「脫胎換骨」，不顧嚴寒酷暑在菜田拔草，施肥，上工總要走在一般社員前面，收工總要走在後邊。一個三伏天，她胸前積痱成瘡，大面積結成黃痂，滲流膿水，看了令人心疼，臉上、胳膊上交織著像用刀劃過的傷痕。我驚奇地追問為什麼搞得這樣嚴重，她說是在甘蔗地里弄成的。溽暑天氣，甘蔗叢中像個蒸籠，悶得叫人發暈，能不出痱子？甘蔗的葉子像刀片一樣鋒利，在蔗田裡鑽來鑽去，能不留下血痕？她說得輕鬆自然，好像不得不然，沒有流露一絲痛苦的表情。

直到一九六二年，區政府根據她的「罪行」和勞改表現，準備給

她「摘帽」了，派了一個幹部和她談話，問她究竟犯過哪些錯誤，她還是不假思索地說，她反黨，反對黨的領導。那位幹部並不滿足于這些空洞的詞句，問她具體的事實，她才把劃「右派」的實情說了一遍。人家滿意地說，這樣說好，不要空戴大帽子。之後不久，就為她「摘帽」，召開了一次由家屬參加的「群眾會」。從此，似乎解除了加在她身心上五年之久的政治壓力。但事實並不如此簡單，只是從「真正右派」變為「摘帽右派」。這好像是「三中全會」以前的「革命邏輯」：「摘帽」並不意味著「回到革命隊伍」，「右派」是洗不掉的身份烙印。因而，一遇「政治運動」，「摘帽右派」首先要受到審查與鬥爭，新賬老賬一齊算，沒有新賬也要抓住老賬不放。「文革」就是這樣。

一九六二年摘帽後，因為失去公職，只能在家呆著，這個家又成為名副其實的家了。沒有主婦的家，永遠是冷清的，黯淡的。

一九六三年春節，教育廳王廳長到家來看我。他是我河南大學同學，在這個階級鬥爭低潮時期，出於「禮賢下士」的動機和美德，到幾個高等學校教師家裡走走。他主動提出要為培義安排工作。牛書記則一向對培義的不幸遭遇是同情和關懷的。不久，培義被安排到省立第二實驗小學去教書，工資定為六十元。雖然比任幼稚園園長時期降低了二十元，但精神上的壓力的減輕，對一個屈辱的靈魂，無疑是巨大的鼓舞：從此可以和別的教師一樣走上講臺，恢復作為人民教師應有的尊嚴了。

省立實驗小學在行政區緯二路的東端，離在文化區的家約有十華里之遙，只能在學校就餐；我和孩子們也都吃食堂，但週末和星期日能團聚畢竟是愉快的。中斷多年的家庭生活失而復得，每個人都很珍惜。

由於培義一向責任心強，對工作要求高，而身體的虛弱又造成力不從心的矛盾，一次昏暈在赴會的途中，一次昏暈在講臺上。這樣昏

暈了多次，一次比一次嚴重，一旦昏暈，就四肢發僵，牙關緊閉不能
言語，非多日休養不能好轉。她對繼續工作失去了信心，我也害怕萬
一到了耐力的極限，造成不堪設想的後果。而當時在一般教師隊伍
中，還沒有「小病大養」「吃大鍋飯」的風氣，一個教師不能上課，
只能由別的老師分擔。長期增加別人的負擔，自己於心不忍，也給領
導造成不易解決的困難。申請退休還不夠條件：連續工作五年以上，
才能因病退休。脫離勞改隊就是脫離公職，這是公職中斷，不能計入
工齡；而這次到實驗二小還不足兩年。在這種情況下，只有兩種抉
擇：不顧死活地爬上講臺，或申請退職。「退職」在我們的社會，就
意味著失業。一個對事業充滿希望，力圖以畢生精力貢獻給教育事業
的人，僅僅因為自己無法克服的身體虛弱而不得不申請「失業」，該
是多麼痛苦的折磨！在「階級鬥爭要年年講、月月講、天天講」的年
代，誰也難以預料自己未來的命運，培義如果失業了，而我萬一又在
階級鬥爭中失足，子女的學業將被中斷，甚至成為街頭的流浪兒。一
對夫婦、一個家庭的命運和國家之間，好像有兩條蛛絲在連系著，其
中一條斷了，還可以勉強生活，兩條全斷了，就淪入萬劫不復的深
淵。五七年「反右」以來這一類家庭悲劇太多了，不能不引起警覺。
在是否申請退職的問題上，我反復琢磨著，但始終沒有向培義直說，
怕引起她對生活前景的顧慮，我也知道，只要有一分可能，她是決不
肯退職的。我只是說：退就退，我一個人的收入還是可以生活下去
的，放心好啦。

　　從一九五八年春到一九七九年落實黨的政策，糾正冤假錯案，恢
復原來的工資，這漫長的二十年中，除了在實驗二小不足兩年的短小
插曲外，她一直過著「勞動改造」和家務勞動的生活，她的內心痛苦
是可想而知的。一九七九年重新領到工資之後，她流露過埋藏多年的
隱痛：「我終於結束了寄人籬下的生活了。」這是一個從十六七歲起就

開始在農村地主家當家庭教師，而後又走南闖北，依靠自己的努力生活鬥爭過來的女性，自然而然的感觸。儘管在我們家裡，我和孩子們，對她的不幸遭遇和由此而來的可怕的影響，沒有過任何埋怨情緒。

在教育廳召開的為錯劃「右派」的三十四人的平反大會上，她屬於「完全錯劃」的四人中的一個。有誰認真計量過，幾十萬人和他們的家屬為這種「擴大化」付出的代價！

（一九八四年開始追記，時年七十五歲）

# 母校

「母校」並不是我慣用的字眼；我之避用這說法，是因為嵌在其中的那個「母」字，預先將對象神聖化了。宗法社會將「母」神聖化，又以這神聖賦予被認為相關的其他事物，使其也成為不容褻瀆的——我厭惡這種強加。在我看來，神聖化使我們的文學在遭遇「母」這一物件時，往往顯得膚淺而虛偽；因此如張愛玲的《金鎖記》這樣的作品，只能出自不世出的才人之手。有關的經驗未必是稀有的，只不過這類經驗在其他人，很可能在尚未獲得形式時，就被先在的概念給壓殺了。

但我仍然標出了這題目：「母校」。

這字樣讓我最先想到的，總是那所中學，那所位於城市邊緣的中學。這裡原是一所大專，又在郊區，校園極空曠。我和妹妹先後考入這中學，相差三個年級。這學校在當時，也應勉強算作貴族中學的吧，但比起我與妹妹上過的那所貴族小學，寒磣得遠了。至今仍能教我們笑得前合後仰的，是那學校生活上的種種不便，比如每天早晨的搶水。直到我打那所中學畢業，校園都沒有自來水；洗浴用水，靠的是水車。清晨或黃昏，高高的井臺上，照例有一番熱鬧：推水車的吱啞聲，臉盆的碰擊聲，以及凡女孩聚在一處時少不了的嘰嘰喳喳。冬天的搶熱水，更如同打仗。不等起床鈴響，就要直奔遠處的熱水房，待到排在隊裡，才來得及將臉盆夾在兩腿間，用最快的速度梳頭。搶到了水，又用同樣的速度飛跑回宿舍，再飛跑到操場。這當兒你會迎面碰上身材高大的校長，正站在路口厲聲呵斥。

　　所謂「貴族中學」，只是指生源。這所學校因系大學的附中，集中了較多的本省幹部子女。但地方窮，當時風氣又樸素，幹部子女似不大能由外觀辨認。而那所寄宿小學，條件要稍好些；名為「育英」，確也是那一時期幹部子弟學校的標準命名。只不過我和妹妹進入這小學時，收生已不那麼嚴格。我們自然是以平民子女的身份入校的。

　　兩所學校不同的，還有「空氣」。我由小學畢業時，正值狂熱的一九五八年。但那種時代空氣，尚未徹底充斥這學校。我小學畢業前遭遇的最大不幸，是因母親劃為「右派」而被宣佈罷免了少先隊大隊長的職務。你或許不大能想像，這對於一個孩子，是怎樣的打擊。其實在當時的我，最不堪忍受的，倒是罷免之前的那段一切都曖昧的日子。同學古怪的目光，背後切切察察的私語。待到處分宣佈，我的處境反而因之一變。我又回到了友善之中。現在想來，那自然因了孩子的純樸，也應因了這小學校及其中的師生尚未被政治偏見侵蝕。此後十幾年間的政治空氣，是由那所中學開始領略的。那種空氣不止損害了持有偏見者，也同樣損害了承受偏見者，使他們的心性各有了不同的缺損。

　　在這個當時以「左」馳名的省份，如「大躍進」這樣的運動，也要比之他處收場得遲些。因此我和我的同學，來得及感受勞動之對於人的承受力的考驗。尤其令我生畏的，是定額，如割草一百斤之類（甚至有過長跑每天幾十圈、挖蠅蛹若干兩一類的定額），讓我在夢裡也心驚肉跳。比這一種負荷更沉重的，自然是所謂的「出身」。直到現在，我仍能觸到自己身上的賤民印記，是被用了火烙上的，再也不能刮去。隱蔽的自卑在我，又以狷介出之。狷介是對壓抑的反彈；而這一種對命運的抗拒，卻似乎只為了造成抗拒者自己的「殘」與「畸」。你在反抗中永遠地喪失了「故我」。當著壓抑解除之後，你已註定了不可能復原。我自然不會忘記在中學期間日益發展的乖戾，對我當年的幾位老師的涵養懷一份欽佩。

　　在那所中學，我渡過了「反右」後的政治壓抑，渡過了舉國若狂的「大躍進」，渡過了「大躍進」後的大饑荒。超負荷的勞動，是嚴酷的一課。饑餓，是更其嚴酷的一課。接下來的，卻是與狂熱的勞動同樣狂熱的爭高分，爭升學率（那是「文革」中所批判的「資本主義復辟時期」）。苦行，自虐的癖好，都得自這一時期的訓練。在一個似負有某種政治債務的人，自虐，也是其自贖的方式。肉體的痛楚，有時也真成精神的療救。當著自虐已成需求，你會並非必要地自苦，你會如同尋求體驗肉體痛楚一樣，尋求體驗精神的痛楚——雖然我自以為並沒有所謂的「宗教傾向」。

　　但正像你在蹩腳的小說裡讀到過的，即使在沒有花的花季，青春也是終要綻放的。在「反右」、「大躍進」後的政治鬆弛時期，我長成了一個大孩子。我還記得那種不知其所自的，像是毫無來由的憂鬱，那如春水泛溢般的憂傷的愛意。還有那像是突如其來的對自然美的渴慕。一帶平蕪，數點疏影，更不必說花之晨，月之夕，都會喚起不可言說的柔情。又因「不可言說」，而更孤獨得甜蜜而又憂傷。

　　在那個年齡，也如其他愛好文學又心性柔弱的女孩，是常要偷偷寫一點纏綿淒惻的文字的，寫著寫著，先自被感動了——亦所謂「情生文」、「文生情」。經了歲月，經了「文革」，當年所寫，已片紙無存。即使真的還有，也會羞於去讀的吧。前幾年翻一位頗被少女們崇拜的臺灣女作家的集子，竟讀出了做作、矯情、表演欲，真中見假，覺得格外地不舒服。友人提醒我，這是年齡。我自然也明白，「分」、「度」，節制等等，與其說出於教養，不如說更關血氣的盛衰。在如我當年那樣的少女，情感的誇張以至蓄意製造故事，只消視為一種尚幼稚的「創作」就是。

　　正當此時，古詩文為上述激情提供了一種出口。甚至枯燥乏味的語文課，也偶爾成為可愛的。將《過秦論》或《出師表》背誦得鏗鏗

鏘鏘，實在是一件愉快的事。語文課本已不能令我饜足，於是有《歷代文選》之類，一篇篇地背下去，不求甚解──因不求甚解而更易於有模糊的激動，也如後來聽我並不懂得的西方古典音樂。我其實是被自個兒的幻覺給迷住了。更令我心醉神迷的，自然是古詩詞，尤其宋詞，無論柳永的《雨霖鈴》，還是絕不相類的辛棄疾的《水龍吟》。倒像是，某種沉睡已久的感覺與感情一旦蘇醒了。夏夜，明晃晃的月光下，有男生大聲吟誦著「想當年，金戈鐵馬，氣吞萬里如虎」，走過女生宿舍窗下。此刻在遙遠的北京，正醞釀著一場將決定無數人命運的運動。而那運動與這所被「升學率」所顛倒的中學，與這月光與詩，都像是毫無干係。它太遙遠了，在這文化荒僻的中原，這一班少年，竟不曾察覺到腳下些微的震動。

此後不久，我即為這遲鈍付出了代價。這是後話。

那是一節化學課。陽光斜射在課桌上。午後的課，總令人昏昏然。似全不經意的，我看著自己的手臂。那極細密的紋路，反射著陽光，亮晶晶的。我像是第一次注意到自己的肌膚，注意到那細緻與柔滑。我只是久久地注視著，似無所思，無所感。但奇怪的是，事後卻記住了那注視與感覺，雖然一切都朦朧，意義未明。

當著心境日見冷淡與蒼老，你不難知道你早已「永遠地」失去了什麼。雖然你保留了當年的對「內心生活」的耽溺，對心造之境的耽溺，但這已全不是詩意之源，它只意味著你的無用，你的缺乏應世能力。它多半是你的累贅，是你企圖擺脫的一份負擔。

聽說母校已變得讓人認不出了，還曾得到過當年的班主任去世的凶訊。我自知內心深處有某種冷酷的東西，阻止我的重訪與回首，卻終於未能禁抑「寫」的誘惑──這非但回首而且長長的一瞥。我告訴自己，你真的老了。

一九九四年六月

# 代課

七十年代初在河南禹縣鄉村插隊時，曾被召到公社中學代了幾個月的課。

那所中學，不過是擺在公社所在的鎮子外的幾排平房。因前面就是田地，所以走在去公社的路上，遠遠地就能看到。被召去代課的前因後果已記不清楚，只記得講第一課（毛澤東的《沁園春·雪》）時，我插隊的村子裡竟有年輕人聞訊到窗外偷聽的，在村裡將消息播得沸沸揚揚。

我去那學校時是早春。學校裡沒有女教師，幾個男教師就擠一擠，給我騰了間宿舍，與他們為鄰。校舍造得十分簡陋，兩間房的隔牆居然有相當大的洞，每天可聽隔壁的幾位老教師互相打趣，聽到可樂處，就在牆這邊暗笑。學校的老廚師就住在小廚房裡。每到吃飯時，全校的教職員工共十幾人，圍蹲在廚房外的空地上。總有一兩位同事是調劑氣氛的好手。最經常的笑談，是以「口條」、「肘子」之類擬人。我實在佩服那本事，能這樣將人從頭說到腳。吃飯結束，就有人照例說一句，「老頭，算算你的剝削賬」。於是各自付錢。過後很久，我還懷念那家庭般的氣氛。那確是個不大不小的「家庭」。

其間我的妹妹曾從她插隊的鄉村來住過一時。我發現我們間的親昵態度，很讓這裡的師生也讓鄉民新奇。每當我和妹妹勾肩搭背地由校舍走向田野，會覺出眼光從身後層層地壓過來。我自然又想到，我所感到的「家庭氣氛」，在鄉土社會，常常是在家庭之外的。家庭成員間的親昵，倒會有一種類似「猥褻」的意味。

　　公社中學的學生由公社所轄各村來，因路遠，多住校，於是教室兼作宿舍。窗子沒有玻璃，就用磚花插著，白天光線不足，夜間則非冷即熱。農家子弟，耐得辛苦。上完了課與晚自習，就將桌凳拼起來，或睡在地上。夏夜則多宿在室外，男女學生拉開了距離，在牆根下搭鋪。有位年齡稍長且身材高大的女生，學生幹部，會大大咧咧地到我宿舍來，說一聲「趙老師，我住你這兒」，就在我的床上睡下。我夜間醒來，會在枕邊看到一雙大腳丫子。也曾有過床邊地上另有女生搭鋪的時候。

　　這幾排房，窗開得很低，又沒有紗窗。學生取東西，倘無鑰匙，會打窗臺踩著裡面的書桌跨進來。但不必擔心丟什麼東西。這裡的學生比之我後來教過的城市中學的學生，是太淳樸了。

　　那些個春夜和夏夜實在可愛。窗子低，戶外又空曠，滿窗是星空與夜的田野。和邢校長隔窗交談，他的身影就嵌在夜空上。不記得談過些什麼，只記得那顏色，光，影，那空氣的溫潤，與聲音在靜夜裡播散的奇妙感覺。

　　有時晚間的教師會議就到黑洞洞的田地上開。躲過了學生的眼睛，男教員多半打起了赤膊，並不在意我的在場。

　　學生是艱苦的。也因了路遠，週末回家，至少要帶半周的乾糧，多半是些餅子。天熱，容易發餿，於是常見那些餅子在外邊晾著。但他們像是並不以為苦，且我當時也不以為他們苦。因為那裡的農民過的就是這種生活。而這些學生應當算幸運兒的。公社中學，豈是等閒人能上得！

　　暑假到了，又由田野上的小徑走回插隊的村子。邢校長送了我很遠。他們似乎是想留我的，但我已決意回村裡握鋤把。正因在公社中學的這段日子過得還好，才更小心翼翼，不想弄壞它。用了俗語說，是「見好就收」。這或也是我的一種病。日子一旦過得太順，或被人

看得好了一點，反倒會不安起來，覺得情境不太真實，又怕連這點不真實的夢也要失去，於是即刻想逃開去，或把那夢收住，把那段生活截下來，折疊好，收藏起來。

　　後來我曾在夜間，再去那中學。學生在上晚自習，教室裡燭光熒熒。有學生發現了我，走了出來，卻又像是並沒什麼話可說。每當離開一地，我不大回頭，也少有留戀。直到因「重新分配」回城市，我沒有再去看那所中學。

　　　　　　　　　　　　　　　　　　一九九三年十二月

# 趕會

回想起來，我對集市的興趣，當是在插隊期間養成的。鄉間的日子太枯寂，住久了，你會任何一點熱鬧也捨不得放掉。其實我在鄉下必與村裡姑娘媳婦同「趕」的「會」，不過騾馬大會之類，並無可玩可看（除非你對牲口感興趣），又無親戚可走，卻仍興致十足似的跟了去，一為破破寂寞──雖每天與村民一起幹活，畢竟見的人太少；那另一個動機，說來有點慚愧，是為了一頓飽餐。

到了鄉下，才體會到「吃」的至大至重，「吃」之為民的所「天」。那鄉村也如許多地方的鄉村，打招呼是必說吃的。「吃了麼？」「喝過湯了？」且兩者不可混淆。晚飯後只能問「喝湯」，否則會讓鄉民笑話的。甚至一天裡的其他時候，問候也是同樣的方式，你於是知道，這已差不多是僅有的禮儀用語。至於「飯時」，你若打村路上走過，路兩邊端著大碗蹲在自家門口的村民，會逐個地招呼你「吃了麼」或「喝湯了」，你要說上一長串的「吃」「喝」才能過去。

吃既是這樣重要，趕會時混頓飽飯，也就沒什麼可羞。在「會」上兜一圈，看看騾子馬和糧食，尤其看看人，然後像是無意地，到了預定要去的某人的親戚家，坦然地坐下來，等人家上菜。那人家也自有準備，端上了七八大碗。你心頭一喜，但細細一看，每碗都是一色的白菜粉條，要仔細地揀，才能揀出一兩片肉。但你仍心滿意足：能盡著「量」吃的都是好飯。那時候你的飯量真大得嚇人，像是從來不曾吃飽過。

若是能看上草台戲，這「會」的內容就豐富一點。但看戲在我，

也是戲臺下比臺上精彩。看人頭攢動，總讓人快意。我喜歡看人群。記得有次在人家的戲臺底下，聽開戲前戲班頭頭的致詞，聽他說到「有美中不足之處，請批評」，不禁一樂，顧盼之下，卻見鄉民們都一臉的正經；就在這一剎，記起了自己「知識者」的身份。

現在想來，那時真好興致，會跟著村裡的大姑娘小媳婦，趕上十幾裡夜路去外村看戲。演了些什麼已全不記得，可以確信的是，絕不如魯迅《社戲》所寫的好看；但跟村裡的一群女人走夜路，卻很有味。白日裡免不了鬥點小心眼的女人們，此刻像是都很大度，絕無芥蒂似的。有人帶了手電筒，於是就去爬樹偷摘人家的柿子。我當時大約是個可笑的角色，近視而不戴眼鏡，走起夜路來不免一腳深一腳淺，卻不必擔心有人抱怨。你不過給大家添了笑料而已。鄉民的日子太單調，任何一點變動，都有趣，且有可能使人顯得「好」一些。

在鄉間，我才知道，我如需要孤獨一樣地需要「群」，甚至有時只為待在人群中；當待在人群中時，卻又神情不屬，在其中又在其外，似與那人群漠不相關。為了避開孤獨而逃入人群，倒更像是為了在人群中享用孤獨。但「趕會」這種在鄉下養成的習癖，卻保存了下來。在都市的書齋生活中，會偶爾想逛集市，也像是並不為買什麼，而只為看看人，在人群中，感受一下四周的擾攘，聽一聽嘈雜的市聲。這不像是什麼高雅的癖好，卻也並不可羞。近幾年豪華商場多了起來，與我卻不大相干。我得承認自己懼怕那種貴族氣派，怕它嘲笑我的蹇澀。還是鄉村式的集市讓人更受用，也較為平等。

至於「趕會」，當年曾讓我暗暗得意的，還有，站在村婦中間，幾乎沒人能認出個「大學生」來，雖然腳上並無牛屎（在北方的農田裡，是不大打赤腳的）。至於貌合神離，則自個兒心裡明白。

一九九三年十二月

# 排戲

　　回想起來，排了幾台大戲，竟是插隊兩年裡僅有的值得一提的大事業。

　　人到老年，憶及少年時的勇壯，總會不勝驚詫的吧。到了懶得交往，懶得動作，終於懶得思索之後，自然會不解于少年時的多事。我已經想不大清楚，怎麼一來，就排起了戲，只記得當時十分起勁。把村裡一群不知「紀律觀念」為何物的少男少女攏到一起，是出力不討好的事，何況所排的不是鄉民所長的梆子，而是「文革」中流行的所謂「小節目」，其難可知。讓我吃驚的是，到演出那天，我麾下那些平日散漫到不可收拾的演員們，竟意外地賣力。有的還前臺後臺地自動招呼，全不須我安排。甚至還有「臨場發揮」。演到「軍民聯歡」的一場，群眾演員自動地拍手打節奏，並一齊按照節奏左右擺動身體，將氣氛弄得十分熱烈。記得當時我的感覺，似乎這不是我排的戲，我倒像在事外。

　　排戲，是村裡的大事；參與其事自是一種光榮。因而有做父母的領了孩子來，說是想讓孩子「跟趙園學戲」。那地方，一個村演戲，方圓十裡八裡的鄉民都來看。我排的這台戲，在看慣了梆子的鄉民眼裡，必是新鮮的。演出時台下也很呼應。但在村裡排戲，從此再不敢嘗試。儘管演出時很爭氣，但那群少年男女的難以指揮，我已領教夠了。

　　我知道，這很讓我的有些演員失望，其中的一個還到我的住處伸頭探腦，卻並不問什麼。那是個七八歲的小姑娘，據村裡人說，是因

父母中的一方有政治問題，被從城市送到鄉下的。村裡人說這類事，
不免神情詭秘，因而語焉不詳，我也從未認真打聽過。小姑娘在那鄉
間，漂亮得有點出眾。皮膚粉嫩；特別是眼睛，半圓的，目光矇矓。
我曾聽到村裡的女人用了刻薄的口氣喚她「小美人」，也看到過她在
男孩子的追打中飛跑的樣子。她的舞跳得出我意料地好；比之其他人
也特別認真，有一種與年齡不稱的嚴肅神氣。我也確未怎麼見到她的
笑。我自然不難感到，「演出」這機會之于她的意義，卻也並未深想。
臨時劇團散夥，她的舞就再派不上用場。那個村還唱他們的梆子。

　　後來在公社中學臨時執教時，竟又技癢，排起了戲來。因這回是
學生，比鄉民聽話得多，不太狼狽。這一帶流行兩種地方戲，除梆子
（即豫劇）外，還有一種河南曲劇。學生中唱兩種戲的人才都有。我
其實全不懂地方戲，只是依我自己對京劇樣板戲的那點知識，使演出
有點新意而已。起初甚至試過排京劇。飾演阿慶嫂的月琴，黑黑的，
並不漂亮，但身材苗條挺拔，嗓音甜美，還跟著我，照著京劇樣板
戲的曲譜認真地學了一陣子。這幫演員的臨場發揮也很出色。《沙家
浜》「智鬥」一場謝幕時，月琴的雙手前伸，腳跟提起，輕盈欲飛，
造型很美。我當時想，這女孩未必不如縣劇團的那些女演員；我曾在
縣城裡看到過那些被人豔羨的劇團演員，衣著邋遢地在塵土飛揚的路
上走。

　　在公社廣場上搭台唱戲，畢竟比在村裡更氣派。演出後，教員們
還聚在幾位老教師的宿舍裡，興奮地聊了很久。我的激動應不在那些
演出者之下。我早就發現，在我，最大的興奮，是由演出給予的；雖
然我在這方面絕無天賦。我一再體會到舞臺不可比擬的魅力，舞臺之
於人的不可抗拒的作用力，人群，現場性，直接交流之為巨大激情的
條件。我也體驗到了「演出」對於「演出者」的作用。演出這種行為
的非常態，其製造幻覺的性質，足以使其成為興奮之源。

　　我在演出活動之外，再也不能體驗同樣的激情。第一篇文章的印成鉛字，第一本書出版，心情都極冷淡。似乎那點激情都已在寫作過程中耗盡，此時只餘了疲憊。至於寫作之為「過程」也仍不能與演出相比，那裡難有忘情無我的投入。那更像是一種如沙漏般細細地感情流泄。

　　插隊之後，作中學教員時，也還在所教的班裡排過戲，但已是例行公事。近年來確是老了，與夥伴們外出開會，竟已全無唱歌的興致，而幾年前我們是以此為行旅中的一大樂事的。

　　偶爾會想到，村裡的二女、青兒們，公社中學的月琴、軍章們現在怎樣了？豫劇、曲劇怕已被流行歌曲取代，鄉村的戲臺上還有沒有他們的位置？

一九九三年十二月

# 樂音

　　人的生命是要由音響伴奏的，無論是否樂音。比如可以是「市聲」，甚至不妨是炊具的碰擊。但更好的還是樂音。即使鄉民粗糲的生活中也有樂音的，民歌，地方戲，至不濟，也有一柄嗩吶。紅白喜事，鄉村節日，嗩吶實在可稱老少鹹宜。

　　我的生命或更宜於二胡琵琶箏和簫來伴奏的吧，但我意識到這一點，卻也已在長成了「青年」之後。如果我沒有記錯，我的家像是很晚才有了收音機這種奢侈品，似乎是熊貓牌的，方方的，供在廳裡。直到中學畢業那年，惑於電影《甲午風雲》裡的鄧世昌彈琵琶，竟發願學起樂器來。到大學，自然地，就報名加入校文工團的民樂隊。到後來才發現，那根本不是個教人學樂器的場所，樂隊成員幾乎個個夠水準的。我的被收容，多半因了缺少女性。記得有隊上的人到宿舍來看我，見床頭掛著的廣東音樂曲譜，神色間就有些不屑，後來我猜，大概因廣東音樂的俗。當時雖不明就裡，卻也感覺到了什麼似的，將那曲譜收了起來。「民樂隊」在一段時間裡，成了我的大學生活的主要點綴。演出，為外事活動伴奏；更難忘的是「五一」「十一」天安門城樓下的狂歡，坐在年輕人圍成的大圈中，邊演奏邊喝飲料邊看一天焰火的倏明倏滅，看到、奏到高興處也不妨起身一舞——何等的快活！

　　七十年代初下鄉時，帶了一把小小的柳琴。當地人好「戲」（河南梆子），稍大一點的村子都有業餘戲班。這村的戲班裡竟有一把京胡，平時演出梆子派不上用場，閑下來，那小樂師就和我在生產大隊

的廣播室裡合奏小曲，聽村裡年輕人的喝彩。只是京胡太瀏亮，差不多要把柳琴的叮咚蓋過了。過後很久，我還常想起那小琴師演奏時的樣子，真是一派嚴肅；據說是經了專業琴師點撥的，姿勢規範，村裡人說是「揚頭翹尾」（「尾」讀如「倚」）。鄉村真不缺少人才，只是苦於生計，常常被埋沒了。

前幾年丈夫特為我從國外帶回一台音響，在當時是算得先進的；丈夫對熟人說，趙園喜歡音樂。我卻慚愧辜負了這樣貴重的東西。我甚至常常沒有閒暇聽音樂。我習慣于將音樂作為「背景」，讓其為我的勞作伴奏。但後來由一本翻譯的理論著作中讀到，聽音樂時是不應做別的事的，即刻想到了自己的粗俗：我通常正是在動手做「別的事」時，才打開了音響。既缺少閒暇，又牢牢記住了該理論家的告誡，於是只好讓音響經常地沉默著。當然更主要的原因還是，我不大具備欣賞西洋音樂所應有的修養。音響剛到，和丈夫興沖沖地趕到音像社，買了一百多塊錢一盒（四張）的孟德爾松。一百多元在當時還算個數目，售貨員說了聲「真肯出血」。孟德爾松似乎是很激情的；或許因我已老大，有時就覺不大能承受。也因自知不配言音樂，在北京前後住了二十年，竟不曾去過音樂廳：怕假模假式地坐在那兒，有附庸風雅的嫌疑。

但對民樂的愛好，卻像是歷久未變。聽《二泉映月》、《良宵》、《春江花月夜》，永遠如讀古詩詞，覺得滋味綿長。中國的水與月，似也只能由二胡琵琶譜寫的吧。也時時記起魯迅說過的讀中國的古書，使人「沉靜下去，與實人生離開」。但你有時不正樂於如此這般地「沉靜下去」？由文人式的《春江花月夜》，終又愛及市民式的《平湖秋月》，只覺得廣東音樂的明亮音色，猶如綢緞似的柔滑。一九七六年十月，電臺播出《旱天雷》，誰人不喜歡？雖則它俗。

已越來越難聽到民族器樂曲了，「大眾文化」的時代另有其勢

利。這樣說又太像老人式的抱怨。京劇，中國古典音樂，也如古詩詞，其不再宜於「伴奏」年輕人的生命，是無需證明的；而年輕人的需求，永遠是文化生產的基本動力。你不覺得胡同裡那些自拉自唱者的坦然怡然，令人別有一份敬意？你所需要的或更是「文化自信」的吧。我不自信能僅據一端而論世運、文化氣運的升降。那些大題目還是由別人去作，我且聽我的《春江花月夜》。

一九九三年十一月

# 陋室

　　如果撇開插隊期間借住過的農舍不論，在那所中學住了六、七年的，最是不折不扣的「陋室」。那甚至不能算一間屋子，那原是兩排平房間的隙地，不知為了何種需要，馬馬虎虎地夾了前後兩堵牆，搭了個類似屋頂的東西；也不記得怎麼一來，我就住了進去。但當時似乎是很高興的，因這裡遠離學校的教工宿舍區，沒有吵嚷的四鄰。

　　那是一所位於城郊的中學，整所學校都相當簡陋。我的住室對面即學校的教學樓，像是經了戰火，找不出幾塊完整的窗玻璃。這也是當時中小學校的尋常風景，「文化革命」的一份成績。遠離了教工宿舍區，固然可慶倖，卻也就另有代價。這排房子位於教學樓下，白天裡就不能不聽一樓學生的吵嚷。我的學生是少有人讀得進書的，某一方面的知識卻頗不缺乏。當時的學校裡，流傳著類似「性交指南」的手抄本，雖只是初中學生，在「性」的方面卻有驚人的想像力。我的住室既在他們的俯瞰之下，一當看到有男教員出入，就會有人即興編出淫穢的情節。這是我後來才知道的。當時也著實生了些氣。等到事過已久，才想明白，其實我的那些學生對我並無特別的惡意。他們不過碰巧拿我消遣罷了。而他們選中了我也自有道理：一個女教員，又是單身。到了十幾年之後，我更發現，絕不止我當年的那些來自市井「底層」的學生，而且「文化圈」內的高雅之士，也是要以這類淫穢故事來取樂的，且比之我的學生更有想像力，在用了他人消遣時也更少道德障礙。雅人與俗人，本來都屬萬物之靈。

　　我到那中學前後，發生了所謂的「黃帥事件」。幹那一種「革

命」，本可無師自通。兩年後接了初中一年級的班主任，開學的第一
天，我提前到教室，一眼就看到黑板上被人用板刷蘸了大便寫著學校
一位女教師的名字，名字上打了大大的「×」。打群架，是班裡男學
生中經常的節目。而小偷小摸，則幾乎像是一種遊戲，玩起來天真到
叫你不忍懲處。也有偷到我門上的時候。見到自己宿舍的桌子上少了
個指甲刀什麼的，你只能一笑置之。在當時，這也確是「小小不言」
的事。我在那個班當班主任的幾年間，學生幹出的最驚人的事業，是
「剪徑」。出我意料的，那竟是個平素看來相當老實、羞怯的男孩
子。既然我班裡的學生因了這種古老的勾當而進了局子，只好由我陪
著那哭哭啼啼的母親去局子裡辦交涉。

　　但那時也自有那時的好處：幾乎用不著備什麼課。我的角色，是
員警兼保姆。我和我的同事都相信，有些學生是只認「力」而不認
「理」的。不幸的是我無拳無勇，是一個所謂的「弱女子」。但在忍
無可忍之時，也曾一把揪住了某個學生的衣領，將其扣子都搡飛了。
看著那張冥頑不靈的臉，不止一次有過一掌打將過去的衝動。面對如
此勇壯的男生，我不得不把那些可憐巴巴的小女生藏在身後，以一個
「弱女子」保護一些更其弱的女子。當時的我，看起來像是很強悍的
吧——也有人這樣向我說起過。只有我自己知道我的軟弱。

　　後來又有所謂「批林批孔」。卷在派伙裡，事後想來，「甚無謂
也」，但當時確也有不得不然的情境。革命，實在是極累人的事。在
學生的俯瞰與「對立面」的盯視下，我的那間陋室，仍然是一方可親
的天地，雖然冬天臉盆裡會結冰，夏天屋頂會漏雨。

　　這裡是我和我的朋友們的小世界。朋友，是幾個同校的女教員，
和我初到此校時教過的幾個高班的男孩子。你若在某種風險的環境中
待過的，當會知道友情如餐之於饑、飲之於渴似的可貴。也只有在那
種情境中，你才能充分地體驗友情之為「庇護」。二十年後，曾有日

本朋友問到我何為「鐵哥們兒」，那一剎我想到的，就是常聚在那間陋室中的幾個女友。

至於與幾個男孩子、我的學生的交往，則使我對「夜話」有了如酒徒之于酒似的耽溺。前不久，曾在那間房子裡聊過的男孩子中的一個，還說起他所記得的舊事。說是某次聊天時，他發現我面色潮紅，提醒同伴們離開了，事後知道，那一晚我果然在發燒。這些事我自己早已忘卻。但我想，當時由這種交往中感到的滿足，就應有我的小友們那種與他們年齡不稱的細心與體貼的吧。那畢竟是一些經歷了「文革」的早熟的孩子；我們確也是作為朋友交往的。

此時已到「文革」後期，一面是繼續的紛擾，另一面則是心情的相對平淡。到了這時，我才極有興致地讀完了托爾斯泰那一大部《戰爭與和平》。也如後來女孩子的一度迷戀冷面好漢高倉健，那時的我一下子愛上了深奧莫測的安德列‧保爾康斯基。這期間還讀了《第三帝國的興亡》、《出類拔萃之輩》一類所謂「內部書籍」。「文革」的政治訓練，足以使得最天真的書生也約略知道了政治鬥爭的 ABC，更刺激了一些人對「政治奧秘」的好奇心。種種「內部消息」，民間、口頭的「黑幕小說」就賴此而流傳。

也是在這間陋室，我開始試著「評論」。十幾年荒廢之後的初試，首先選中的，竟是郭小川的詩，雖然我並不大喜歡新詩。冬夜，爐子上燒一壺水，在燈下寫郭小川。記得為了寫作，還抽掉了幾支煙——那還是插隊時的訓練（我插隊在河南的煙葉產區）。所寫的東西早扔掉了，記憶中只殘留著「情景」。夜讀，實在是愉快的。一燈獨坐，如在世外。我的那個班，學校的那些「派」都頓時遠去。我明白我絕不是個好教員。我只是個盡職卻並無職業熱情的教員。我的樂趣從來不在講臺上。只有這間屋子，是我的世界。雖然一直有愛我也被我愛的學生，但他們更是我的朋友。我不可能由「教師」這職業中

得到滿足。因而後來偶爾站在講臺上，接受聽眾的喝彩，或迎著莘莘學子熱切的目光時，我都不能坦然。我知道那更像是演戲。他們看到的不是真的。當他們看著我時，真的我或許早已不在「現場」，退回了我打那裡走出來的我自己的房間。

　　十幾年後的一個夏日，拗不過朋友的好意，去看了那所中學。我住過的那間房子大約早已拆掉，矗在那裡的，是一座樓。我竟有如釋重負之感。我明白我並不要看到那房子，它的在否對於我是無關緊要的。我離那段歲月已經太遠了。

一九九四年四月

〔附記〕

　　篇中所記當年小友中，有中州古籍出版社編輯范炯。我曾在他來京治病期間與他長談，並憶及那所中學的往事。范炯已於我寫作此文後不幸去世。

# 遇合

一九八八年北大慶祝建校九十周年，有人約寫一篇有關北大的文字。我的那篇題作「屬於我的北大」，收在作為紀念集的《精神的魅力》一書裡。當時的意思，無非是有所保留，只取我所愛的。這也因我個人與北大的那「緣」與我後來的同伴不同，不能不有所選擇。其實這表達也多餘。記憶即選擇。每個北大人的北大都應是屬於他的，除非他毫無選擇能力。

次年寫紀念王瑤先生的文字，我稱北大為「精神鄉土」，過後亦覺有點自作多情。儘管前後在這學校待了八年，我之瞭解北大，仍不如我的留校任教的友人。「學生」這一角色規定了我與北大的關係。學生的學校永遠比教員的抽象。北大也如我插隊時待過的鄉村，與我相關而又似無關，並無血肉相連之感。——我其實對任何一地均無此種「感」。我的所謂「鄉土」註定了是抽象的。我更經常地沉溺在自個兒的內心生活中，與外界少交換，少忘情無我的投入。對於自己生存其中的環境，常用了看客的態度，不勝遼遠似的目光。我何嘗不知道，人有時只是需要某種表達，不過「表達」而已；而現有表達方式的貧乏，則又可能使表達本身成為掩飾或作偽。我當然並非作偽。只是我對北大的感情難以如此現成地描述，也如對我真正的故鄉。我其實從未體驗過稍有深度的鄉情；北大亦如我的那個故鄉，引出的是依戀與逃避、關愛與憎嫌錯雜的衝動。即使如此，我的表達仍出於真正的需求，比如對鄉土的需求。這需求是真實無偽的。這些年來，向北大又向北京尋求鄉情所寄，無非為此。

　　直至北大已成遠景，且在有了更多的忽略、省略之後，我才有餘裕欣賞這個大校，體驗一份無所牽繫的快感。初夏黃昏未名湖上顫動的水汽，竟像是第一次注意到。隔湖看臨湖軒一帶，也才看出了那幽深。早春過未名湖，剛打生物樓後的小路轉出，湖對岸的一樹桃花，就讓人眼前一亮。我實在久已辜負了這片風景。

　　一九六四年初進北大時，這校園正在革命前夜的擾攘中。一九七八年重返北大，我與我的夥伴已是中年人。那三年書讀得真太苦，以至令我對「學生生活」有了永久的恐懼。作為補償的，或許只是友情。三年後，研究生畢業前夕，現代、古代文學的一班朋友有香山之集。那次的遊山還攜了酒菜；喝到酒酣耳熱、說到忘情處，圍坐在山頂上，有一兩位還講了點自己的羅曼史。大家都已是中年人，只玫珊除外。坐在我們之中，她是個可愛的小妹妹。那也是分手的前夕，卻並無所謂的離愁別緒，也應因了「都已是中年人」的吧。

　　經歷了「文革」，領略了人情的傾險的，或許從此不能擺脫戒懼；我卻因了同樣的緣由，而有對友情的饑渴。中國人因戶籍也因那張工作證，比之別個，大約更有「遇合」之難。即使僅僅為了友情的獲取，我也會對重回北大永遠懷一份感激。事後看起來，重回，竟像是只為了這番遇合似的。此後又續有遇合，無不令人感激。而這確已是中年人的友情，平淡而柔韌，如夏日坐樹蔭下，風味悠長。

　　對友人，我也仍然常用了旁觀的態度，如對人間風景；偶爾真也如面對山水之勝。在當時，因了讀書之苦，也因了這份滿足，冷落了校園之美。之後雖其中的幾位仍在一城，各自忙著，只是偶通音問，卻自覺有所倚托，知道有友人在不遠處，看著與聽著你，且相信他們永遠聽得懂你，即使獨處，也多了幾分充實與寧靜。

　　其實大至「鄉土」小至「母校」，永遠系於「人」，幾個親人或友人。人的（尤其如我這樣老式的中國人的）需求並不奢。鷦鷯巢于深

林，不過一枝；偃鼠飲河，不過滿腹。這樣看來，說北大「鄉土」亦無不可。

畢業幾年後，也是一九八八年，有鏡泊湖之行。當年的一班朋友中的多數，聚到了一處。那次行旅實在是美麗的，美麗得令人難以忘懷。最近還有滬上的友人，在信中說起那湖。我也常常記起鏡泊湖凝定的黃昏，水天一色的蒼然令人悵惘。呵，鏡泊湖……

一九九四年五月

# 窗下

　　每當想起魯迅夫子「以窗下為活人的墳墓」一語，就有幾分不自在，對自己的生活方式有剎那的懷疑，儘管「剎那」之後，仍安坐窗下——早已知自己的無可救藥，也從未認真地打算過自救。在人間世兜了這麼些年之後，竟發現只有「窗下」較適於生存（自然指我自己）。本世紀二、三十年代就有「十字街頭」「象牙之塔」一類話題，在當時，「象牙之塔」不消說是「逃避」（革命，鬥爭等等）的象徵，而「逃避」雖不同於背叛，其為落伍則是無疑的。現在想來，當年的有些論爭也有點無謂。人生選擇本是無窮多樣的，只要無礙于他人的生存。但也不便用這話頭批評前人。人們往往有意地忽略了歷史情境的不同；事後聰明，有時適足以自證其淺薄。還是說自己可靠。

　　自從發現了窗下的適於自己的生存，便平添了一重恐懼：對於「入侵」的。曾有過一時，家中還沒有電話這種奢侈品，每當寫作到得意時，最怕的是訇然而起的敲門聲。也曾想過一點損招兒，比如裝做家中無人。但究竟於心不忍；即使決心已定，只要敲門聲起，也仍會反射似的站起身來：萬一是遠路來訪的朋友，或外地來京的同行，或……記得當時最喜歡雪天，真靜；其次是大暴雨的日子。喜歡的是那份不受驚擾的安全。

　　電話的發明實在是人類生活的一大進步，它固然使空間距離縮短，也簡化了交往方式。但也未必然。你很有可能接到一個電話，只是通知他的即將到訪，決未想到徵求你的同意。一切都是不言而喻的。他根本不曾想到他會是不受歡迎的。他甚至認為他的登門拜訪是

給你面子。你沒有機會拒絕。

　　最近從報紙上讀到了關於「拒絕」的文章，先是有點沮喪：這題目竟被人先作了去；過後又有點高興，畢竟有同感者，而非我自己有什麼病。偶爾在國門外走了幾步，羨慕的倒是彼處早已習俗化的「私人空間」的概念。在東鄰時聽說那裡為人父母的去看望兒女，會先在兒女所在城市訂好旅館房間，以免干擾兒女的正常生活。當然我知道，中國稍為像樣的旅館，都不是為你我這樣的人預備的；但中國人也會富起來。我們的東鄰不也曾是「農業社會」，有過漫長的「中世紀」？可見習俗是可以改造的，尤其在中國人真正忙起來之後。其實外國人在這方面也並非都可佩服。我就曾被人不由分說地吩咐道：「把你家的位址寫下來！」那也是素稱多禮的東鄰人士。大約見慣了中國人的過度友好，已失卻了平等之感，有了為中國人特備的態度與口吻：他壓根兒不會想到中國人也能拒絕。據我的經驗，對中國人有更深（有時也更隱蔽）的輕蔑的，往往是自居「中國通」者；實則他們並未真通。

　　終於讀到國人有關「拒絕」的文字了。不妨相信有一天在我們這裡，可以不必用了那麼大的氣力去拒絕。我們這民族曾極其發達的禮儀傳統（當然是其中的合理部分），會回到我們的日常生活。

一九九四年三月

# 中年（之一）

魏晉間人永遠令人神往。「中年傷於哀樂」，「正賴絲竹陶寫」：何等的細膩與優雅。今天懂得此義的，還有幾人呢！前幾年池莉有過一篇《煩惱人生》，那題目對於許多中年人，真切。我疑心中國人極少中年之感；青年與老年各有其驕傲與詩，「中年」最是灰色。中年只意味著責任、義務，無休止的支付，與永難清償的債務。「中年人生」是煩碎，是睡眠不足，是家務重負與人事困擾，是「拮据」、「窘迫」、「尷尬」，而且似乎是這些字樣所意謂的全部。

說了上述意思之後，我應當承認，我其實並未認真體驗過「中年」；「中年」幾乎是在不經意間度過的。一九八六年與一夥友人同游張家界，滬上朋友許君說到錢君，說他打「青年」一下子進入了「老年」。我想，我自己也如是。當著你在已入中年之後，又有機會作了學生，而這恰恰發生在一種文化的「青春期」，諸種情境都足以淆亂你的自我意識；你在各種場合被人們用了含有「青年」這字樣的名銜指稱，比如「青年評論家」等等；你幾乎開始習慣了這身份，有意無意地忽略了愈深愈密的皺紋和日增的白髮。直到有一天，一位年輕的媽媽，叮囑她的小女兒「叫奶奶」，你才如夢方醒。回頭想，真有點奇怪八五年前後人們的慷慨。中國人據說有敬老的傳統，這大約指敬某種「老」。實際生活中，或許比起別的民族更有年齡歧視，有正是年齡上的勢利。

但在我，只不過在乍聽到「奶奶」時，心情有暫態的晦暗，很快也就忘卻了，並不曾認真地對著鏡子發愁，因為沒有工夫。直到在其

後的有一天，自覺心境漸趨平淡，已不慣聽激烈的議論，對人也略有了點寬容，才明白竟已滑到了「中年」的盡頭，從此甚至在使用「中年」這字樣時也不再坦然。你真的一下子老了。這有點可慘，是不是？「中年」竟是如此匆促。

在時下那些快樂的少年人眼裡更其可慘的是，你不但沒有「中年」，甚至沒有名實相副的「青春時代」。當你六十年代進入大學時，已是「文革」前夜，大學校園裡的舞會（那令人對「五十年代」懷念不已的舞會）已被取消，當然更沒有卡拉 OK；「革命」是你青春歲月的僅有點綴，是全部激情的符號。你甚至不記得你當時穿過一條漂亮裙子。記得有位歸僑同學，曾在週末晚上，宿舍僅余我們倆時，向我展示她帶回的衣裙，平時她只能委屈它們壓在箱底。男生有冬天在油脂麻花的棉襖外束條草繩的──這也是時尚，與當今的年輕人穿磨出了窟窿的牛仔褲，心理並無大不同。但你無論如何也難以使得今天的年輕者相信，那一代人也自有那一代的歡樂；你總不能不承認，你的人生是更為殘缺不全的。

其實在我，說這些更是為了作一篇文章，你千萬不要以為我真有多麼深刻的缺憾感。

幾年前看到有人在文章中稱我為「舊式的女性批評家」，明白自己在新銳眼裡，早已是「過氣人物」，禁不住一笑；一笑之後，繼續埋頭寫「過氣」的文字，並未打算即刻封筆──大約這才足證真的老了。近一時對自己竟也偶有旁觀的心境，聽別人議論到自己，竟會如聽談論別一個人，似漠不相關，不妨隨喜一樂。這因「老」而來的幽默感，或許倒是真正的痿痺與蛻化也未可知。

因偶然的機遇弄了學術，於是十幾年裡，不止一次為人所悲憫：太清苦了。之後是照例的搖頭歎息。我有時會忍不住想說一句：子非我，安知我不以此為樂？太糟蹋了《莊子》，罪過罪過。其實彼此都

在時間中消磨，也真說不清誰消磨得更值。轉念一想，悲憫也是一種賜予；讓別人有機會得到施捨的快樂，有何不可！於是也就安然。

時間仍在無聲地流走。坐在被魯迅先生稱為「活人之墳墓」的「窗下」，寫一點很可能無人去讀的文字，竟也有一種充實的滿足。是悠長的冬日，靜靜的，有雪花飄落。又到歲尾了。

一九九三年十一月

# 中年（之二）

前幾年，流行過「四十歲的女人更有成熟的風韻」之類的說法，從域外來的，初聽之下頗有點新鮮，大約也真給了中年人一些鼓舞──對此我並不確知。卻因而想到，「中年的悲哀」或許更是「國粹」，雖然對此也不敢確信，因為不大清楚外國人曾有過怎樣的經驗。

在中國，這一種「悲哀」卻是真的。我在另一篇題為「中年」的文字裡，引過「中年傷於哀樂」，「正賴絲竹陶寫」的名句，至少是我所見過的有關「中年」的最詩意的文句，卻也是憂傷的。更可歎的是，到了現代（「現代史」的「現代」），即在有人主張了「全盤西化」之後，也不曾給「中年」帶來什麼好消息。郁達夫詩雲「生死中年兩不堪，生非容易死非甘」，其頹喪絕不下於古人。這尚可讀作文人作態，不必認真；但叫你不能不認真的是，正在這大規模輸入「西方」之時，中年的生存權竟成了可議的題目。錢玄同後來為魯迅嘲笑過的名言「人過四十都該槍斃」，是不便只當它玩笑的。這直可看作時代思潮。丁西林頗有名的獨幕劇《壓迫》裡，就有人物說：「一個人一過了四十歲，他腦子裡就已經裝滿了舊的道理，再沒有地方裝新的道理。」至少丁氏，關於「四十」之為「大限」，與錢玄同所見略同。《新青年》時代的確是現代史的青春時代，這只要看列名這本著名刊物上的作者的名字和文章的題目就可以知道。也因這「青春時代」，魯迅以五十三歲的年紀已被新進少年視為老朽，稱作「老頭子」，被不無惡辣地描寫為「咀嚼時牽動著筋肉，連胸肋骨也拉拉動的」（見《魯迅全集》第四卷《答楊邨人先生公開信的公開信》）。幸

而此老心理健全且筆更健，尚能跟據說「齒白唇紅」的少年才子們操練操練。

在當時，年齡歧視確也出於「時代精神」：非但與尊老的傳統對抗，甚至是立志拯救「老大中國」的一種姿態。但也由此可知，中年人活在那年頭也並不易；而當年的一干少年當華髮漸生之時，也必會更有一番惶恐的吧。

寫這題目，並非為了發抒自個兒的感慨。幸運的是，我已無需感慨了，因為已近了「知天命」之年（雖然對於天命，倒是更其茫然）。記得前幾年，我的友人中特富同情心的某某，說過，看到年輕者，會想，他們還要吃多少苦頭。這位仁兄肯定早已發現了自己濫施悲憫的可笑。「民生各有所樂」，你不能代人設想，尤其不能代另一代人設想。當然，年輕者代年老者所設想的種種可悲，也並非總有道理。

但老人或候補老人警戒自己的老朽昏聵，仍不妨當做一種功課。近讀朱東潤的《張居正傳》，讀到朱氏比較張居正、高拱，說其間區別只在年齡，「等到居正過了五十以後，他的行為，便和高拱沒有分別」。看來五十也正是危險的年齡，不禁栗栗自危。能逃脫自然法則的，從來是所謂「非常之人」，我自然不是；所幸還略有點自知之明。有意地避開熱鬧，避發某些議論，即出於此，雖然又跡近消極。

細細地想，人在一生裡能體驗「幼年」、「少年」、「中年」、「老年」，也如過一年裡的春夏秋冬，實在是不必抱怨的事。年齡是一件太明白的事實，不容你回避。與其誇耀中年如何可愛，桑榆晚霞有怎樣的悅目，不如說蒼茫暮色落日晚照之為人生意境，自有其所謂的「悲壯之美」，雖然會令人愴然。人間世確也有愛這意境者，有偏向此中尋詩者──倒也不拘中年或老人。順乎自然，在「生」的掙扎中不失從容，當是有可能做到的？

一九九四年三月

# 一隅

已算不清楚有多少時日是在這一隅消磨的了。

它只是我與丈夫臥室的一角。那裡有我的書桌。雖只是一角，並不覺局促。到後來這一角才小了起來，那是在擠進一台電腦之後。印表機又占去了書桌的一角，使書桌顯出了零亂。但它仍是我的一隅，這大世界中確確實實屬於我的一隅。

這實在是太簡陋的一隅。尤其令人沮喪的是，由靠窗的這一角看出去，所見也無不簡陋。對面是鄰樓如稿紙般規整的牆壁。幾年前在東京女子大學住過幾周。那是一座西式小樓。住進時已入夜。第二天清晨拉開窗簾，樓下森森的綠意就讓人一陣驚喜。心想，終於可以享用綠色了。不過幾天之後就發現，那窗外的風景對於你並不像你原先以為的那樣重要。你所真正需要的，仍然更是屬於你的那一隅而已。

我就在這屬於我的臥室一角坐著。每日裡，陽光透過窗簾，灑一片細碎的光斑在桌面上，直到沉沉的暮色由窗外漫進來。最可愛的，自然還是到了所謂的「掌燈時分」。寫作是日間的事，燈下通常只用來讀書。寫作，無論用筆還是用電腦，都極辛苦。半天下來，常常弄到嗓音嘶啞，雖然那段時間裡你一聲未出。讀書則鬆弛得多。你可以將姿勢盡可能調整得舒服些——比如就這麼蜷在椅裡。更可愛的，則是雨夜，尤其雨的春夜。窗外零星的燈火，流淌在窗玻璃上。你被微寒包裹著。那雨聲雨味似透進了你的房間。不遠處馬路上的車聲，被水洗過了似的，而車輪下四濺的水，像是濺上了你的衣角。你知道窗下的梧桐樹、桃樹、槐樹，在幽黯中佇立著，靜靜地享用著那雨。在

靜極了的一刻，你或許會偶爾走神，想到了正在遠方的親人或友人，從書頁上抬眼，冀神思有洞穿時空的相遇。當這種時候，你確信了擁有燈下這一小片溫暖的世界。你感到了富足。

有時你也會忘身所在，茫然地坐著，「心之眼」望向了時間中的某一點。近一時常常想到的，就有那個繁衍在沙土地上的家族，那個家族的命運。有時也會望向某件褪了色的舊事，一寸一寸地往回，細細地搜索那段經歷，試著破解自己的人生之謎。沉溺在思緒裡，這一隅及其外的世界若有若無。一切在時間中都顯出了詭秘，令你無從索解。於是，憂鬱如泥沙般沉重地，把你淹沒了。

仍然要由讀書將你救出那沉重，儘管你還像年輕時那樣，很容易被某段文句激動起來。在這一角隅的燈下，我有過幾次特別的經驗，書中場景像是直接疊印在了我閱讀它時的情境上，以至每當我記起那書，即刻想到的，是那書裡書外渾然不分的完整意境。其中的一次，就在六年前初夏的一個雨夜。我手中的，是《麥田裡的守望者》。那無邊的荒涼，不像是由書中，倒像是由我心中彌漫開去的──在我，那真是一種永不能忘懷的經驗。

讀得倦了，你也會與友人通一通消息。有時並不為什麼「消息」，而只為了開懷一樂。你真幸運！你竟有不止一個朋友，能發出所謂「富於感染力」的笑聲。於是，你們在相隔十幾裡、幾十裡處大笑著，使得這一角隅的空氣，也頓時生動起來。

你可能一生都在做著有關「漂泊」的夢，但你更明白，就本性而言，你絕不是個流浪漢，你對家、對家中「一隅」的依戀已坦白了這一點。你不可能真正懂得那個「車輪上的民族」，你在一切極瑣細的方面，都是「鄉土中國」的兒女。

就這樣你坐著，年復一年，甚至那桌椅都極少挪動。不斷增添著的病痛，會一再驅你離開那張桌子，但稍一平復，你又掙扎著回到桌

邊來。你有時會有怪誕的想像，想像你就凝固在了這角隅，漸漸老去，如屋角被遺忘了的一段枯樹……

　　　　　　　　　　　　　　　　　　　　　一九九五年六月

# 鐵哥們兒（之一）

那天在成田機場的小餐廳裡，你突然問到「鐵哥們」，那是在我登機前。我記得我只是匆匆地說到近幾十年的政治環境，說到「安全感」等等。我相信並沒有解釋清楚。當然，跟你，不必說關於中國的ABC；但即使真正的「中國通」，也不可能如中國人那樣感覺，也難以真的知道一個中國人的感覺——當然他們也無須知道。「中國通」們或許正賴有距離才成其為「通」的。

在東京遇到你，實在有一點奇妙。其實說起來也沒有什麼「奇」，既然你的來訪出於中島先生的細心安排。但我事後仍覺得奇妙。那天像是很陰冷。聽你們日本人說，日本的秋天常常是晴和的，我卻始終跟在颱風後頭，從大阪、京都，到九州，到東京，每到一處，都恰恰碰上颱風剛過後的雨。現在不妨說，當時我實在已相當怠倦，如若不是臨來時友人再三叮囑，或許會要求提前回北京的；而你約了見面的那天，我又恰在感冒，發著燒。我並不知道要來的是何許人，你在電話裡只說了你是「近藤」。我相信日本有無數個「近藤」。直到我已將你迎進我的住處，開始了交談，才突然知道了你是誰。我其實剛由留日學生所辦的一份刊物上看到過你的名字，那是一組訪談錄，而你是被訪的唯一的女性。

已記不清那天都聊了些什麼，無非是中國的當代文學吧。到黃昏，你說我在病著，建議我和你一起用餐。我們去的那家小餐館名字太特別了，「王府井」。你看，我還保存著那家餐館裝筷子的紙袋，上面有你寫下的你的住址。那碗芹菜肉絲麵，是我在日本吃過的最中國

味的面，即使在感冒中，也開了胃口。當我告訴你我的感覺，你把手一拍，說：成功了！我當然還記得那間燈火通明的彈子房。我相信不會有另一個日本的「文化人」，帶我去看那樣的所在；我其實是很想看看的。此外記得的，是夜的小街。東京女子大學附近的小街，實在讓我喜歡，尤其在我每次夜歸的時候。那天由下午到晚飯後，不過幾個小時，分手時已像是熟人。中國有所謂「一見如故」的說法；但跟一個日本人「一見如故」，怕是太難的事——這樣說是否有點冒犯？

說實在話，我不大喜歡看女人抽煙，但你例外。你抽著煙，身體前傾，臉上的那種沉思而專注的神情很動人。我後來知道了你的才華，也注意到你臧否人物時出語的鋒利，在和你交談時，卻並沒有感到咄咄逼人。我只是一開始就信任了你的理解力。後來在你的那個家，更加強了這信任。和聰明的女人打交道，總是令人愉快的。

去日本前，就已經聽說過所謂的「單身貴族」。你的家絕對沒有貴族氣。據我的觀察，獨身者往往走兩極，凌亂不堪，或潔癖。我的經驗是，後者多半比前者更封閉，更難以接納他人。你那裡屬於「凌亂」的一類，雖然並不過分。在東京的街巷遊蕩了一些日子之後，我由你的房間裡嗅出了一種文人式的慵懶的氣味。插在筆筒裡的一大把笛子和簫，擺放得不大整齊的書刊，和那一群躍上跳下的貓們，都令人筋肉鬆弛。我不大習慣東京這樣的都會的氣氛，這氣氛令人感到壓迫，體驗到「生」的無餘裕。即使我所喜歡的小巷，那過分的嚴整與靜謐，也似乎有一種隱蔽著的緊張，不大像我所以為的「人境」。但你的隨便又使我略有點驚訝。你說，某位你所喜愛的中國女作家訪日，曾在你那裡很住了些時候。我對你們二位都佩服。我既不能這樣接待別人，也不能接受別人的這種接待。順便問一句，你的那些貓們怎樣了？幸而我不討厭貓。要知道那群被你慣壞了的貓會把你的客人嚇跑了的。

　　那天我們談得最多的，還是女人，而且是非學術的談論。我說了一點「文革」中的女人的故事，以及我自己的事情——當然是很簡單的。我其實應該在那時就告訴你，「鐵哥們兒」，是因了何種需要而結成的。

　　不知你是否有這樣的經驗：儘管這世界不乏好女人，但女人間的訂交較之男人間，似乎要更多著一些條件。七十年代初我由插隊的鄉村回到城市，在一所中學裡待了六七年。我現在已經可以相信，我這一生中結交的最親密的女伴，只是在那些年，在那所學校裡。那是一所破敗不堪的學校，即使在我家鄉那個文化落後的地方，也是很破的學校。更糟的是，那又正是個文化破壞的時期，不但正常的教學秩序難以維持，而且教師中派仗連綿。畢竟「文革」中在北京見識過大場面，看這學校裡的派仗直同兒戲。但因空間的小，你竟無從逃避，終於有一天，你卷了進去。這些事情對於外國人，或許都是天方夜譚，但在我這個故事裡又無法省略。你如果能看到我當年寫大字報的樣子，一定會覺得難以置信。但在那時，我的確很投入，一副道義在肩、大義凜然的樣子。我這一派的宣言、戰書之類通常由我起草，署名的時候照例有哥們兒署在頭裡：倒不是怕擔責任，而是怕連累了同派中人。我屬於那種「問題人物」。至於何種「問題」，卻不免模模糊糊。一個「問題人物」，處在一種「鬥爭」環境中，是常會有點麻煩的。要到這種時候，你才能切實地感覺到你的友人的堅硬的肩膀和結實的後背，這樣的肩膀和後背絕不止是屬於男人的。

　　你絕對想像不出，在五七年和「文革」之初，有過多少關於「告發」的故事——甚至在夫妻父子之間。我「文革」時所在的大學，就流行過施之於「問題者」與其家人間的「背對背揭發」。我知道有不少人，在經歷了這類情境之後，不再能信任任何人。但我以為那種疑懼只能毀了他們自己。我也有過類似被「出賣」的經歷，但我自以為

還不曾因此而被疑懼給毀了。我仍會與他人「一見如故」。當然，我承認，我很挑剔。我的敏感，也多半是在那些年頭形成的。

兇險的遍佈陷阱的政治環境，使人對於人戒懼，卻又同時鼓勵了人之於他人的依賴，即使這依賴本身也充滿危險。非正常的環境強調了「忠誠」的意義，使「不叛賣」成為結交的起碼條件。或者應當說，所謂「鐵哥們兒」，用民間的方式詮釋了「忠誠」：要知道，「忠誠」也正是一種重要的「官方道德」。

我把這當做那天在你的火鍋邊談話的繼續。我能感覺到你，看到你傾聽的神情——你相信嗎？

據說日本人之間是留心避免身體接觸的。但那晚你送我回女子大學時，說到高興處，我竟忘形地用肩膀撞了你，你像是並不反感。你說我「賣老」，你說我像個中學生，這真叫我驚訝。我在你眼裡竟至於如此單純？而我則認為，因了經歷，我是把「單純」，這東西過早地喪失了。我倒是想這樣地說你的。臨出你家的門時，你抱起你的貓裡可能最被你寵愛的那只，要我看是不是像奧黛麗‧赫本，我嗤了一聲，你不甘心，要我再看，「看看眼睛」。我實在看不出什麼，那張貓臉。當時你的神態，才十足是個傻女孩。鐵哥們兒（之二）

你是哪一年來過中國的？我怕你已經認不出她來了。「鐵哥們兒」正在被遺忘，或只作為語言化石被搜羅進某間辭庫裡。商業化的社會仍會有「哥們兒」，只是系結彼此的那條索子不同罷了。回頭想，你竟會弄不清那被用「鐵」形容著的，究竟真的堅硬還是脆弱。當著社會回復常態，你會發現，你其實更是一個人。那種如我在你們東京夜的小巷中走過時所感到的清寂，是更真切的「人生」。人要活著，自欺幾乎是必不可少的。但總要明白那是「自欺」。你可千萬別誤會：我其實有很好的朋友。我只是會突然想到，對友情的過甚其辭的形容，只在坦承著自己的軟弱罷了。

話說遠了。還是來談女人。

我已經提到我曾有過的幾個女友。那是在一所相當簡陋的中學裡。現在我們都已離開了那學校。據我的經驗，在經濟或文化貧瘠的地方，往往會有極好的女人。似乎是，造就一個出色的男人需要更苛刻的條件，而女人則如旱地裡的莊稼，只消一點點水分就能生長。女人的優秀，尤其在艱難時世。患難中的女人往往比之男人要「大」。我們還不曾談到兩性關係中的女人。你一定也發現過，即使較為出色的男人，在這一種關係裡，也難免於自私，更關心他們自己的需求；而能忘我的，總是那個女人。這回東行，印象更深的，竟也是女性，關西的中島先生、安村小姐，九州岩佐先生的夫人，還有東京的一兩位。我自己也覺得好笑的是，還沒有離開日本，就開始評論貴國的男人，尤其那種隨處可見的西服筆挺、髮際光可鑒人、神情儼然的男人。在東京大學校園，樸素而柔弱的加藤女士，聽我說到「一張公司臉」，也不禁莞爾。

我沒有問過你是不是女權主義者，我只是從你那兒，覺察到了一個富於才智的女人的驕傲。你拿給我一本刊物，用了在我聽來有點古怪的調子，說：「我是在這種刊物上發表文章的。」我感覺到了你的逼視。你似乎要直接從我臉上讀出什麼。我猜想你一定發現這張臉上一片空白。我知道你在說什麼。你輕蔑某種矯揉造作的學院派頭。即使不能說這種派頭都是由男性表現的，至少它更屬於男性。日本也如中國，「學院」仍然是男人的或更為「男性化」的世界。你或許沒有想到，我也是被目為學院派的（儘管同時被讚揚著「非學院」風格）。我現在可以告訴你，我對於為公眾寫作（區別於僅僅為「學界」、「文化界」寫作）並無偏見。我從不自居「雅人」，更不自命「精英」。我只不過不自信為公眾寫作的能力而已。「訴諸公眾」何嘗易易！

　　話又說遠了，而且像是在有意兜圈子。你也許在等著我的故事，關於「鐵哥們兒」的，但我這裡實在沒有故事，尤其友情的故事。我的記憶是這樣破碎，那裡只殘留著甚至不成片段的「情景」、「氣氛」之類，而且這些碎片能否算作舊物也很可疑。我相信這世間有太多不能述說者，被述說的，只是其「粗」罷了。對於我真正珍愛的，我寧將其存放在心的最深處，我怕一旦開口，那東西就頓時霧一般消散了。

　　我們還是回到成田機場。那個早晨在機場分手時，我不自禁地擁抱了你，事後多少有點後悔。我其實並不習慣於這種方式。何況這絕不是日本人喜歡的方式。我的衝動更是因了感激。在東京的最後幾天裡，你多少改變了我的心緒，使這日本之行有了個近于圓滿的結束。我還知道你為送我一夜未睡。依你的習慣，那會兒正應當是你要入睡的時候。其實我也像我的丈夫一樣，避免過分的感情流露，這也足證我們都是道地的東方人。

　　我不喜歡送行，也不喜歡被人送。那種場合總有一種在我看來因誇張而顯得虛偽的調子。但那天不同。在你的幫助下辦妥了手續，拖著行李走向候機室時，我回頭看樓上大玻璃窗後的你。你一直高高地舉著手。這一份細心與體貼，是用那高舉著的手傳送的。我不便自作多情，認為你對我有怎樣的好感；你多半只是在盡日本人對一個外國人的責任，雖然你並無責任。你肯定想到了，應當設法使這個中國人帶一點親切回她那個國去。

　　到幾年後的今天我不妨告訴你，和你待在一起的時候，我也有過小小的不快。那天我們一起買火鍋材料，有食品推銷者塞過來免費的小食品，你脫口說，這東西外國人喜歡。如果我沒有猜錯，你指的是「免費」。我相信以你的聰明，當時就會有警覺，卻絕不會如我似的久久記得。另外的一次是，你提到了奧黛麗·赫本，我表示看過她的

片子，你即刻揚起了眉毛，直到我說出《羅馬假日》。提示了中國人的「窮」以及因了「窮」的「陋」的，往往就是這類極瑣碎的情境。又回到了那個話題上：一個外國人，不可能像中國人那樣感覺。說了這些，你該不會後悔接待了一個如此敏感而計較的中國人的吧？

一九九四年四月

# 夜話（之一）

　　都市之夜，或許要到凌晨，才算深濃。來，說點什麼。我是常常自語的；這真是一種文人惡癖。寫作是自語；寫作之後的自語，則是寫作狀態的繼續。「寫作」這一行為，覆蓋了我的幾乎全部生活。你知道嗎？我常常是為了擺脫這糾纏不休的自語，才大聲唱歌的，像是在舉行一種驅魔儀式。更可惡的是，那甚至不是散漫的自語，而是書面語的連續湧出，排列整齊，組織嚴整，而大腦則像一座製造話語的機器，軋軋地響著，把我折騰得筋疲力竭。所謂「文人」，大概應定義為語言囚徒；雖然常常是自願的囚徒。

　　更糟糕的是，我在工作之外幾乎別無嗜好。於是「說」成了僅有的消遣。回頭想想，這一生中的許多時候，竟是在尋找對談者。這種需求，訓練出了特殊的敏感，使我能在最初的幾句交談中，判斷出有沒有溝通的可能，談話的品質將如何。這種尋找不能不是艱苦的。但我很幸運，在茫茫人海裡，竟找到了不止一個對談者。我所樂於回憶的「過去」，竟是一次次對話。在中學的大操場上，那是個月夜，月色十分溫柔，已記不得是與哪個女伴；在大學的湖邊，在校牆外的公路上；在另一所中學（當時我已是教員），那間宿舍破爛到幾乎能從屋頂看星星，那是和我的幾個學生；在我自己的家，與我的某位元友人……談話的內容大多已忘卻，那些情景卻仍歷歷如見。那是一些夜，無月的或有月的。

　　有對話者，尤其是文人的幸運。這種幸運又鼓勵了期待，鼓勵了對交談的依賴。正如酒徒的痛飲，一次通暢的傾談之後，是反芻般

的自語——耳際一派轟響，直炸到神經失去了控制。我終於疑心這如
同嗜酒或嗜毒，一時的滿足只是刺激了貪欲。正在這當兒，年齡救
了我。多半因了衰老，我竟一下子失去了傾訴的願望。嘿，怎麼搞
的，竟把「失去了願望」也說了出來，這實在太諷刺。或許我被自己
騙了？

　　人是這麼脆弱的東西，即使知道了命定的孤獨，也仍會心甘情願
地被幻覺所作弄，去作無望的尋找。交流的渴望背後，自然是逃脫孤
獨的頑強意志，真是既怯懦又勇敢。我於是改變了對「沉默的男子
漢」的看法。那張堅硬如石的臉的後面，大概是更其緊張的自語以至
與假想者的對話。他未必比我更堅強。我倒想將他救出那沉默。說出
來、大聲喊出來吧，何必跟自己過不去？

　　文人（以及准文人）的惑於「表達」，迷戀文字或言談，不只使
他們自己的生命偏枯，而且損害了他們對於人的適應能力。九〇年秋
在福岡的一家小酒館裡，一位日本的職業婦女用了自嘲的口吻，說她
屬於那種「聲音美人」。她是一位翻譯（日—漢），她的聽眾往往傾倒
於她的聲音。不消說，這種聲音迷戀也以某些感官被訓練得特別纖敏
的文人為甚。文人的「偏」、「畸」，是一種生活方式的結果。其實幾
乎任何一種生活方式都會造成偏與畸，對此你無可逃遁。

　　夜真靜。有時你會覺得，用「說」破壞這樣的靜有點罪過。沉默
確實會比之交談更深刻。但我想知道，你是否聽出了這靜中的擾攘？
我敢說就在這會兒，出聲與不出聲地說著的絕不止是文人。我常常正
是在這樣的靜夜裡，聽出一片喧囂，一派話語的湧動。我相信正是這
話語的湧動，使得夜氣重濁不堪。幾個小時之後，會有理學家所謂的
「平旦之氣」來替代夜氣，但你准相信到那時你能夠享用到一派清明
之境？

# 夜話（之二）

　　又夜了。今天說「死」，怎麼樣？生、死都是些好題目，永遠說不完的題目。但死這題目更有趣。你以為呢？

　　不大有人會作出如魯迅的《死後》那樣瀟灑的文字了。但卻不知有多少人設想過這「死後」。我不大愛想像「死後」，我好想像的，是「死之時」。

　　或許是著了魔，我總把自己的死安置在大西北的溝壑間，我筋疲力竭地走著，向著西方，那裡有一輪巨大的落日，如血的。這多半因中了英雄主義的毒。但為什麼總是西北？其間難道沒有所謂的「宿命」？

　　明明是在中原長大的，我卻總暗中以西北人自居。這好像又不止因為我生在西北。我對出生地全無記憶，但又似記得什麼，其實多半是由父母的閒談中零零星星記下的。母親每講起騎著騾子過關山那段故事，語氣中總有仍在其境似的驚歎，說是那樣荒涼的山坡上，竟有個茅草的庵，掛一串紅辣椒，隱約見有人在坡上扒撓著什麼。

　　這絕對荒涼中的絕對孤獨的人，和那串紅辣椒，竟令我如親見似的感動。你在笑我。讓我猜猜你笑的是什麼──你在笑我的葉公好龍？我承認我不能在那山坡上過活，我寧死也不能忍受那死一般的孤獨，我是個屣弱的人。但也因此，那個人對於我，有神秘的吸引。他有沒有妻子？他怎樣熬過那些個漫長的白天和更其漫長的夜？關於外界，他的腦中是否僅餘了最簡單的圖像？那圖像又是怎樣的？

　　已經知道自己的屣弱，我仍在想像中向我的西北、向那輪巨大的

落日走去，在沉沉的暮靄裡，對著那層層疊疊的川原。

我何嘗不知道，這類想像更出於自戀；但我仍忍不住要想。或許只有在寫作論文時，我才像是個「理性主義者」。但人如果在私下裡也不敢放任想像，不也活得太慘？「死」這題目因種種由習俗而來的禁忌，也因了英雄主義的誇張，早已不能被人用正常的方式談論。的尤其不正常的是，正是個人處置自己生命的權利，成了最最可疑題目。

你難道不認為，人對於自身生命的支配的權利，最完全的，正是死的權利。你無權選擇出生，你的生命是他人「給予」的，並未征得你的同意；而既生之後，又有種種非你所能支配的情境；只有最後的選擇，有可能由你自己作出，除非你是身陷囹圄的囚徒，連褲帶也被搜了去，或者是白癡。而人最難以接受的，竟然是「自主選擇的死」這種概念，宗教的、政治的、世俗的力量，一致否認人的這一權利。別打斷我。我知道我的說法肯定有不少漏洞。但你真的不認為世人對別人處置自己生命的干預，所依據的理論是更其可疑的？

在我看來，除了被虐而死或夭亡，都應屬「正常死亡」，無所用其同情或悲憫──包括自殺。再徹底一點：包括特殊情境下的（即被認為不得已的）自殺。而人們對自殺動機的沒完沒了的追問，實在是多餘的。那位臺灣女作家自殺後，不知引出了多少故事。這些故事當然已與死者無關，它們不如說是娛樂生人的，為了滿足一種「小報趣味」。為什麼惟「死」必得有（世俗所認為的）充足理由，其原因是必得經得起論證的？「為了尊嚴」似乎被認為是可以接受的理由。你如果知道我們這裡流行過的關於自殺的評判，也會承認接受這種解釋已屬了不起的進步（那評判已非年輕人所能想像，我們這一代人都耳熟能詳，那就是「自絕於人民」；若是黨員，還有「自絕於黨」）。我卻仍然要問：為什麼死是必得有理由的？死可以不為什麼，不為他人

所以為的「什麼」。它可以是最簡單的，「不想活了」。它無須向任何
人申述理由，它是一件純粹的「私事」。

　　你看，我把話題扯到了哪兒！你准已經忘掉了那串紅辣椒，和那
輪巨大的如血的落日。我把你由詩拉到了最蹩腳的散文。我承認我不
配說「詩」，「詩」在我的生命中只是偶爾「興起」時的點綴。但我仍
以為人不妨將死詩化（而非一味道德化、政治化）。近一時讀明清之
際的史料、文集，發現明人，明遺民也在內，實在有為自己設計
「死」的好興致。你只消看看黃宗羲關於葬制的遺囑就可以知道。這
固然出於文人積習，其中也應當包含一點關於死的幽默感的吧。死可
以是一首詩，不供發表，寫給自己，或只給二三好友讀的詩。你幹嗎
不作聲？讓我猜一猜。你同意了我的說法。那麼，你是否樂意像國外
的某處墓地那樣，讓人在你的墓碑上塗抹得花花綠綠，時有你的友人
在那裡說笑演唱以娛樂你的靈魂？或許你根本不要什麼墓地與墓碑，
你更希望從這世界上消失得乾乾淨淨？這正是我的想法。

　　我們的祖宗常會有一些極有趣的念頭，比如以晝夜或四季為生死
輪回，以生為寄，以死為「息」為「歸」（即使比之通常的「歸」莊
嚴，也不過稱「大歸」），可惜此中精義，高明的現代人反而難得明白
了。夜深了，又該「息」了。這當然不是我們今天所說的那一種息，
卻像是那種息的象徵形式。你不認為這「息」是件美好的事？

# 夜話（之三）

不必打開頂燈。光暗間過渡柔和，正是夜的好處。我喜歡柔和的燈光，尤其喜歡由燈光造成的暗影。這種暗影能令人鬆弛。

如果你不反對，讓我們接著說「死」。這確實不是個乏味的題目。你說呢？

關於這題目，有一段時間，我與其談過不止一次的，是我的父親。你吃驚了。你一定想到，與一個年過八旬的老人討論死，是不是有點殘忍。不，我不這樣認為。一個老人能用了正常的態度談論死，是心理健康的最好證明。

這類對話也多半在夜間。有過一時，父親受我的慫恿寫了一組回憶，其中我以為最精彩的，是「婚姻生活」和一篇《關於死的回憶與設想》。父親的坦率與明達令我自豪。我的以研究五四新文學為專業，儘管在當時是無可選擇的選擇，但到了後來，我竟發現了其間的巧合：我的父親正是受五四新文學影響的那一代人，而我的母親，則是新文學所長于描寫的追求獨立且意志頑強的職業婦女。我是在接觸了「專業」之後，才注意到父母曾提到過的某些經歷的，比如父親早年怎樣在客居北京時，以一個窮學生，由東城跑步到西城，追逐魯迅的演講。那應當是一九三二年，我沒有記錯？作為一個當時的「進步青年」，他怎樣在深夜潛入教室，點起蠟燭讀左翼書刊——最初是郭沫若、蔣光慈等，然後（正如通常的那樣，在有了更多的閱歷之後）是魯迅。寫那篇關於郁達夫的文字時，我還用了調侃的口氣，問到他當年對鬱氏的看法。這些經歷都決不能稱特殊，稍為特殊的是，我的

父母是那種將早年所汲取的某些觀念貫徹一生的人。據我所知,比如
能將五四的民主思想用於家庭生活者,在那一代人裡,就並不多見;
更常見的,是只將其作為話頭。

又說遠了。我只是想讓你知道,與我的父母討論「死」這題目·
是並無困難的。既說到了父親,就不妨多說幾句。在那篇《關於死的
回憶與設想》裡,父親記述了他作為一個大家族的長房長孫,怎樣反
抗其在喪儀中被派定的角色,更由世俗所特重的喪儀·說到舊式倫理
的虛偽不情。這本是個五四式的主題,卻也被更進步了的今人遺忘已
久了。你想說我有「五四情結」,對不對?這說法對我,至少不太確
切。我承認經歷與專業,使我們(我只是指我與我的二三友人)難以
走出五四一代的投影;但你不認為這也因了今人在許多方面的退化?
父親在那篇只是寫給親友讀的文字的結尾處,寫道:「我逐漸形成了
廢除一切喪儀的觀念:無論是封建的,現行的……死者活在生者的記
憶中,比將其作為道具來演戲,會有更多的人情味。如果死而有知,
活在子女親友的記憶中,也要比轟轟烈烈的所謂『哀榮』,或冷冷清
清的喪儀,要幸福得多。

「當然,有的人以『哀榮』為榮,或雖不『哀榮』而仍以為
『榮』的,那就由他去。反正生活的道路是多種多樣的,喪葬的方式
也是可以選擇的。

「人到老年,不免想到自己……」

我承認,對於死這題目的偏好也並不正常;或出於逆反,或者只
為驚世駭俗。它應當是個極平常的題目,即使還不能平常到如說吃飯
穿衣。中國古代名士在這題目上製造過不少故事,其想像力足以讓自
以為進化了的現代人慚愧,但那動機,往往也在驚世駭俗。我原以為
這方面的好戲已被古人作盡,豈知不然。後來見到有人寫文章說到他
自己的喪儀設想,那意思是,請親屬將其骨灰倒進抽水馬桶,朝馬桶

三鞠躬，然後拉水沖掉，完事。我想，即使此公將此寫入遺囑，其親人對這遺命也絕不會認真的；至於俗人，不過當它名士弄噱而已。我倒寧願相信作者態度的正經。逝者的可憫，往往更在他們連自己那一具軀殼也不再能支配。死者幾乎從來拗不過生者的好意（以及生者出於他們本人「體面」的諸種考慮）。當然，朝著馬桶鞠躬，畢竟有點褻瀆，我怕自己也很難折下腰去。將這最後一幕演得更平易一點，誰說不可能呢？

## 〔附錄〕父親的回憶（節錄）

### 關於死的回憶和設想

……

童年時期我曾跟著父親和母親參加外祖父的葬禮。外祖父是個有名的秀才，叫張汝耀。他為人品學兼優，受到方圓幾十裡內詩書人家的尊重。我祖父一提起他，就情不自禁地稱他為「張老師」。外祖父教過私塾，他不是為了「束修」，而是為了「傳道」。他的家在離我村約五六裡的韓佐鎮。這個鎮是洧川縣城北的一個經濟中心，商店鱗次櫛比，和縣城差不多。每年我都在姥姥家住上幾周，得到姥姥的愛撫；她和姥爺卻很少接近。

外祖父個子不高，胖胖的，蓄了兩撇花白鬍子，不苟言笑，但也並不嚴厲。造成他死亡的近因，據人們說，是正當夏季麥收時節，他在麥場周圍散步，突然下起雨來，人家都急忙跑步躲避，他卻仍然一步一步地走，結果，長時間淋雨，以至一病不起。這在一般人，是很難理解的。他是受過嚴格的「詩書」教育的人，「非禮勿視，非禮勿

聽，非禮勿言，非禮勿動」，因雨而跑是非禮的。「禮」在他已成習慣，第二天性。至於如此後果，他可能連想都沒有想。

他有兩個兒子，五個女兒，大兒子即我大舅，我從未見過面，大概去世很早。大表哥是長子長孫，繁重的喪儀都落在大表哥身上，二舅反而若無其事似的，從不出頭露面。

喪儀非常隆重複雜，是否從《周禮》臨摹下來的，我沒查考。只記得外祖父死後，棺材在家裡正房停放幾周，才舉行喪禮；喪禮持續幾天，才能入墳；入墳後，每過七天，要祭掃一次，直到七七四十九天才算結束。

喪禮期間，遠親大概送份禮就是了，街坊鄰里則每日三餐是一定要吃的；至於近親，攜兒帶女要吃住十天半月，每餐幾十桌，像趕會一樣。

棺木停放在正房中間，房前是禮棚，棚中方桌上放有香紙，油燈（長明燈），在喪禮期間，香和長明燈，是日夜不能熄滅的。

「禮相」和孝子是喪禮的主角。「禮相」是特邀的上賓，飲食最為上等；由四人或八人組成，每日三次祭典，分別站在供桌兩旁——中間是孝子。孝子由他們呵唱禮儀，像朗讀一樣：「孝子入席」，「孝子跪」，「叩首」，「舉哀」，「禮畢」，「孝子謝」……有的經常被邀作「禮相」，呵唱起來，抑揚頓挫，特別入耳。

最苦的是孝子。大表哥是長子長孫，長子不在了，長孫就得擔負起整個喪儀的主角，披麻戴孝，整天守在靈前。一日三祭，都得痛哭，有時竟哭得暈了過去。當時，大表哥還是二十來歲的青年，竟遭受這麼大的折磨，在我幼年的心靈裡，留下了深刻的印象。

孝子主祭，其他子女、妯娌以及孫子、孫女陪祭。他們在祭棚裡又說又笑的，一到祭典開始，就立即圍坐在供桌兩邊哭起來，像演戲一樣。當時我才四五歲，自然是跟著看熱鬧，但到青年時期，接受了

五四的反封建教育，幼年的這些經歷，都成了促使我思想變革的材料。

……

父親是在一九二八年春季「廟道叛亂」時期，中彈受傷，終於不治去世的。當時我正在鄭州隱姓埋名做黨的地下工作，和家庭沒有直接聯繫，所以沒有奔喪。

……祖母是臥床兩年多之後逝世的。至於患的什麼病，我也不清楚。據說由於長期臥床，脊背和臀部生滿了褥瘡。當時鄉村醫療條件很差，有了大病，只能等死。一九三五年二月春節期間，我曾回故鄉探望過……春節後，我又回到開封河南大學上學。大約是五六月間，祖父和族家申哥，一同到河南大學找我，商議暑假期間舉辦喪儀問題。因為我是「長子長孫」，誰也不能替代。他們告訴我祖母已經去世，我沒有強烈的反應，祖父似乎很不滿意。申哥不在跟前的時候，他又加重語氣地說了一遍：「你奶死了，你奶不在了。」他期待著我聞聲的痛哭，我又使他失望了。他的這種做法，不但沒有引起我的同情，反而激起了反感。當時我雖然沒有和他頂撞，但是心裡在說：感情是容不得任何偽裝的，它只能自然而然地流露。我對奶奶的感情，你永遠也不會理解，你所需要的是「號啕大哭」，我現在還沒有學會。而你對奶奶又有什麼感情呢？！在我的記憶裡，只有叫罵和斥責。

在我的心中，始終保存著關於奶奶的溫暖的回憶。幼年時期，因為弟弟多，母親照顧不了，我長期跟奶奶睡覺。冬季裡，她用她的體溫暖熱被窩，然後才讓我睡。她的乳房像一個布袋，軟綿綿的，我撫摸著就漸漸沉入夢鄉。

童年時期，夏夜在院內乘涼，總纏著奶奶，叫講天上星星的故事。關於牛郎和織女的分離和相會，不知講了多少遍。夜空像一塊藍布的大幕，籠罩著無邊的田野和村莊。星群像無數的小燈籠，散佈在天幕上，於不知不覺中，緩慢地移動，構成一個神秘的世界。

　　從我記事起，就沒有見過奶奶發脾氣，她雖不識字，也許是自幼家庭風氣的薰陶，從不會惡語傷人。她溫順善良，慢條斯理，不急不躁。有時，二嬸頂撞她幾句，她也只是心平氣和地辯解，不會大聲爭吵。

　　但是我受了五四思想的洗禮，對所謂的「婚喪大事」，有了新的觀念。在當時的條件下，雖不能完全擺脫封建禮俗，但也決不迎合。

　　暑假到了，我和妻不得不一起奔喪。祖母的棺木還在堂屋正中放著，祖父和二叔二嬸分別住在堂屋的東西兩間。二嬸說，二叔每天要把棺木拭擦一遍，還不斷地呼喚著：「娘，娘！」

　　儘管我對奶奶的感情是深厚的，但對棺木長期放在住室，非常不習慣。每當我走進空落落的堂屋，從棺木旁邊經過時，總不禁有一種恐怖的感覺，對這種做法不能不產生懷疑。

　　喪儀的日期近了。我盡力說服自己，滿足祖父的要求。我寫了祭文，準備家祭的時候用。

　　喪儀大致和外祖父的相似。也請了四五位「禮相」，招待遠近街坊親友。由於我思想上的抗拒，我這個「孝子」自然遠不如大表哥那樣馴順。在祭典上，我簡直哭不出來，祖父對此極不滿意。他以責備的口吻說：「咱不能幹祭。你奶死啦！」所謂「幹祭」，就是無淚的祭。他多麼希望我哭得死去活來，讓圍觀的人看看，哪怕是表演一番也好。但我不是演員；祖父的責備，只能引起我的抵觸。當天晚上我就向母親和嬸母們表示，我要回開封，這樣的祭典我搞不了。她們似乎還能理解我的心情，圍著我勸說了一番，哭不哭不要緊，可不能走。客人都來了，走了怎麼辦。其實，她們是不可能真正理解我的，只是因為愛我，所以對我不加責難。我只好努力讓自己進入角色，演完這齣戲。當時如果奶奶有知，對我也許難以諒解。「代溝」在社會發展過程中，總是會不斷出現的。舊的代溝消失了，新的代溝又會出

現。五四時期如此，當代也一樣。

當時，我曾對新的喪儀作過設想：用座談會代替一切喪禮，親戚鄰友自願參加，對死者談談自己的感想和評價，表示一下真誠的懷念。這在當時辦不到，時隔五十多年的今天，不也還在以新的模式，半真半假、亦真亦假地扮演這齣戲麼！

……

接著是一九三八年母親的死，和一九五〇年春假期間二嬸的死。這都是我親歷目睹過的。至於三叔，一九三七年冬死于土匪的屠刀，二叔死于「文革」期間的農村，我都無力搶救，連看一眼的機會也沒有。

六十年代以來，我又參加了不少「向遺體告別儀式」。有隆重得堪稱「哀榮」的，有冷冷清清的。我逐漸形成了廢除新的喪儀的觀念。人生是一大舞臺，有時不得不違背自己的意願扮演某種角色，這已經是可悲的了。更可悲的是人死之後，還不得不作為舞臺的道具，供生人演戲。

……舊雨凋零，令人心寒。死並不可怕，可怕的是喪儀的虛偽。人死之後，家屬子女已經夠痛苦了，為什麼還要在眾人矚目之下，在遺體前折磨他們！虛偽的喪儀，虛偽的哭泣，只能令人感慨。

……

我逐漸形成了廢除一切喪儀的觀念：無論是封建的，現行的。一定的內容，尋求一定的形式，為喪儀而喪儀，不是在為演戲而演戲麼？

如果情不能禁，可以開個或大或小的悼念座談會。死者活在生者的記憶中，比將其作為道具來演戲，會有更多的人情味。如果死而有知，活在子女親友的記憶中，也要比轟轟烈烈的所謂「哀榮」，或冷冷清清的喪儀，要幸福得多。

　　當然，有的人以「哀榮」為榮，或雖不哀榮而仍以為榮的，那就由他去。反正生活的道路是多種多樣的，喪葬的方式也是可以選擇的。

　　人到老年，不免想到自己……

一九八五年十一月底動筆

# 夜話（之四）

　　我得感謝你，為了你的善於傾聽。我的友人中很有幾位是善於傾聽的，他們如做學問似的專注神情，鼓勵了你說下去。你不要以為我沒有這種長處。我也能沉醉於傾聽，尤其當對著一張生動的臉，聽到的是智慧且饒有趣味的談論的時候。當然我們交換的多半不是什麼清言雋語（也偶有所謂的「談言微中」），而往往是些極世俗的經驗，比如關於人事的經驗。「人事」是談之不盡的。

　　你或許不如此——當著這時分，當著夜氣正彌漫開來，我常常突然感到了軟弱，甚至會無端地，有淚水湧上來。似乎是，明亮的白天，無論如何你都要撐持，而夜允諾了你表現你本來的軟弱。夜色的掩蔽，使你有機會回到你自己。夜似乎是更女性（也更文人）的——這或許很容易從「傳統哲學」以及「傳統文學」裡找到根據。夜像是有某種「弱者氣質」，使得在其中者也脆弱易感，有弱者式的病的激情。夜在生命過程中，應當屬於那類「方生方死」的時刻：你的某一部分機能沉睡了，另一部分卻纖敏活躍到異常。因而，在「息」之前，往往是較之白天更刻骨的疲憊。

　　至於如今已成了常談的「活得累」，在我看來，多半因了有所期待。平心而論，我由旅行中所得的快感十分有限，也就因為事先太有期待。你預支了過多的興奮，到得身臨其境，就只剩了疲憊與淡漠。期待剝奪了你「不期而遇」的可能。遇，是承受，對印象，境界，感覺。先要「虛懷」才能承受？知識者的理性適足以成為「物」「我」間的障壁。即使如此，我的旅中也偶有所「遇」，那多半是在途中，

比如八九年春出夔門後的水程中。

那次乘客輪過三峽，我幾乎鎮日待在後甲板上，看兩岸的奇峰異石。卻是在出了夔門，江水頓見平緩之後，才有真正的感動。薄雲下的江面是灰白的，平靜如湖。疏疏落落的一簇樹，擺在江岸上，使天地更其寂寥而曠遠。農舍的瓦簷由矮堤上露出一線。過後回想不已的，竟是這極之清泠的一景，那由農舍所提示的，極之清泠的人間風味。這最尋常的，也是最經久難忘的。你無所期待，卻不意得之。

另一次，在八七年夏由青海返京時。沿湟水的一段旅程正是夜間，這西北邊鄙澄明的天幕上，高懸著一輪圓月。沿著鐵路線，是平緩起伏的崗巒，背陰的一面，時見燈火人家，坡上則由月光勾出柔和明亮的輪廓。我有突然的感動，以至想下車去，在月下的坡上游走。當然我什麼傻事也沒有做。我依然坐在那裡，然後，回到鋪位上，躺下，睡覺。但那月色的誘惑，卻令我強烈地感受到了人受制於既定生活軌道的不自由。

張載所說「生順死寧」的「順」，大約也要「虛懷」才能得。「生，吾順事；死，吾寧也。」說得太動人。我不懂宋明理學；王夫之的《張子正蒙注》據說是注張而得其精微的，我也不大懂得。我相信許多人是被它的表述感動了：是這樣的簡潔！生死是可以作如此簡單明白的描述的！兜了一個大圈子，又回到了「死」這話題上；真的遇到了「鬼打牆」？或者也可以認為，處死之道，原本就與日常處生之道相通。

其實人際遇合也如是，稍一用力，那佳境即刻失去；越是兢兢於保存的，越要失去。倒不如不存「得失」的一念在心裡，只如旅中的遇境──人生之為「旅」，不是早被說濫了的題目？

又說了這麼多。記得我們談到過「說」之為文人病；但你又不能不承認，這「說」確也是他們那裡唯一可供揮霍的東西，是他們所能

饗客的最好的茶食或酒菜。當然，其滋味也要同好者才能懂得。我明白自己提供的茶食、酒菜是滋味寡淡的，告訴我，你是不是早已失去耐心了？

一九九四年三、四月

# 鄉土（之一）

那片沙土地甚至從未入過我的夢——中州腹地的那一大片沙土。但我知道那是我血緣所系的一片沙，知道那沙的金黃，那沙上的棗樹，棗樹下田壟中的花生，也想像過夏日裡如霜如霰的棗花，秋天村外東崗一丘丘的沙上家家曬棗、家園後場上女人們群聚剝花生的熱鬧。

我未曾夢到過那一片沙土，卻熟悉沙。豫南那條溮河岸上的沙，開封城外直堆上城頭的沙，春日或冬日，卷過中原城市，落在你髮間、衣服折襞裡的沙。那條挾著泥沙的最稠濁的大河，由我的童年、少年歲月中流過時，留下的也是一層層的沙。還記得童年時，在四叔任教的大學附近一個大沙丘上，曾頸上吊著花環，收不住腳狂奔而下，一頭栽進沙窩裡，讓姊妹們笑出了眼淚。

我試圖搜索這家族歷史的杳遠與深邃，卻一無所獲。這家族的歷史傳說太「大路」了：榆林趙村的趙姓，是打山西洪洞縣遷徙而來的——那洪洞縣大槐樹的傳說流傳太廣，竟如民族起源的神話那樣，將無數家族故事覆蓋了！

父親說，他童年時的那片沙土並不乾旱。正如尋常村落，村西有河，有荷塘，村中有水很旺的井。秋雨連綿的日子，村東崗以西的路旁，甚至到處可見咕咕吐水的「翻眼泉」。我於是像是聽到了水聲，見到了小河近岸處的蘆葦，覺到了水面上的沁涼。有水就有人聚，有了榆林趙這聚族而居的大村落；有了村東的「老墳」和村南的「小墳」，墳地上陰氣森森的柏樹與藤蘿；有了莊稼，麥子、高粱，有了地頭的西瓜與豆子，和供家中女人紡線織布的棉花。

　　隔著深而又長的歲月，我看到了那院落，看到了那第二進院呈
「品」字狀緊緊擠在一處的三座樓。那相互遮蔽的樓，也相互傾聽，
其挨在一起定有幾分緊張。那樓中即使白日裡也必是昏暗的，洞開的
門內可聞竊竊的低語。我還能看到父親度過童年的那座東樓，薄薄的
樓板上，堆放著曬乾的花生。入夜，這品字狀的三座樓裡，鐵鑄的燈
盞中的燈草，各個在窗紙上塗抹出一小片昏黃。前院則聽得「夥計」
們蹲成一圈呼呼嚕嚕喝湯的聲音，清脆的啐痰聲，棚中的牲口不安的
蹄聲和「大板」[1]低聲的吆喝。

　　或許正當這時，本村出身的土匪頭兒鎖妞[2]大步走進了院子，隨
手將馬拴在樁上，夥計們仍自顧自低頭喝他們的湯。暗中有人含糊不
清地打了個招呼，聽得鎖妞那漫不經心的回答。這應當是這塊土匪出
沒的沙土地上最尋常的風景。但我想，那些鎖妞們，必使這鄉間的空
氣飽含了血腥，而不安也就在血腥的空氣中傳遞。

　　這靜夜裡自然在演出著種種故事。其中就可能有如下的一幕：有
土匪將說書場上一個精壯的年輕人叫出來，就在村頭一槍撂倒了他。
父親說，那是因了家族中一個女性長輩垂青于這夥計，而家中有男性
長輩告知土匪，說常常看到那年輕人磨刀⋯⋯父親講述時，仰在沙發
上，語氣平淡，以至聽起來很像個純粹杜撰的故事。坐在他對面，我
也只是漠然地想著，那說書場上的鄉民得知了這一幕，會不會若無其
事地將那書聽下去的？多半會的吧。

　　據此很可以敷演一個淒豔的故事。但在我的想像中，那沙土地上
的風流故事也是乾燥的。那土地只宜於生長粗陋的情欲，不大像是會
滋養柔膩的風情。

---

1　「大板」，餵牲口兼任車把式。

2　當時家鄉的成年男子的名字後多綴一「妞」字，如群妞、全妞等。

　　父親的父親之死，竟也有類似的曖昧氣味。據說他死於他所部民團中團丁的黑槍。那人是「門上」（即村中近鄰）一家的女婿，我的風流倜儻的爺爺，可能和他婚娶前的老婆有過一點什麼。父親也說不清這「一點什麼」是什麼，他說，或許只是「調戲」之類。這故事聽來也有一種乾巴巴的味道。父親得知上述情節，必是在他父親故去一些日子之後。也許當時就只是傳聞與猜測，無從查證。我倒是更關心其間必有的告發，以及家族中人神情詭秘的談論，尤其是否有過某種策動、謀劃。然而事情也很可能是：那鄰人家的女婿出去暫避了一時，村子則照舊生活下去。雖然這像是不大合理。爺爺畢竟是負有地方守禦之責的體面的紳士！

　　父親的這一類講述，都略去了故事的輿論環境。或許那鄉村輿論，是一個早年即出外求學的過於正經的少年難以知曉的。我卻隔著時間，聽到了一派私語，灶下，井邊，牆根處，如小鼠的營作，窸窸窣窣，竊竊嚓嚓。而當竊竊嚓嚓聲漸消，事件即更形模糊，那個年輕壯碩的軀體已化成蟲沙，鄉村人生則繼續著大混沌。但沙土下畢竟有過故事，與埋在沙下的身體一起埋著的故事。

　　這家族與土匪的緣，到此也還沒有盡。我的一個爺爺（父親的三叔），終於死于土匪的劫殺，甚至屍首也無著落。那事發生在一九三七年冬。

　　我六七十年代之交插隊的地方，也曾是土匪出沒之地，村裡殘留著寨牆和寨溝。由村子去公社，可見當年土匪的炮樓，赫然矗在一馬平川上。也有人指給我看村裡的前土匪，那不過是個乾癟的老頭子，全然看不出匪相。我家鄉沙土地上的土匪，在我的想像中，是十足世俗化的，嗅不出任何荒野氣息。那漫不經心的破壞，只為那片沙土染了點血污。中原民風，似與「雄強」、「獷悍」無緣。土匪只是使生活原始，原始得粗鄙。

　　據父母說，我被帶回那片沙土地，已是一九四九年夏，我四歲。
那也是我唯一的一次與鄉土親近。那之前父母帶著一群子女，已由西
北輾轉返回了中原。鄉間幾天的停留，在我的記憶中了無痕跡。那些
長輩陌生的臉，那些莊稼漢粗糙的手，一定使我驚懼過。我不能確知
是否這樣。但在我最早的記憶的碎片中，卻有著夏日的莊稼地，汽油
味摻和在莊稼的氣味中。這摻和著汽油味的莊稼地的氣味，成了我
「懷舊」的永遠的誘因。

# 鄉土（之二）

　　場院邊上那所私塾改良學校，開設了「歷史啟蒙」、「地理啟蒙」、「國文」、「修身」一類課程的，該是這塊沙土地上最醒眼的時代標記的吧。據父親說，那是四間茅屋，只因粉刷之後，搭了頂棚，吊起了帶罩的洋油燈，竟讓村民眼界大開，說是「金鑾殿一樣」。這間小學是我爺爺的作品。爺爺，那個上過民國初年縣辦的「高等學堂」，讀過「格致」、「算學」的新派紳士，是這沙土地上的漂亮人物。我能想像，當著這位縣教育局視學員身著黑提花緞子馬褂、銀灰提花緞子長袍，與他的同事乘馬轎車來自己手創的學校視察時，村民尤其我的家族的興奮與榮耀。

　　在這塊沙土地上先開風氣的爺爺，一定不曾料到，他的兒子們，竟就由這所他創辦的新式學堂，走到了縣城省城，又走到了「革命」。這鄉村紳士也絕不會料到，若干年後，當他在平息地方叛亂[1]中受了槍傷，臨終之際竟見不到他的長子，──他尚未讀完初中的長子，我的父親，正在不遠的城市漂流，因做「地下工作」而行蹤不定。

　　無論他對兒子的選擇作何感想，兒子們的血管中，都流著他的血，那不安分的男人的血。雖則他們不曾像他那樣，衣著考究地奔走於省會與地方頭面人物之間，競選省議員，也不曾徒勞地投資開礦，或收編土匪。我的父親不記得爺爺對他有任何干涉，只聽說那人在臨

---

1　一九二八年春我家鄉一帶的「廟道叛亂」，據說為馮玉祥毀廟扒神，強迫婦女放足一類過激措施所激成。叛亂者曾攻陷新鄭縣城，殺了縣長，後為軍隊剿平。廟道會，為地方會道門組織。

終前的痛楚中，反復念叨著他，說「恆現在在哪兒呢？」

爺爺當然也不會想到，幾十年後，他的兒子中唯一如他一樣風流倜儻的那個，就死在他埋骨的沙土地上，死得毫無詩意。這父子均可作為良好資稟易為造物所憎、被「命運」苛待的例子。我的四叔是因「歷史問題」而被從大學教席驅趕到街道，又被由城市驅趕到家鄉，在他棲身的庵中服農藥而死的。其時正是「文革」中。致他們於死的，就有這同一片土地上的暴戾之氣。

我最後一次見到四叔，是五六十年代之交。那天他帶了女兒，捂著個大口罩，與父親在另一間屋子壓低了聲音交談。父親沒有讓我們過去見他，我們也不曾想到這樣做，雖然他對於我們，曾經是風度翩翩且善詼諧的四叔。父親始終接濟著他落難的弟兄，卻絕對避免他的子女與那些長輩間的接觸。直到年長之後，我才能懂得父親保全這個家的良苦用心。那時的我，自然不可能由如此謹慎的父親那裡，看出早年那個熱血青年，那個以十幾歲的年齡即從事地下活動，獨自在異地漂泊、經受酷刑、領略「鐵窗風味」的父親，那個在大學校園以「左翼」學生而與「右翼」對壘的父親，那個在縣中校長任上，懸掛毛、周（當然還有蔣）的畫像，以武漢《新華日報》為國文教材的父親，那個將手槍拍在縣黨部頭頭面前，斥責他不武裝民眾抗日的父親。打從我記事，父親已是這樣恂恂如村夫子的父親了。我只是由他批評某種弊政時以掌擊案以至聲淚俱下的姿勢，依稀辨認出過當年的父親。

一些年之後，我見到四叔拍在延安的照片，和我的一個姑姑、另一個叔叔一起。據父親說，他的四弟不到十六歲，就已有了坐牢的經驗。那照片上的四叔兩手叉腰，英氣勃勃。由這個英俊少年，到那個瑟縮於莊稼地裡的書生，中間的路幾乎無從測算。在那不蔽風雨的破庵裡，倘若四叔想到當他被指控被宣判時，那些曾被他庇護過的人們

的意味深長的緘默，他是否仍會迷惘而寒栗的？或者他早已對蒼茫人事一派漠然。我還禁不住要猜測，倘若靜夜裡，遊蕩在田壟間的四叔與他的父親相遇，他們將說些什麼。那死于槍傷的父親，與他的死于農藥的兒子，多半會相對無言的吧。

我自不曾見到臨終時的四叔，卻從他的兒子臉上，讀出了粗糲的沙石打磨的痕跡——那本應是一張如他盛年的父親一樣光潤的臉。在北大讀研究生時，堂弟曾到宿舍找我，我們有繞未名湖的長談。當時「文革」剛過，血色尚新，餘痛猶在。對著那片湖水，不禁悵然久之。

父親似乎沒有想到過他的性情中的家族遺傳，也不曾解釋他的弟弟們以至其他親戚得之于他的影響。這種影響的傳遞，在家族成員中，幾乎是無跡可尋的。但那些弟弟們，竟一個接一個地由家鄉走了出去，走到晉西南，走到延安，有的就如此地走到了解放戰爭的戰場、朝鮮戰場，也有的走了一程，又折轉回來，在此後的路途中顛躓，終於死於非命，如我的四叔。也有一兩位，走出之後，漸漸消失了蹤跡。其中就有我的大姑父和一個表叔。家鄉收到的大姑父最後的消息，是由江西發出的，當時正是紅區反圍剿中。父親說，一個操著北方口音的人，在那地方，終究無從隱匿的吧。於是我想到了暗室中無名的死——甚至無「烈士」之名，想到了那死者最後的寂寞。在幽明之交，大姑父是否想到過我的姑姑、他年輕的妻子此後漫長的寡居，和他的與父親未有過一面的兒子的？

當然他們所有的人也都不會想到，一些年後會有戲仿的「革命」，如「文革」，終於將莊嚴化為對莊嚴的戲弄。然而即使這戲仿的「革命」，在我看來也只是弄破了革命之為神話。我不相信父輩當年有明晰的理念，「革命」在他們，首先是一種生存形式，是生命藉以自我肯定的形式。他們樂於體驗有限個人與某種「廣大」相融匯的感

覺，那種惟愛欲可比擬的對生命的詩意感受。他們為此而遭遇了殘酷與血腥，經歷了噬人與被噬。「文革」不過將上述種種，以誇張的形式重演罷了。即使經歷了那瘋狂的年代，我也仍然厭惡于隨時準備著將鼻樑塗白的「反思」，厭惡於那永不吝于「向過去告別」的輕浮，尤其不能忍受對「歷史」對前輩選擇的輕薄的嘲弄。在我看來，那是對生命的褻瀆，對他人生命的輕薄。那一代人畢竟經由「革命」，尋找過人生之「重」。即使在理念的外殼被拋棄之後，甚至在「污穢與血」畢見之後，仍有這「重」在。

或許受了那條我在其邊上長大的稠濁的河的暗示，我總不能擺脫那個可疑的字眼，「歷史」。雖無意尋訪，但我知道家鄉的那片沙土地上，有過一道灼熱的生命之流。「家族遺傳」自然是神秘且無征的東西，我卻仍忍不住要以此詮釋自己，比如對動盪對變動的渴望。當著激情的潛流已在歲月中平復，這代際所懸的那一線，反而像是變得清晰可見了。

十幾年前的一夜，我獨自看一部現代革命史題材的大型文獻片，那天播出的，是有關大革命的一集。螢幕上映出一張張年輕而俊秀的臉。我突然流淚，然後失聲慟哭。我久已不曾這樣出聲地哭了。我在潮水般的樂聲中大聲地抽噎著，讓淚水淌了一臉。這突如其來的激情，事後甚至令我自己惘然。我何嘗真瞭解自己！

# 鄉土（之三）

　　我想，我父親的爺爺，這大村落「首戶」的男性長輩，手持長杆煙袋，將自己與祖宗牌位一起供著的老人，該是家族中也是村子裡最孤獨的人的吧。父親在他的回憶文字中，曾寫到這老家長的威嚴：「他大部分時間坐在前院客屋裡，家裡家外出入的人都逃不脫他的眼睛。一有人經過，他總咳嗽一聲，表示他注意到了。母親她們沒有特殊理由，是不便出入的。我們兒童常常像老鼠躲貓一樣，探頭看看又縮回去……」孤獨，也是所有「家長」的命運，是長者尊嚴的代價。這老人絕非像他自以為的那樣，是鄉村智者。這家族中沒有智者。除有數的幾個例外（其中就應當有我爺爺和四叔），照片及我所見到的長輩，無不有得自遺傳的誠愨的臉相，相貌資稟均像是不逾中材。我這一輩則更其庸下，尤其不復有前輩年輕時的意氣。倘若那老人由幽黯的時間深處看過來，不免要感慨系之的吧。

　　那老人或許是家族中最屬於這塊土的人物。他的兒子輩已不安于鄉土，孫輩更像是為了出走而到這土地上來的。我最感興味的，是這嚴厲的家長怎樣看他那些不安分的孫子們。聽表叔說，當我的三叔處境危險時，這老人親自將孫子交給女兒（我的姑奶），並對女婿厲聲說，如若出了差錯，就找他要人。父親則說，他曾試圖向他的爺爺解釋；但老人對他及他的兄弟們的事不干預，並非因了他那些不大像樣的道理，只是由於親情。

　　我曾一再問過父親，那大家族中的各房，對於他、長房長子的行為，是否有一致的評價；即使不為家族的安全考慮，他們對陌生人川

流不息的光顧，也應當感到厭煩的吧。至少父親沒有這類印象。他所記得的，是鄉民式的淳厚樸素，和鄉土所給予的天然的安全感。當然這鄉村地主家庭的忠厚的長輩，決不會想到自己正屬於孫輩和那些陌生人所意欲「推翻」的階級，他們只是恪盡他們的待客之道而已。很可能，有客人進出，反而滿足了鄉民式的虛榮心的？然而事後看來畢竟有點諷刺，甚至令人感到某種殘酷意味。

那老家長，顯然有某種未必明晰的野心，否則就無法解釋這奉朱子治家格言為圭臬，自奉甚儉的老人，對兒子的競選省議員，不惜傾其所有。至於長孫，或許竟讓他有幾分敬畏：他未曾得過功名而又敬重才學，自不難私下裡認可那個讀過大學，任了堂堂縣中校長的年輕人的權威性。

所幸這莊稼院中的老人死于一九四八年，當時他的孫輩已出走殆盡。幾年後他的兒子中僅余的一個，即被「翻身農民」押上了土地改革的審判台，作為「惡霸地主」為一族「償債」。而他的這個兒子，不久前還趕著大車，深夜護送過地下工作者。「諷刺」還不止於此。這被迫為其族人還債的「二掌櫃」，是這「新發戶」中唯一長年從事田間勞動的人物。他一年裡有三季赤膊穿一件棉襖，與夥計們在莊稼活上爭強鬥勝。頗有幾分傻氣的父親的二叔、我的二爺，其有限的智力自不足以應付上述劇情的轉換。據父親說，風暴過後他見到二爺時，那老漢說的第一句話是：「我這是顯魂來了！」他或許對他為之效力過的人們心懷怨恨，其實他們確也愛莫能助。就在他護送他們時，他先已被選中了為那個地主之家背十字架。他的命運早經註定了。

還應當說，四叔及二爺在家鄉的死，未必比之這沙土地上其他的死更淒慘。「歷史」豈不就憑藉了這生生死死而運行？

留在鄉間的女人們，土改中被從家宅中逐出，趕到東園。風暴過後，陸續遷入城市，依子女過活。在二爺與四叔于「文革」中死去之

後，家族終於四散，如紛揚的沙。近數十年改良土壤，那黃沙也應無存的吧。沙土地上的飲食男女、生死輪回，以及沙土中的故事，不消說久已湮沒在了歲月裡。我發現父親對此並無惋惜。不止父親，母親也不大有對鄉土的沾戀。作為被五四哺乳過的一代，他們似乎早已體認了「漂泊」之為知識者的命運。只是每當秋熟過後，窗下叫賣「棗花蜜」的鄉音，仍像是叫人怦然心動。我猜想，此時的父親，眼前當恍惚有那片如霜如霰的棗花的吧。

# 鄉土（之四）

　　在父親的敘述中，母親的走進這家族，像是並沒有引起戲劇性的反應。這家族的態度，十足有農民式的樸素。一個有知識且「在外邊幹事」的女人，甚至贏得了一家之長的尊敬。父親的回憶文字寫到母親曾因兒子的病，不得不辭去工作在老家暫住。「孩子病癒後，祖父就催著妻去工作。妻一直以為祖父太冷酷。我則認為那是出於他的虛榮心：他將在外邊工作視為榮耀，而非將在家吃閒飯看作負擔。」

　　但我仍不相信事情會有如此的簡明。

　　我不便想像當母親出現在老家那些女人面前時，能否毫無倨傲之色。較之那些從未走出過那片土的女人們，她實在是太不可思議了。她所閱歷的，哪怕只是一點點，也足以令她們驚倒。她不可能向她們講述自己，比如講述她怎樣隻身走出她出生的小縣城，以半工半讀，完成了師範的學業；她怎樣在前夫被國民黨槍殺後強作鎮靜，那時他們已有一個女兒；她怎樣坐牢；她怎樣在與這家族的男性結婚後，一再離了丈夫，到外地外省作示範性教學；怎樣攜兒子騎騾子過關山，由中原迢迢赴西北與丈夫團聚……

　　我寧願相信那整個村子都在盯著她的背影竊竊私議，在廚下灶火邊，在井邊河邊。評論者會說到她的瘦削，她的比丈夫年長，她的教員的職業神氣。她們少不了將她與我父親早已亡故的妻子比較，含意隱晦地誇說那女子的美貌，感歎她的薄命。我的母親未必不曾察知那種微妙的敵意，但這一定不會讓她過分在意。她是個自信的女人。她壓根兒不會將自己與她們比較——包括那個據說漂亮的女子。她知道

她與她們是不可比的。她也絕對無須嫉妒那女子的美貌，她知道贏得
了丈夫的一往深情、體驗了婚姻的成功的，是她。如果她更大度一
些，她或許會憐憫那女子。那時的丈夫還是個「熱血青年」，為政治
與左翼文學所吸引，無暇愛撫他志趣不同的妻子，也無力將他的妻子
拖進他的世界，使她分有他的熱情與嚮往。

　　在我的想像中，母親不屬於任何意義上的鄉土。她拖兒帶女，在
卡車、長途汽車上，在江輪上，在騾子背上，在火車的車廂頂上，證
明著自己生來就是個慣于漂泊的女人。她從不憚于隻身遠行，而且當
著決定時毫無遊移，如同決定去一趟附近的集市。這一切宛如天性。
且每在一處，就創出一份自己的事業。父親說，什麼事也沒難住過
她。他說，當著最初與母親相遇時，她令他傾心的，就有這獨立不懼
的氣概。母親自己的陳述要乏味得多：小學教員的方式，將一切都
「標準化」了。只有一次，她說到她如何面對前夫之死，使我感到了
些微震撼。她說，當時她正在師範讀書，校方有意將刊有她丈夫被捕
與被槍殺消息的報紙貼在閱報欄上。我相信她站在閱報欄前，那眼神
確如她自己所說的那樣冰冷甚至傲然。她說，我不給他們看到軟弱。
但我後來又問起這件事，已不再能聽到同樣生動的講述。

　　我為她列印的那一本「順口溜」中，只有寫坐牢的一首略有新詩
意味。

　　　　……
　　　牢房裡除了亂草一堆，
　　　一條破舊的棉被，
　　　只有一隻肥胖的蜘蛛，
　　　不聲不響，
　　　日日夜夜作我的伴侶。

> 我有千言萬語
>
> 無處傾吐，
>
> 我想用無聲的語言，
>
> 沒有紙筆，
>
> 我從鐵門上小小的方洞，
>
> 向老人訴說我的衷曲，
>
> 老人投來慈祥的目光，
>
> 一會兒，遞過來一疊紙一支鉛筆，
>
> 我用高興得顫抖的手，
>
> 接過紙筆，
>
> ……

　　當然我也聽說，一九四二年春，當父親面臨再次被捕的危險時，促成他決心赴西北的，是母親。家族中的長輩曾遺憾于父親的倉促離去。倘若事情果真如此，我倒寧願欣賞母親臨事的這一番決斷。雖然逃往西北，未必就逃離了恐怖。[1]

　　與父親恰成對照，母親的性情在歲月中竟像是無所磨損——她的子女由她二十餘年的「右派」生涯中，看到的是她早年的堅忍；由她衰病中頑強的生存掙扎，由她以八十多歲的高齡，於骨折後又站立起來，看到的是同樣的堅忍。當子女們已滿面滄桑顏色，他們的心先已蒼老，聾而半盲的母親，卻愈加單純如兒童。陳述往事，幾乎是她與世界僅有的交流。在她的日見模糊的視界裡，那些圖景想必更生動異常，比之當下的世界更現實也更「直接」：誰又知道盲與聾在她，是不是一種幸福！

---

1　父親常說到四十年代中期蘭州的政治恐怖，城北的集中營，黃河中漂浮的裝有政治犯的麻袋。我就在這城市出生。

　　母親的舊照片，有些銷毀在了「文革」中。保存下來的照片上，母親身著白旗袍，或長袍馬甲，眉目精緻，姿態嫵媚。這些舊照片總使她的女兒們自慚形穢。她們即使當同樣年輕時，也不曾有過這樣的神采，後來則一律形容憔悴。她們也都不曾賦有母親的強毅果決，她的自信，當然更沒有她的那一派單純明朗。

　　下一代可不會作如是比較。祖母或外祖母在他們眼裡，不過是個乾癟嘮叨不合時宜的老太婆。他們要有極大的耐心，才能忍受她職業性的訓誨，且當聆聽時彼此交換著嘲笑的眼神。他們或白皙或微黑，但一律結實而精力彌滿。他們即使噩夢，也與那片沙土地無關；即使陰影，也不像是由「歷史」深處拖了過來的。他們仍在縱橫的血緣網路中，卻難得想到那個古老的字眼，「家族」。他們彼此親昵卻對長輩缺少敬意。我當然知道，如若那片沙土根本不在他們的念中，那它就真的永遠消失了──即使為家族計，這也未見得是不幸的吧。

一九九五年八、九月

# 黃河悠久之旅

　　我是北人，黃河邊上人，在這條河的上游出生，在它的中游長大。我曾計畫過在「而立之年」去看我的出生地，卻直到將近「不惑」才終於西行。那個城市之髒之破令我吃驚。吃驚之餘，仍如所計畫的，探訪那條河。走上大橋，又踏過沿河大道。為了親近它，我下了大堤。堤牆上向河中排放污水的管道腥臭逼人，無情地嘲弄著我的敬意。我終於頹然，放棄了朝聖者的莊嚴；但同時也安心——無論怎樣，我總算看過它了。

　　橋的一端是我父母一再提到過的公園，畢竟應當一去。我已忘記在那裡看到了什麼，只記得曾久久地在一處土崖邊，眺望不遠處層疊的「黃泥小屋」，引得不少遊客佇足，又一臉疑惑地走開。那些黃泥小屋，讓我真切地感到了「天地之悠悠」，大河邊小民生的強韌。我自以為觸摸到了「歷史」粗糙的肌膚。

　　在那之後，我有機會薄暮時分站在駁船上橫過黃河。我曾無數次乘火車過黃河，乘船則是初次。暮色中的黃河，黯澹下去的落日餘暉，蒼莽無際。這大河引起的，何以總是憑弔的衝動？

　　這大河似乎正在成為「純粹象徵」。我看到過平山鬱夫的一本畫冊，題作「黃河悠久之旅」。題目及畫都讓人感到親切。我一向相信東方民族間的歷史經驗更有可能相通，卻仍然難以由異國畫家的作品中，讀出我所感覺到的黃河。

　　這大河像是在消失之中。據說近年大旱時，下游竟褰裳可涉。我怕黃河會在某一夜，突然沉落到地底。但它仍在流著，在寬闊的河道

上散漫地淺淺地流，似乎只為了使你的歷史蒼涼感有所寄寓。

　　記得那次尋訪出生地時，在城市車站，見到了一群群賣藝的農民，像是些家庭班子。第一次聽秦腔，竟被唱腔中天然的悲涼意味所震懾。我記住了那些嘶啞地喊唱著的農民，粗糙的手與臉，並無悲戚之色，只在伸直了脖子努力地唱。我寧願相信這些農民如今已在「富起來」。他們為歷史負載太多，卻無所知覺。這有點殘酷。

　　我能感覺到這河對我心靈的浸潤。我的偏愛荒涼景象，衰颯情調，或許即多少要拜黃河之賜。綺麗的南國雖賞心悅目，卻還是單調的北方鄉野更可親近。我有時會由我個人與黃河間的聯結中，體驗到一種宿命，辨認出自己生命的蒼老顏色。

　　河清可俟。我或許真能看到這一天。這大河仍有可能成為一個民族復興的象徵。「廉價的樂觀」不免要為年輕者所譏笑，但你總不見得厭惡「希望」這字眼。黃河難道不是值得「希望」的？

　　　　　　　　　　　　　　　　　　　　　一九九三年一月

# 看海

　　在內地人，看海，是一個夢，尤其童年的夢。這夢縹緲而美麗，像是不可能「成真」的。後來聽在潛水艇上服過兵役的表哥，說海上生活的單調，大惑不解，想了許久才似乎明白。但那時無論如何不會想到，能在香港看三個月的海的。

　　由中文大學賓館房間的窗口望出去，海灣的海水通常平靜如湖，如我看過幾天的鏡泊湖，只是沒有鏡泊湖黃昏時分的凝定而已。你確切地知道這果然是海。海灣的那邊，海水是鋪展到無際涯的。但我只是遠遠地看著，由視窗，由校園的路上，並不曾親近那海水。但我已經知道，當回首香港時，最先想到的，必是這一片海水的了。

　　我已有過若干次看海的經驗。在遊青島附近的嶗山途中，與同伴們躺在潔淨無比的沙灘上，看海水輕柔地推上退下。那是個暖融融的春日。也曾獨自坐在鼓浪嶼的岩石上，看腳邊濁浪翻動。後來同伴們要我找回那片岩石，我卻遍尋不見。那像是專屬我的意境，不便與他人分享的。和日本友人同去福岡附近的志賀島時，颱風剛過，天色陰沉。此時的我已漸入老境，離那個做夢的女孩已經太遠了。我努力興奮，想喚起激情，卻分明感到了自己的漠然。我漠然地平靜地面對這片神情兇險的海。夢已遠去。我知道，我只是個「看海」者。即使看了三個月，它在我也只如熟人而非朋友。我仍然是個內地人，內地的北方人，黃土地上的北方人。

　　關於海的那些夢與詩，是屬於童年與青年時代的。而且我相信，真正的「海民」，也會如我在潛艇上服過役的表哥，失去了夢與詩

（如果他們曾有過的話）。中年、老年人的眼中有別一世界，那世界
或許不瑰麗，卻可能飽滿如秋，平靜如黃昏，你不必刻意為它加色。
住在中大這賓館裡，我也偶爾想走下山去，走過那道鐵路，去掬那海
水。但我終於沒有去。我知道那動作太有意。意識到「有意」，也就
敗壞了興致。

　　香港在我，也如這海。我並不試圖「進入」、「參與」，也決不妄
想去講這海的故事。我只能述說我自己。走在這陌生的大城裡，我只
是個「看海」者。這海很可能已豐富與潤澤了我，但我依然是個內地
的黃土地上的北方人。

　　這種身分、角色體認令我坦然。用了「遙遠的眼神」看香港，心
境平靜而淡漠。旁觀的態度與距離感，倒使我看出了這海的美來，同
時也多少窺破了一點這海的神秘。穿著令售貨小姐匿笑的破了頭的廉
價皮鞋，我安然地走過中環、灣仔的繁華街市，欣賞著漂亮的商店櫥
窗、陳列其中的可愛的貨品，心裡想著，我這就要歸去，回到內地北
方那片乾燥堅硬的土地上去。

一九九三年一月

# 重來香港

　　一九八六年第一次來香港，如鄉下人的進城，滿眼新鮮，「走馬看花」尚來不及，於是「香港印象」只如一堆彩色玻璃碎片，雖閃灼耀目卻拼合不成一塊。只記得那一周短暫而又漫長。因有周密的排程，似乎每天都在「旅」中，時光急急流走，卻又每日都盼著歸去，只覺得那些過分豪華的街道商場是對「鄉下人」的嘲弄，而西餐亦令人吃倒了胃口。直到不久後的一天，回到廣州，在一家小餐館大嚼油菜，才定下心來。「鄉下人」還是在自己的鄉村才自在。

　　去年年底第二次到香港，雖然仍未脫鄉氣，心情卻平靜了許多。或因八六年以來稍稍見多了世面，也因內地商業化的速度十分可觀，走在香港的大商場中，少了一點壓迫之感。儘管當著走出店鋪時，售貨小姐在你身後竊竊私語與嘲諷的眼神，仍令人局促不安──日本的售貨小姐似乎更有教養些，即使心存鄙夷，她們通常也能維持職業性的微笑的。

　　但我仍然暫時安住下來，並無即刻逃走的衝動。因為──說來可笑──我在這裡找到了「鄉村」。

　　每週一次的由中文大學到沙田的新城市廣場，也仍如鄉下人的進城，但由羅湖到中文大學、由中大到沙田，火車道旁的房舍林木，卻令人有重睹舊物似的欣喜。我終於在這像是遠於鄉村的大城裡，找到了一份鄉村式的寧靜。

　　中大賓館窗外的山與海，是最令人心神寧適的。我很明白，大學校園無論在哪裡，都自成一世界，這世界自以為與其外的世界密切相

連，卻又是相對封閉的。我也聽說香港社會層級分明，大學教師，屬
於一個更為特殊的小世界。但我的經驗是，這樣的大學，是城市的，
又是鄉村的。逃避了商業性的勢利的天真與樸素，也賴有某種「封
閉」造成，——這裡的得失很難計量。「封閉」構成限制，同時又是
造成某種文化（如校園文化）的條件。

在中大的生活使我記起於八六年的類似經驗。灣仔那家賓館窗
下，是一條僻巷。夜間坐在落地窗前看汽車尾燈的一星暗紅遠去，享
受的也是一份寧靜。尤其令人驚奇的，是樓外正在施工，工人的動作
卻如早期電影，毫無聲息：那時「空調」這設備在我還很陌生。

因而即使已在香港住過了幾個月，我決不敢說已認識了香港。仁
者見仁，智者見智，我們找到的，通常還是「自己的世界」。或許有
一類旅遊者，具備發現與容納新異世界的能力，但多數人仍不免
「走」在自己的世界之中。看到香港的先生為某內地客的不「客觀」
記述而惱怒，即覺得可以不必。近些年因了「開放」，有越來越多的
中國人，在這世界上走來走去，也就製作出了大量的紀遊文字。我由
這類文字中讀出的，多半只是那遊者本人的面目而已。

正因為有「自己的世界」，香港才會讓我懷念。我知道一些年
後，記憶中的往事將漸次消失，但也知道我會較長久地記住中大賓館
外的一角山，一片海，拖在渡輪後的白色水線，與夜間對岸的璀璨燈
火。這只是歸我個人珍藏的「香港記憶」。這個香港是美的，安寧而
樸素。這記憶使我滿足。我已不再是八六年那個急於逃離的遊客。攜
著這一份記憶離港時，我將是平靜而從容的。

一九九三年一月

# 三進湘西

　　我是北人，過了而立之年才初見長江。那次乘江輪由寧赴滬，江南雖在望中，卻如浮在江上的薄霧，迷迷濛濛。第一次逼近地觀看江南田野，是一九八六年秋，在湖南。當時見到湖南鄉村的民居，公路上悠然踱過的水牛，都驚喜不置。此後雖有種種公款旅遊的機會，卻至今未到過蘇杭，倒是湖南、湘西，居然又去了兩次，以至對那個地方，有了一種特殊親切的感情。

　　第二次去湘西，是一九九〇年初冬。已過了旅遊旺季，遊人寥寥，但山上蓊鬱的綠樹間爆出的一叢叢紅葉，卻極其悅目。這次因接待者的慷慨，走了不少前一次未去過的地方。最令人難忘的，自然是沈從文情有獨鍾的吊腳樓，和那些形容古舊的小鎮。夜間結伴由鎮街上走過，看臨街櫃檯上排列著的裝著彩色糖食的玻璃瓶，汽油燈下包著頭帕的生意人，恍若夢中——鄉村，無論南北，情境不同卻又相像。那是一個你我都熟悉且並未忘卻的極古老而遼遠的夢。

　　但我仍不能如沈從文當年似的陶醉。我注意到了寒風中吊腳樓的破敝，吊在樓板下的馬桶。想到糞便即泄在樓下流過的美麗的河中，「畫境」即不免破損。江南水鄉水的污染之嚴重，我是由此次湘西之行中切實感覺到了的。那片如畫的青綠山水對於我失卻了一點誘惑。

　　弄破了畫境的，還有別的東西。此後對於湘西的回想中，于山林間火紅的樹與古老的鄉鎮外，總能看到那些湘西的老人，尤其瘦小乾枯的老女人，包著頭帕，背著竹簍，赤腳走在山道或鎮子中的石板路

上，而且一律面容愁苦——那次的湘西之行，我確也看多了皺巴巴的臉上的苦相。

商業化的驚人速度，終於使我失去了湘西這個「熟人」。去年秋天，我發現「張家界公園」突然間太像「公園」了。門（原先是沒有所謂「門」的）外整齊（過分整齊！）排列的竹子，隨處添設的亭閣樓台，都提示著其正式的「公園」身分。八六年初來湘西時，一位上海的朋友曾稱讚說，湘西的魅力全在其尚未被「文人化」的野性之美。當時他未料到的，是湘西並未「文人化」，倒是「俗文化」化了。山道上隨處可見的「點歌台」，可視為「俗化」的象徵。還記得九〇年底在一處山路上，一位背著背簍蹲在崖邊的老人主動為我們唱的山歌。我不懂土語，據當地人解釋，那是情歌，且歌詞有點兒「葷」。這真正「山民」的野唱，使這幫文人興奮不已。兩年後散佈于張家界的點歌台，卻另是一番景象。不但民俗已成為商品，且民俗本身亦在失去其地方品性。大煞風景的，還有如樓梯般的條石砌成的山路，以及沿金鞭溪鋪設的平整的石板路。我想起沈從文的那篇《建設》。沈氏在其中慨歎所謂「建設」對文化的破壞與對人性的侵蝕。不難擬一個對稱的題目：「開發」。一個地方的文化因「開發」而消失，不失為一種諷刺性情景，我因而急不可待地鼓動我的朋友火速去采風——「文化」在以如此可怕的速度流逝之中。

離開了迅速地人工化、俗化、商業化的湘西，在北行的列車上，我不禁又懷疑於自己的失望，懷疑于文人對所謂「野趣」的迷戀。因為我看到了在那個「通俗化」了的湘西，在張家界成為所謂「公園」之後，怎樣變得遊人如織，士女若雲。那些小鎮上花花綠綠的攤檔上的貨品，雖然使得這裡與其他處的村鎮幾無二致，鄉民（尤其年輕鄉民）的衣著畢竟光鮮多了。樣式別致的木板房代之以磚瓦房固然少了情致，但那厚實的牆體會使居住其中者感到安全與溫暖的吧。或許那

些老女人們也少了一點愁容——當然她們更可能已有了新的愁苦。崖邊老人的山歌儘管有味，但我還記得他破舊的衣褲，而點歌臺上出售民俗的歌手，囊中不消說是較為飽滿的。

我一時理不清自己的思路，但已暫時不打算寫「開發」這題目。只是仍忍不住要攛掇熱心於民俗考察的朋友，你若真的有意采風的話，務必要快！

一九九三年一月

# 訪岱

「岱宗夫如何？齊魯青未了。」我這回的訪岱，恰在仲春。北京的春色已老，泰山的坡上谷裡，迎春花還正開得爛漫。我並非初次訪岱，卻像是這才發現，泰山不大像北方的山，不大有那種荒寒氣味，雖然也不如南方的山秀媚。前一次在「文革」中，當時學校派仗正酣，我這個不被任一派收容的角色，突然想到了泰山。這一回的身分卻全不同，已是所謂的「學者」，似乎真的在作某種「文化考察」：名義要堂皇地遠了。上山前聽了有關「泰山文化」的報告，使此次的登山更其「文化」；但也太「文化」了，先就有點不勝負荷似的。

前一次訪岱時，正值年輕，自然是徒步：當時也沒有別的登山工具。古代士大夫多半要被抬上去的吧，四九年已廢除了轎子，又正在「文革」時期。中天門到南天門的一段路，實在累人極了，不由得恨起當初砌這些石階的人來。這一回幾乎毫不猶豫地，選擇了索道，雖然明知乘纜車登山，有點「卑怯」。隨即自我解嘲：人不能不服老。但事後竟也無可後悔。據徒步攀登的同伴說，登山途中小食攤密集，近于三步一崗五步一哨。在濃烈的飯味中登山，不知別人如何，我是絕對受不了的。到這時，卻又懷念起「文革」中的泰山來。那時因在「革命」中，這山倒享有了一份清靜；山道上行人寥寥，偶有茶寮，也古風猶存。記得當時唯一覺得掃興的，是刻石太多，且漆以紅色，頗有點嫌惡古人的酸；幸而不大有時賢的作品。近些年來題字刻石之風特盛，頗有點與古人比試之意。有時真想提著嗜此的諸公的耳朵，大聲讀一遍魯迅《古書與白話》中的那段論「不朽」。歸莊批評熊開

元，譏其見奇石即「鐫大字而朱塗之」為「黥劓西子」，說「檗庵素號賢者，不謂有此俗狀也」（《觀梅日記》）。怕的是當下這班黥劓泰山的時賢，對「俗」說法只會是一臉的茫然。

無論乘纜車有怎樣的乏味，到底站在了南天門下，卻對本文開頭所引杜詩全無感覺。又記起了登西安大雁塔的經驗。年輕時曾為杜甫《同諸公登慈恩寺塔》所感動，每讀到「秦山忽破碎，涇渭不可求。俯視但一氣，焉能辨皇州」，即會神思恍惚，似湮沒於渾渾莽莽的歷史蒼涼之中。待到自個兒站在了塔上，卻發現所見全不似，也全不能有所感。遊人肩摩踵接；塔下的田疇人物歷歷可見，清晰到讓你做不了任何夢。

南天門上的商業街，自然也是「時代風尚」，只是也如山道上的小食攤，將商業氣做得太濃。看同來的日本朋友與小販打交道，真讓人捏一把汗。有位先生花三百多元買了方印章，你想讓他明白他之被「宰」，跟他講講「砍價」的學問，他只是看著你發愣。八六年頭一回走張家界，同游的吳君說起黃山太「文人化」，希望這山能保有「野趣」。幾年後重遊，看到的不是吳君所擔心的「文人化」，而是商業化、俗化。為該山計，不知是幸還是不幸。

這泰山上不為時間所移易的，像是只有朝山進香的老太，與挑腳的苦力。看那批挑夫精瘦的身板，肩上的肉墊，你自然相信，他們才是這山上真正古老、不徒幾十年且歷幾千年未變的東西。我卻不能如沈從文似的莊嚴地想到「歷史」，只感得一種殘忍意味。「文革」期中登山時，不曾想到詢問報酬，這回問了，聽到的答覆令人難以置信。山上一家豪華賓館的年輕經理說，這些是山后的農民，世代業此；還說，他們也在鬧著提高報酬，「那哪能隨便提高呢？」看著連同煙圈一起徐徐吐出這句話的豐潤的嘴唇，一時竟說不出話來。忽而想到京城裡一夜間暴富的個體戶，有了命運不齊的古老感慨。

　　如此「訪岱」，真有點對不住熱情的主人，那些痛快憨厚的齊魯漢子。其實「文化旅遊」的失望，是遊人應當自個兒事先準備好的，尤其在當下。倒是春天的田野，永遠新鮮，那些村落和房舍，令人有如逢故人似的喜悅：在我，這就足夠了。

一九九四年五月

# 讀山

　　我不大愛山；或不如說，較之山，更喜歡水。這無關「仁」「智」，不過個人趣味而已。我總覺得，山較之水更遠於「人境」。水像是天然地「屬人」的，有水源處即有人煙；而山，則意味著對於人的挑戰。也應因此，山民比起水民，其生存更有悲壯的顏色。據說南方的山，多為徙自中原的客家據有。給他們留下山地，不消說決非出於土著的好意。在我看來，山民之於山，與其說是倚托，不如說是對抗。山民是在與山的對抗中延續其歷史的。

　　古代皇帝的陵墓稱「山陵」。你去看看南方的淺山，有不少處儼若鬼國。即使如香港新界那樣繁華的所在，沙田周圍的山，也有被死人密密麻麻地占了去的。這是否也在提示著山的更宜於死人而非生人？還有被人抱怨占盡名山的僧伽，也像是證明著山的「出世間」，至少證明了山的適於營造禪境。

　　八九年乘客輪過三峽，為刀劈斧削般的山石所震駭，只覺得造物的嚴酷：這樣的山石更像是神造天設的有關生存絕境的象徵。更令人驚歎的，是那山腰間的一線，有看起來極小的孩子。背了書包在走。你竟看不出他從哪裡走出來，又能走到哪裡去，他的身前身後，只是一色的石壁，尋不出一點人的痕跡。你由那些山的巨大的體量，和堅硬的線條，讀出的是對於人的渺小與其無力的嘲弄——移動在山腰間的，是那樣小小的一個人。

　　九〇年初冬在湘西的猛洞河「漂流」時，我也這樣耐心地搜尋過人跡。那倒是一片蔥蘢的山，正如國畫山水，卻也如國畫山水似的遠

于活的人生——你徒然地想在那些山壁上找一處能安置一椽的所在，同樣發現了那山是天然地不宜於人的。它只是人的觀賞物件，它不屬於活的人生。

我也看過夜的山。在那龐大的陰影上，吸引我的，永遠是似虛懸空際的一兩星燈火。我會久久地揣想著那燈下的一份生活，似親身領受了淪肌浹膚的淒清。有水源處即有人聚；而山，提示的從來更是人的宿命的孤獨與寂寞。

差不多因了同樣的原因，我對國畫，總缺乏鑒賞的熱情。我也如讀真的山，禁不住要在其上搜尋世俗生活的跡象。國畫山水間也有人，高士隱逸，對於山與人的關係，這倒是個恰切的詮釋。我也知道，我說這些，等於自承了既乏藝術氣質又乏哲學領悟能力，自承了對於「抽象性」的拒斥，經驗與趣味的不可救藥的平庸以至於「俗」。因此在寫了山之後，我並不自信能讀山，讀懂了山。我由「山」上讀出的，或許只是我本人頑強的世俗性格。我最後得承認，我是在一片極大的平原上、且在一條極大的河邊長大的。如果我申明寫在這裡的只是一個平原人對山的讀解，或許不至使愛山者感到冒犯？

一九九四年六月

# 城牆隨想

　　去年，在北京的一家報紙上，發表了一篇關於圓明園的短文，驚歎這園的「消失」，連帶提到了京城東便門那一段殘存的城牆，想不到頗引來了一點回應。其中就有一位老編輯的。那信用毛筆寫在舊式信箋上，隨信還寄來了已刊出的他本人關於那段城牆的文字。

　　雖然常常做著關於「漂泊」的夢，我其實很少走動，有時來了機會，卻又因沒興致而找藉口放棄了。所走過的幾處，經久不忘的，則是那破壞，對文物的，以及對自然的。我怕那是較「文革」更甚的破壞，且無從修復。「文革」即使「砸碎」的，還有可能拼合，至少還餘了殘片──是確確實實的「舊物」；「文革」中的破壞，還未及于自然景物。一九六八年隻身登泰山時，覺得那裡如在世外。而在目下「商業化」中破壞著的，則是風味，情調，是整個意境。

　　真應該感謝北京人在商業行為上的保守的。一九八四年去西安時，那裡商業空氣之濃已讓人吃驚。當時的北京尚寧靜如舊。但那樣的大潮是遲早要卷來的。去年陪幾位境外的朋友看圓明園，就發現這園已面目全非，不但那些標誌性的石柱因調整而意境大變，且被圍了起來的園子儼然雜耍場。原來那種殘破蕭條、荒煙衰草間的「歷史記憶」，被惡俗的遊樂氣氛沖洗一空。

　　在圓明園，自是在劫難逃：「重修」的呼籲幾乎不絕於耳。人們像是總不能放心讓這園荒著。我們早已不能欣賞「殘破」之為美，如古人面對古戰場時那樣。我們嗜好「整飭」，為此不惜如暴發的土老財那樣，將古鼎彝擦得鋥光晶亮。中國人又向不缺乏「整舊如新」的

本領，以及「以假亂真」、仿得真贋莫辨的種種絕活。一再有人慨歎
四、五十年代之交舊北京城牆的拆除，似乎餘痛猶在。但我卻想，那
城牆即使有幸保存了下來，誰敢擔保不會「整舊如新」以至風味全失
的呢！近幾年各地的仿古一條街，不過體量較大的假古董：我總疑心
那靈感是由台港影視中的宮廷戲裡來的。

真怕聽「重修」、「重建」一類呼籲：不但因為覺得那筆錢更應用
於「民用設施」，比如民居，也因預想到「重建」所必不可免的破
壞。文物固然是「文化」，也要有文化的民族才能保存。你只要看看
近些年北京城無數的小亭子，就知道我們有的是怎樣的「文化」。禁
忌解除，人們敢於批評「亭子」了，而那些亭子、城市雕塑、街心花
園等等，都已成「半永久性」的存在，你無奈他何。

有位學園林設計的小朋友，說到過稍有創意的設計方案的難以通
過。令人絕望的是，你無法為那些持有圖章的審批者補上「審美」這
一課。小亭子們還只是「半永久性」的，文物或自然經了重建，那結
果很可能萬劫不復！我所見到的，就有張家界金鞭溪的石板路，和泰
山頂的商業街。你可以想像此種所在那狂熱的商業空氣——當然還不
至像我家鄉的盜掘那樣狂熱到了血腥，但背後怕是同一心理，即發財
要快！最好一夜之間暴富！

面對這種「開發」，我竟會有一種疼痛感。你難以指望別人與你
同「感」。這畢竟是不急之務。我有時何嘗不也會這樣想：保護動
物，好主意！但要人先能吃飽，要人先活得像了人樣。但文物畢竟不
能如動物似的繁殖。

在商業潮中，京城東便門那一段殘存的城牆，如「歷史」殘留的
一滴墨蹟。在四周的蠶食中，顯得那樣灰黯、軟弱無助。但在一番
「開發」呼籲之後，卻至今未見有人動它，也看不出有誰在制止蠶
食。或許那位元老編輯的文字發生了點作用，更可能因有比這「開

發」更有效益的事業。偶爾乘車經過那裡，總要看一眼那段城牆。置
於那環境中，它甚至引不起你憑弔的心情，但仍然忍不住要看看它，
似乎只為了確認它還在那裡，或者希望它還在那裡。它也許真的會在
那裡待下去的吧。

一九九五年六月

# 冬日

　　又是冬天。北方的冬季會令南國遊子不耐蕭條與落寞的吧，這在我，自去年在香港過冬後才更容易想像。

　　赴港時還只是初冬，北京已一派蕭瑟。當著過羅湖乘電車到香港中文大學，沿途一片片的水，就覺得藍得可愛。到中文大學站時是正午，買了飲料、點心，獨自坐在站外水門汀上，有風溫潤地拂過，恍然有如夢之感。不過兩天，走過了兩個季節。這「時差」來得太大，一時竟不能適應似的。之後的一些日子，幾乎天天往返於賓館與圖書館之間，但每當登上山頂圖書館前的廣場，那如水洗過似的油綠的樹，滿樹大而紅的花與樹下的落英，都令我如初次見到般地欣喜。我也就將一份享用的心情保持了幾個月，雖每日裡面對的是同一蔥翠的山，藍得沁人的海：此種經驗在我太難得。我自以為是個純粹的北方佬。

　　有「享用」的心情也因在旅中。「旅」使你脫出常態，讓平居時被磨鈍了的感覺重又活躍起來。認真想想，倒是發現自己辜負了北京的冬。北京冬季的妙處，郁達夫、梁實秋都早已寫到過。郁達夫寫《北平的四季》，以為北平的四季中冬季尤可愛，因而這一篇品味北京時令之美的文字，竟由冬天寫起。在郁氏看來，「北平的冬天，冷雖則比南方要冷得多，但是北方生活的偉大悠閒，也只有在冬季，使人感受得最徹底。」甚至北京冬天的狂風也可愛。「尤其會使得你感覺到屋內的溫軟堪戀的，是屋外窗外面烏烏在叫嘯的西北風。」但寫風寫得好的，我以為還當推小說家老舍：「西北風不大，可很尖銳，一會兒就把大姐的鼻尖、耳唇都吹紅。她不由地說出來：『喝！乾

冷！」這種北京特有的乾冷，往往冷得使人痛快。」緊走了幾步，
「身上開始發熱，可是她反倒打了個冷戰，由心裡到四肢都那麼顫動
了一下，很舒服，像吞了一小塊冰那麼舒服。」真寫絕了。這是《正
紅旗下》，寫小說裡「大姐」冬日一早的出門。據我的經驗，北京
（以至北方）冬日空氣的幹冽，也要在無塵沙的日子才能領略，最好
是雪後，地面凍得梆硬。

　　使北方的冬有味的，還應有爐火。自然不能比西方壁爐的貴族風
味，卻是平民都能享有的。漫長的冬夜，與親人或太人擁爐閒話，在
炭火邊煨幾塊白薯，烤幾粒紅棗，聽水壺在火上噗噗地響，正是其樂
融融。現在大城市多用了「暖氣」，乾淨，省事，卻不能言「情調」，
這也如電燈之於蠟燭——但說到這類題目，也就見出了文人的酸，甚
至不自覺的虛偽，還是打住的好。

　　不妨承認，我們像是早已失去了前輩人所有的審美能力，比之那
一代人，心境也更少了一份寬裕。對於日常生活的審美態度的缺乏，
自然也因幾十年間生活的粗放化；當著粗糲終於有望轉成細膩，又有
了洶湧而至的商業大潮。

　　在香港，「享用」的心情到春節前就變得複雜。那幾天的凄風苦
雨，真令人嘗夠了客況的寂寞。早已習慣了北京冬季室內的和暖，覺
得香港冬天的冷，才讓人無可逃遁。那是裹著一團濕氣的冷，直冷進
了骨頭裡。我本可要所住賓館供暖的，卻終於沒有開口。這固然因了
是在「客」中，卻更因了對「大陸人」這身分的自覺。長時間的窮，
教會了抑制；大陸人在大陸之外的被照顧，其中包含的憐憫，也令人
有像是病態的自尊。春節期間大學圖書館關閉，獨自待在賓館的房間
裡，對著窗外雨霧低迷的海，也就在這時起了鄉愁，想起了北方的
冬，那大平原所有的荒涼的美；想起了北京的暖融融的家，丈夫和友
人……

　　離港前，忽又放晴，頓然和暖如春，實在奇妙。但此時鄉愁卻益轉濃。在剩餘的時間裡，又走了校內的幾處地方。大學仍在假期中，一派清寂。我還未在任何「外地」居留至三個月之久，自知將一再記起這校園，賓館窗外的一角山，一片海。離開時是凌晨，大學睡意尚濃。下山的路上，我停步回首，為了這個奇妙的冬，悄悄地說了聲「謝謝」。

一九九三年十一月

# 過年

　　我是喜歡舊曆新年的，其中略有一點童心的存留──因為它熱鬧。雖然自離開童年所住城市，舊曆年早已索然無味，卻仍能適時地記起那氣氛，懷了一份隱隱的期待。「春節」確是個好名字，本身就帶了喜氣。我以為春節更是鄉村節日；即使城市的過春節，也以小城鎮更有味，因其有較多的鄉村文化存留。

　　我童年所住的，並非小城，卻古舊。已是四九年之後，舊習俗當有破除，但每有節慶，即使是政治性的節慶，也常有盛大的市民狂歡。那無盡頭的化裝遊行，正令人想到鄉村節日。那是令一些中年人懷念的「五十年代」。到得「階級鬥爭」越抓越緊，我的家已離開了那城市。在我童年的記憶裡，那個中原古城，市民實在是極熱情的，包括對四九年後「新生活」的投入。幾十年後，我在一本書裡寫到北京市民時，並沒有用到我自己的這份早年記憶。我寫的是「老北京」。但我想，「新北京」的市民，也應如那中原城市的吧。中國的古舊城鎮與鄉村，似有血緣相系，即使如北京這樣的市民文化已「過熟」的古城。

　　直到幾十年後，童年時代在那座中原古城所過的春節，還影響著我關於「年」的感覺與期待。每到歲暮，就似乎由空氣中嗅到那舊年的氣味，那是煮肉、蒸饃的味、爆竹的硝磺味及其他味混合成的味兒，氤氳在天地間，你無法描述，但那是每個中年人都熟悉或曾經熟悉的。

　　過年在那樣的一個女孩子，是一身新衣服和新鞋子，是吃餃子和

肉，是一大早爬起來跟長輩磕頭或鞠躬。我的家較新式，鞠躬磕頭都
免了，只由家裡大人領著，向房東老伯鞠一躬。但吃的重要，對每個
孩子都一樣。平日飯食簡單，且多半只能素食，好東西就積攢在舊年
吃個夠。這也是鄉民的習慣。我曾在鄉下姥姥家住過，那裡的農民因
要用雞蛋換點鹽或火柴之類（用了粗話說，是「打雞屁股眼裡摳
錢」），平時捨不得吃，但過端午節，煮的雞蛋和大蒜，卻讓你滿碗裝
著，吃夠。鄉民自然不知道，人對雞蛋的消化力為幾何，大碗地吃，
只為滿足渴欲。梁山好漢為人豔羨的「大碗喝酒，大塊吃肉」，也無
非為此。這應是「匱乏經濟」下農民想像力與願望的極限。

記得在那中原古城過年，離「年」還有一段日子，就開始蒸饅和
包子，一籠一籠地蒸，蒸出一籠，嘗上一個；包子蒸多了，就騰出衣
櫃的一層，排進去。這饅和包子要吃到元宵節左右才完──那時的人
們是不懂得保鮮的，懂得也沒用。

到了舊年，母親會講一點她的家鄉有關過年的故事。有錢人家的
孩子誇耀說：我們家過年，喝酒吃肉放花炮；窮人家的孩子也可誇
耀：我們家過年，煮豆子，蒸高粱麵包子，還剃光頭：各有一份滿
足。也有連豆子也煮不起的。那童年的城市就頗多乞丐（「要飯的」），
會在你蒸包子時站在你家院子裡，為你的歡樂造出點小小的缺憾。

過年的諸味中，爆竹的味兒更令孩子們興奮。據我的經驗，爆
竹，嗩吶，是任何「鄉村歡樂」所不可或缺的。我自己也喜歡。一九
七六年十月，我所住的城市，爆竹屑竟在主要馬路上平鋪了厚厚的一
層。北京將禁放爆竹了，今年的春節會否減了些趣味？「禁放」的告
示貼出的當晚，滿城爆竹聲大作，有朋友打電話來，問出了什麼事，
丈夫說，大概是趕在「禁令」生效之前，把爆竹放完吧。這應當是去
年的爆竹了。竟有這麼多！

去年的春節是在香港過的。在香港過耶誕節，在我，是極新鮮的

經驗；但客中過舊年，已不復有好興致，只覺分外地寂寞，雖然有內地來的朋友夫婦邀了度除夕，另有朋友約了去看沙田的車公廟。車公廟香火之盛卻著實令我迷惑。在九龍牛頭角的居民區，聽到內地習聞的鑼鼓聲，據說是在舞獅斂錢。這類風俗，在內地稍大的城市似早已絕跡。此時我已將啟程回北京，才發現三個月裡，過於沉湎於自個兒的一份生活，這城市於我，仍如初到時似的陌生。那些刺目的「文化對比」，張愛玲早在作品中寫到過的，我卻到此時才感覺到。

　　歲雲暮矣。匆匆又是一年。一夜的爆竹，將「年」味兒作濃了，雖然離「年」還有一段日子。又有了溫暖的懷念與期待。「年」畢竟近了。

　　　　　　　　　　　　　　　　　　　　一九九三年十二月

# 暮春

　　眼見得春色老了，卻像是還不曾享用過春天。大陸的北方幾乎無所謂春天，你剛剛放心地收好棉衣，太陽一下子火辣辣地燒起來：春天也就這樣一閃即過。但度過了漫長的冬季的人們，仍有體驗春的興致與耐心，即使這春像是打擺子（發瘧疾），而「綠意」一點一點地從漫天塵沙中透出來，顯得那樣艱苦——這艱苦也使得你對那點春意分外愛惜。待到有楊花如雪般地在窗外靜靜地遊走，我總會無端地激動起來，像是有許多美好的記憶，卻又一時想不分明。忽而記起兒時結伴出城捋柳葉，舌尖上頓時有了那點清而微苦的味兒。家鄉太窮，幾乎沒有什麼長在地裡的東西是人沒有吃過的。當然我與小伴的捋柳葉又非度荒，那倒是嘗鮮。只是大約現今城市長大的孩子，已不會知道嫩柳葉的滋味了。要先在水裡焯一焯，拌了麻醬，或滴一點麻油，早飯時就著饃吃。再過一些時候則吃榆錢和槐花；用了長竹竿打槐花，那花落得一地如雪。將槐花、榆錢拌了面，蒸熟了，澆上蒜汁，既是菜，又是飯。也可以曬乾了，留到冬天包包子。

　　捋柳葉的樂趣更在出城。那城市在黃河邊上，有一兩面的城牆外幾乎全是連綿的沙丘，有些處高與城牆齊。黃的沙，如煙似霧的柳，偶爾有極淺極薄的水在沙上走——這副景象只保存在我的記憶裡，那座城市早已變得讓我認不出了。

　　後來在另一座中原城市，我還和母親、妹妹一起，在春天裡到郊野挖過野菜。那時母親以「右派」的身分，暫時由一處勞改地回家。分離後的團聚，真是一些快樂的日子。和母親、妹妹走在田野上，四

望空闊，腳下隨處有生命萌動，一時像是要被鼓蕩在高天厚地間的春風飄浮起來。可惜好景不長，不久母親又被勒令到另一處勞改，家裡複又冷清，留下了父親、妹妹和我。那時常吃的野菜，記得有灰灰菜、芨芨芽、麵條菜之類；還有一種名字有點怪，與我的乳名相近，叫「毛妮棵」，後來再沒有聽說過。去年春節回家鄉過年，竟在農貿市場上見到了久違的芨芨芽。在眼下的消費者，買這種東西，才更是嘗鮮，或者竟是時髦也未可知。

由那座黃河邊上的城市來到北京，見到的依然是灰黃的冬日，冬春兩季滾滾的黃塵，與如此吝嗇的轉瞬即過的春。對春的消息，也仍如兒時似地敏感與興奮，會匆匆地和丈夫趕到廣場看風箏，到公園搜尋新綠，仍然有幾分緊張，如恐不及。似乎要數著日子，仔仔細細地過，才對得住這點春色。南國的生命太繁茂，在我這樣的北方人看來，近於揮霍。或許要在北方的荒寒中生活過的，才更懂得生命、綠色的價值？我猜想也因此，這灰黃的北方大地，這土地上的生的掙扎，對於來自南國的遊子，會有一種精神性的吸引。魯迅當年由廣東籍畫家司徒喬的畫作中，就讀出過這一種「北方迷戀」：「在黃埃漫天的人間，一切都成土色，人於是和天然爭鬥……」較之司徒喬所作的更「本色」的南國風景，魯迅說他「卻愛看黃埃，因為由此可見這抱著明麗之心的作者，怎樣為人和自然的苦鬥的古戰場所驚，而自己也參加了戰鬥」（《看司徒喬君的畫》）。我樂於聽這樣的話，尤其出諸南人之口的——我畢竟是在這荒寒中生長起來的北方人。

一九九四年四月

# 夏夜

　　今年北京的夏來得特別早，剛交農曆五月，就將人猝不及防地罩在一團火中。友人們已在醞釀著購置空調設備，多半只是「醞釀」而已，說著說著，也就把個夏天混過去了。報載，大陸的大中城市的空調普及率已達百分之十一，但環顧我所住的社區，安裝了這種東西者似乎寥寥可數。普通北京人的消費水準，一向在南方更開放的城市之下。我何嘗不知道北京從來有另一個世界，極其豪華的貴族世界，但那個世界離普通人太遠，遠到不足以構成刺激。

　　當空調尚未大面積普及之前，城市仍將裸露著，聽任旱魃肆虐。而在當代的城市人，這種不設防的城市是沒有任何詩意可言的。

　　深夜，站在陽臺上，等著想像中由極深極遠處正悠悠而至的一絲涼風。突然懷念起那更匱乏的童年來。那一處三進的舊宅院，那磚牆傾圮的後花園。房東四九年以前的身分，據說是律師（這「律師」是太陌生的字眼，神秘而又古怪，記得我們這群頑童常在其人背後，將「律」故意地訛為「驢」），在那城市似廣有房產；當我的家住進這宅子時，正惶惶然不可終日，那後園就只好一任其荒蕪了。廢園比之修整精緻的園子，或許更宜於作孩子們的世界。我離開那城市後，再不曾見到過那樣漂亮的一樹丁香，在我童年的記憶裡，巨大的，如傘似蓋。春天，和小伴捉迷藏，鑽進那巨傘下，滿世界是紫的花，濃郁的香，一時有點暈眩，竟會忘記了腳下竄動的螞蟻。夏夜在這廢園和小伴瘋玩時，偶爾聽得一聲二胡，劃然而起，即使不識音律，也不禁神遠。或許正是打那時起，我就模模糊糊地相信，沒有比二胡這東西，

更宜於中國式的古城的清夜的了。

　　又想起鄉村的夏夜。麥後，剛垛起的麥秸，明晃晃的，反射著月光，麥場上這兒那兒，有星星點點的煙頭的火。村民群集處自然少不了村裡見多識廣的人物，嗡嗡的人語要到淩晨才息。麥收後的閒暇比之秋後的，因更短暫，也更有味似的。

　　我們也像鄰人，宿在屋前的地上。先用大掃把將地面掃過，據說可以驅趕跳蚤。沒有大席子，權用塑膠布代替。清早，在轆轤聲中起身，塑膠布濕淋淋的，全是露水。

　　像是再不會有這樣的夏夜了。城市的水泥磚石中，只剩下了熱，令人煩躁令人鬱悶的熱。我問站在身邊的丈夫，明年是否非安裝空調不可了？

一九九四年六月

# 老人（之一）

那一天乘車由沙田夜歸，在車廂裡我看到了那老人，提著大塑膠袋，裡面裝著大約十卷衛生紙，和一點菜。他低著頭，靠車廂站著，眼光畏怯地躲避著人。其實並沒有別人看他。他或許感覺到了我的注視。在這種場合，這樣的注視是不大禮貌的。但我總難以克服這惡癖。對於我注意到了的人，我總想在其臉上讀出點什麼，比如他是怎麼樣的人，過著一種怎樣的生活，等等。我幾乎不能不去看他，因為那眼神在我看來，太寂寞了。後來有人下車，他坐了下來，仍低著頭，似乎在極力蜷縮，以便更少地佔據空間。

這世界太大，太擾攘，與你肩摩踵接的人們，你暫態即忘卻了，絕無痕跡。甚至與你相處多年者，也會忘了其姓名（我就常有這尷尬），但某張全不相干的臉，卻像是粘在了你的記憶中，死死地，牢牢地粘著，再也不會脫落。

後來，還聽別人說到所見的老人，住在垃圾堆中，沒有電器，甚至不開電燈；自稱是由臺灣過港來的「老兵」，沒有足夠的錢，不敢回鄉，因為據說大陸人以為歸來者全是在外邊發了財的。

我想，大約因了香港這地方太繁華，老人才愈見神色慘澹的？對於晚景暮年，「繁華」天然地是一種嘲弄。即使衣暖食甘的老者，其不可掩蓋的凋殘之色，也經不住繁華的映照，更何況老而窮呢！繁華中流淌的，是盛壯的生命。而老人，不但已在「機會」、「運氣」等等之外，而且已差不多在「生命」之外。他們已失掉了重量：無論對於支撐家庭，還是對於平衡社會。老人往往是「發展」的第一批犧牲。

他們以其軟弱無助，以其悽惶神色，將發展的含義複雜化了。

北京街頭行乞的老人日見多起來。這個新近才在走出「農業文明」的社會，正在為「發展」支付代價，而發展來得太迅急，它還未及作充分的準備。比如它似乎還未及準備相應的慈善事業、福利機構，它甚至沒有相應的「傳統」，當然也沒有宗教組織填充這空白。我有時會想，當那些「大款」們由咖啡廳、舞廳或更上流的「俱樂部」昂然步出，劈面遇到一隻枯瘦骯髒的手，會否以為煞風景呢？這情境多半是我在書齋裡想出來的，或者出於窮書生的嫉妒也說不定。因為在那種豪華的所在（說老實話，我壓根兒不知道那家「俱樂部」在何處，我只是在電視螢幕上看到過它），是不可能有骯髒的手去擾人清興的。

據說北京將興辦「晚霞工程」；這工程雖不會惠及丐婦，仍然是好消息。只是我總以為「晚霞」一類字面有點肉麻。這社會對老人忽略得太久，只消為他們做一點點切實的事，無需渲染，尤其無需用了俗豔的顏色渲染。

寫到此處，都市的燈又遠遠近近地亮了。那燈火未及處，一定有期盼的眼睛，有老人的夢，夢到最卑微的滿足。在某一個日子，夢醒之後，他們會得到的。

# 老人（之二）

　　我看到這老人，是在那年的秋天，北京一家大醫院的牆外。顯然是別人為她選擇了這位置，為此還用了點心思。當時她正坐在人行道上，弓身曲背，褲帶脫落，身下散發著惡臭。問：你能動嗎？說：能。挪動了一下，水門汀上現出一片尿印。接著問，似不大懂得，只自顧自地說著什麼，嘟嘟囔囔，用了濃重的鄉音。聽得明白的，是反復的「嗚——」「嗚——」這是在抱怨馬路上車輛的噪音，訴說她的不能入睡。窮鄉僻壤，是不會有這煩惱的。那一夜有雨。醫院牆下，這老人是怎樣對付那秋夜的寒氣的？第二天，我去了湖南。旅中一再想到，不知她是否還活著。那正是一個大節日的前夕，或許乞丐們會被「遣返」：無寧說我希望這樣，希望她能死在家鄉自家的窩裡，無論那是個怎樣的窩。

　　此後，在地鐵的臺階上，在大街僻巷，我還一再看到行乞的老人，來自北方某處鄉村的。我猜想其中的有些，是被其子女遺棄，另有些則是由其親人弄進都市的，為了讓他們以其老衰，為家庭作最後的「貢獻」。如果真是這樣，這又是些怎樣的子孫！

　　行乞是一種「藝術」。對於學習這藝術，他們是太老了。我在一處幾乎無人經過的路口，看到過一個老人，僵直地坐著，身前鋪著一張冤狀。那老人不言不動如泥塑，那神情不像在乞求，倒像在生氣。我由那生硬的姿態，看出了殘存的尊嚴。老農，在鄉間，會是為人尊重過的角色，只消你有一手熟練的農活。

　　我讀過魯迅的《求乞者》。我或許正屬於那類「淺薄的人道主義

者」。我也讀過有關「丐幫」的報導，知道行乞的可以致富。相信這樣的報導已使得不少人在撥開那只髒手時感到坦然。我自己也漸能從乞丐身邊走過而不為所動。但我仍不忍面對這些行乞的老人。我不忍看那張皺紋縱橫的臉，刻畫在那臉上的淒苦、驚懼與畏怯。我甚至以為讓他們以衰暮之年去面對都市盛裝的男女，已經是一種殘酷。他們不必知道這些，不必知道還有另一個世界，另一種生活。

正是在目睹這類情景時，你會覺得那種「匱乏社會」的「平等」也有某種可愛，雖然明知這想頭有點傻，是所謂「婦人之仁」。

前年在香港過春節，看到過有關養老院的電視片。在我看來，是十足貴族氣派的養老院。不同的膚色相間。其中有些鏡頭，拍子孫繞膝、其樂融融的，像是「甜」得有點過火。我不知道在香港，有多少老人能享有這樣的幸福。這或許更是一種櫥窗、標本，用以示人「未來社會」的一角模型？

似乎可以認為，「老人世界」如任一社會的肌體均可見到的節疤，昭示著人類生活的遠未「合理」，人類組織的遠未「完善」。這疤就這麼裸露著，迫使你注視，令你的心于恬適時掠過一點不安。這一點「不安」通常就是種子，使人作出比之一般所謂的「善舉」更有益的事來。

一九九四年六月

# 「單位」

　　弄不清「單位」這個詞在指稱工作場所的意義上，是怎麼來的。或者也如不少現代漢語語詞似的來自日文。稍稍一想，就覺得有點怪，「單位」——怎麼竟叫做「單位」了呢？

　　我一九八一年底來到這個被稱作「社科院」的「單位」時，它只是一些冷冰冰的房子，原先是小一點的房子，後來變成了一座大樓。這樓在長安街上，因而醒目；剛落成時，也頗氣派，十六層，方方的一大塊。當著這條北京最大的馬路上高樓競起、且競相豪華之後，不用說它寒酸了。待到它寒酸之時，我卻對它漸漸生出一點親和之感：這是「我的單位」。

　　每年冬夏，由中原的家鄉探親回北京，火車近站時，都是淩晨。我必守在車窗邊，等著看我的單位。即使它四周的建築明星似的耀眼，我也仍要耐心地用眼光搜索那座已然寒磣了的樓。它的寒磣也正如其中人物——那些「學者」正與它一同失去往日的色彩。你要知道，這「單位」也有它「昔日的光榮」的。比如「文革」。當時它的前身「學部」，就很出過些風雲人物。只是這「壺」已不便再「提」罷了。至於近些年所出風頭，自有將來的人們去「提」。

　　這城市很大，但你只是走在她的極小的一角隅。即如讀大學時走的是宿舍─食堂─圖書館─教室，你現在走的則是家─單位─菜場。但走著走著，那「單位」於你有了切身之感，以至聽到別人提到它，會悚然豎起耳朵。於是你結束了與它的似游離狀態。當然，那裡有一些你熟悉的面孔，你關心的人事，你的友人，最後，是你習慣於在其

中閒談的辦公室，以至你可以使用的那張桌子。世界很大，與你直接相關的東西卻並不多。你有時真的需要一點「相關」的感覺，使你即使在浮游之際，也不至全無著落。你需要有點牽掛，有所繫念：你的家，你的親人、友人，以至這較之前者決非「血肉相連」的，「單位」。

年輕者已在嗤笑你。他們朝你聳聳肩，不明白你何以會有這種古怪的需求：那很像是對無牽無掛的自由的主動放棄。什麼「單位」！整個一土冒兒！你知道他們活得放達而且自在，但你有你的活法。活在每個時代的人都有其生存空間和構成其生命歷史的東西，那些東西代各不同。比如你就不曾感到過對舞廳、卡拉 OK 的需要；那些東西和你的生命不大相干。

至於你所以需要那「單位」，還可以找出更多的理由。你對自己說，你何不可以在此處「閱人」？你總要為了這目的據有一個位置。而這個位置恰合你的需求：這屬於那種「知識份子成堆的地方」。這裡的「人間百態」並不總令你愉快。你由這「單位」看出了近幾十年人性的歷史。但一想到你是在「閱人」，就使得某些經驗較易於忍受。

即使現在，這座規規矩矩、毫無想像力的樓在我眼裡，也仍不小，因而能將一大群「知識份子」裝在裡面。他們待在這樓裡會覺得比較安心，因為與這樓與樓中的其他人物較為協調。在這裡不必因衣著的寒酸而抱歉，這裡也還多少保留了對「學識」的敬意。在過於迅急的變動中，這方方的一座大樓，成了其中人們的庇護。在那些堅厚的牆體間，你仍不妨維持原有的幻覺，繼續扮演你所熟悉的角色，甚至做一點不合時宜的夢。雖然同在一樓的其他人很可能另有生財之道；你的同事所說的「學術」，與你所說的，已不像是在同一語境。

不知道這樓還能在這條日趨繁華的大街上待多久。這兒的地價想必正在飛漲。但這「單位」大約不會即刻消失。不是這一座樓，也還

會有另外的一座。至於再遠一點的未來，實在不敢預測——還是讓年輕人去費這神吧。


一九九五年六月

# 風鈴

風鈴是小谷先生由東京帶來的。公寓樓房無簷可供懸掛，懸之陽臺，又怕鈴聲擾了鄰人，丈夫只好將它掛在客廳的窗簾架上。風鈴是沉黯的黑色，形狀拙重，其下系有書著「淺草風鈴」的紙簽，並不惹眼。初掛時，我也常常忘了它。直到某一個午後，正讀書時，忽而聽到了隔牆的鈴聲。那鈴聲是輕輕細細的，若有若無，使我有片刻神思的迷離，似乎感知了極遙遠處的松風，肌膚也同時覺到了涼而濕的雨意，竟一時忘身所在。像是在深沉的暮色裡，古剎簷角可見風鈴的剪影。夜深了，明月升起在林木之上，有清冽的溪水從腳背上漫過……

在久于公寓樓群且久於書齋生活之後，與「自然」有關的感覺能力似已喪失殆盡，不意卻在這鈴聲中有瞬間的蘇醒。我對於東鄰並不總佩服，無甯說常有腹誹，比如對那種島民式的小氣，過分的瑣碎，生活中太多的小零碎。但我不得不承認，那種無所不在的使生活精緻化的本領，出於難得的稟賦。我們的文化在「革命」中流失太多，生活方式的粗放已使我們失去了精微的感覺，我們久已習於粗糙，過分的精緻甚至會使我們感到局促，比如在京都那種地方。

我記起了日本的小餐館，其中別致的燈飾，獨出心裁的陳設佈置；記起了日本的小酒館，小酒館主人與文人之間的家人般、友人般的關係；記起了在日本隨處可感的對情調的耽嗜，與「造成情調」的意匠經營。更妙的是，「人工化」中正有對「自然之致」的追求。還不止于「自然之致」。奈良的鹿固然像是出於刻意的佈置；但我在奈良以外的其他處，不止一次見到大鳥在水塘、溝澮間起落，極悠然

的。我不能想像這樣的鳥在北京能有如此的悠然。似乎聽到過在天安門廣場放養鴿子的動議，當時立即想到的是，怎麼保證那些小生靈不至於成為人們桌上的菜肴？

又想到風鈴製造商的風雅。風鈴未必是日本的國粹，由中國傳過去的也說不定（我們這裡一向不乏長於此類考證者）；它也絕非貴重物品，但作為禮物有何等的別致！不貴重，工藝上卻絕不粗糙，樸拙而有雅趣。這小小的物件，提示著一種古舊的情境，喚起悠遠的文化懷念。它當然出諸工匠之手，不也同時出自文人式的巧思與文化知識？

風鈴輕輕細細地響著。我盼著它能把我帶進遙遠的夢，夢到山野，夢到濃雲薄暮中的寺觀，夢到瀟瀟的雨……

一九九四年九月

# 「票」影評

　　由事後看過去，一九八五實在是激情的年代，會使人為時尚所慫恿，幹出點傻事來。那一年與一班朋友「蜂擁」入影評界，事後看來就傻得可以。在我個人，緣起在由《黃土地》感受到的衝擊。在那之前，《一個和八個》就「衝擊」了一回；到《黃土地》，才有所謂的激情難抑。那部片子我前後看了三遍。激動了我的，除了陌生的樣式，還有「大西北」與「黃河」，正是我常常夢到的，又較我的所夢更為驚心動魄。

　　剛開始「票」影評，就參加了一次電影界在民族文化宮舉辦的舞會。在大廳裡，我們幾個擠作一團，享用自助餐，看影人們的舞姿。那是我第一次用所謂的「自助餐」，如鄉下人的頭一回進城，幾乎為餐桌上的豐盛所驚倒。令人難忘的，還有一對對老影人極優雅的舞步，真令鄉下人歎為觀止。應當承認，我的相信老人的美與尊嚴，即得自那次舞會的經驗。至於我們這一夥，還能記起的，則是王君那件鄉氣十足的毛背心，與丈夫的舊中式棉襖──他就穿著這棉襖，帶著舞伴，旁若無人地在演藝圈的漂亮男女間穿行。哦，「電影界」！

　　之後自然蹭了不少片子。但那是要付代價的。最讓人不適應的，是看片後的座談會：沒有時間距離，沒機會沉澱，現看現說。這裡最大的損失，是你被剝奪了看片之為純粹的享受。你盯著螢幕，緊張地想著待會兒說點什麼，這也如專業地讀書，為了評論，為了研究的讀書，足以敗壞你的興致。既蹭了片子，就不便即刻逃走。何況還會有人提醒你影片作者的困境，希望得到你的支持：你怎能忍心拒絕呢！

就這樣地不記得「說」過多少次，終於有一天感到了無聊。到了那時我已深信我只能在「門外」談影。「門外」當然不失為一種位置，但對於我本人意義何在？

最初聚在民族文化宮舞廳中的一夥，很快就逃掉了幾位。到我準備抽身時，只有自稱「最佳影迷」的丈夫還留在那裡。回頭檢視，在那些年裡，竟寫了十幾篇所謂的「影評」，由評《黃土地》始，恰與「探索片」的盛衰相始終。「盛衰」的說法未必恰當──只不過一時找不出別的說法而已。回想起來，寫探索片，也因了它們的便於說，便於用文學的方式說。一位作家提到不要「風格化」，實在是悟道之言；但「風格化」之於評論的便利，則是評論者多能默認的，當然尤其我這樣平庸的評論者。此外方便了評論的，還有複雜的句法，以及便於納入「哲學」的「意義」。那一時的探索片，確也特重意義含量，追求哲學意蘊，不惜為此弄到沉重不堪。

我由評文學就已發現，並非你所愛讀的，都適於作為評論、研究的物件。我現在還想承認，我更愛看的，是好萊塢的警匪片，和法國、義大利的政治片。記得在一次外事活動中，剛聽了某華裔作家用輕蔑的口吻提到好萊塢，我就忍不住不懷好意地說到我對好萊塢警匪片的偏嗜，然後直視著那位女士表情誇張的臉，想，她肯定認為我羞辱了自己。

於是在「無聊」之外，還感到了自己的虛偽。

最後的一次的「說」，是在看過《秋菊打官司》之後。因不久前寫過莫言，由《紅高粱》說到《秋菊》，自覺還綽有餘裕。既是最後一次，座談會的情境至今還歷歷在目。

已有幾年不參加影評界的活動了，儘管會忍不住偶爾蹓蹓片子。與電影界的這一段緣，卻在回憶中給了我持久的愉快。

一九九五年三月

# 出鏡

　　一家電視臺打來了電話，說是希望能做一次電視訪談，有關北京人何以不經商的。握著話筒，不免遲疑了一會兒。我知道文化人中很有些斷然拒絕「出鏡」的，是一種自尊的姿態。我卻不便如此決絕，因為前不久剛接受過一家境外電視臺的採訪，雖然內容是專業的，已足以使我不便以拒絕顯示操守，就像失過身的女人不便再談貞節。於是在試著「婉拒」之後，即模模糊糊地應了下來，卻也同時真有了失節似的愧怍。

　　採訪並不複雜。當時已近正午，幾個年輕者匆匆趕來，我也就匆匆地說了一點有意立異的話。當著播出的時間臨近，心情卻發生了變化——對於自己的「螢幕形象」竟有幾分好奇。因而那天晚飯後也就很「正式」地坐在那兒，等待的當兒，甚至有點心跳加速。採訪的場面終於出現了。第一眼看到的，是「我」的醜，這使我確信了自己是個醜女人；然後是「我」的做作：咬言咂字，神情僵硬，尤其經了前面幾位被訪者的對照。更令人沮喪的，是那些經了剪刀的話，使我不敢相信是我說的。只覺得被人強行「製作」了一次，皮肉都有點發緊。我一時呆坐在電視機前，心裡一片空白。我開始認真地後悔自己的孟浪，這後悔已與「道德」無關。

　　直到第二天上班，我才明白了自己當時那模糊的一應的後果之嚴重：似乎整個單位都看到了那個「我」。「趙園，昨天晚上……」（表情人各不同）「呵，真深沉呀！」（聽不出是挖苦還是恭維）也有朋友壓低了聲音神色嚴重地問：「聽說你在電視臺亮相了？」我漸漸感到

了滑稽。丈夫聽到的不比我少。有人特地告訴他，那天在隆福商場，看到一排待售的電視機螢幕上全是我。聽丈夫說到這兒，我竟禁不住大笑起來，有一種惡作劇後的快感。醜也罷，裝腔作勢也罷，不過是一次失敗的表演而已，說不上是對公眾的「視覺污染」，也就用不著自責以謝天下。你是否發現過，嘲笑自己的醜以及做作，竟也會是一件令人愉快的事！

總算領教了一回電視這種「大眾傳媒」的威力──這不也是一種經驗？羽毛固須愛惜，卻也犯不上對鏡頭之類避之若浼，自承了文人式的孱弱。

──話雖這麼說，「出鏡」的事，今後還是不打算輕試了。

一九九四年十二月

# 「電腦發燒友」

　　據我所知，北京學界中人的「玩」電腦，在作家群之後；當然，受的是同一「換筆」風潮的鼓動。年輕者不消說得風氣之先。但畢竟是京城，我所知道的前輩中，很有幾位及時換了筆的。我於時尚一向反應遲鈍。對電腦動心，還是在短期滯留港埠期間。其實在港時並未動過電腦，甚至未曾親見過他人的操作，只是受了幾個朋友的攛掇而已。我對任何一種機械都心存畏懼，從不自信有「動手能力」。回到北京，經了丈夫的鼓勵，卻倉促地將一台由朋友給「攢」（組裝）的電腦搬回了家。

　　這玩藝兒一旦擺在了桌上，才確信自己真的要學電腦了，神經登時一緊。我開始懼怕對付不了它。要知道，在我，它實在是一桿貴得離譜的「筆」！於是在暑期照例回家鄉看望父母時，竟迫不及待地學起電腦來。那是一家馬路邊的小店，一個不到二十歲的女孩守著兩台機子。這女孩就是我的第一位師傅。在家鄉的城市，一個如我這樣年歲的女人學電腦，准是件稀奇的事。一次午後我走到那小店門外，無意中就聽到了有關「那老婆兒」（「那」讀如「諾」）的幾句笑談。我的用電腦，正應了「好事多磨」那句老話。中文軟體既如此間的個人電腦，是所謂的「盜版」，難免險象迭見。幸而我又有了幾位師傅。那一時友人間的中心話題，即有關電腦的種種。口授不行，只得勞住在北大的朋友夫婦，一趟趟地奔走。更由學電腦，認識了那位元精於操作的學界前輩，累他幾次枉顧寒舍。但一邊看這位元哲學家為我裝軟體，輸入硬碟上丟失的參數，一邊聊天，實在是件愉快的事；其間

的樂趣，早已溢出在電腦之外了。為此，我是不是該感謝這台倒楣的電腦的？

畢竟是「寫作動物」，與電腦的「蜜月期」並不長；用了一年多，它的功能在我，不過如一台文字處理機而已。存在其中的，也只是我的一堆文章，甚至沒有拷入任何一種遊戲。操作中也遠未到香港友人所說的「人機交流」的境界。前幾天東京的近藤女士來信，說到她對「電遊戲」的迷戀：「一個個程式所展開的世界的廣度，厚度，詩情，它們引起的想像力，都遠遠超過我的預料。我還記得小時候看過的各種小人書上的風景，光景，人物形象等；如果那種東西形成了我人格、性格、想法的基礎的重大部分的話，那麼比小人書鮮烈得多、美麗得多、不可思議得多的電遊戲，將把孩子們變成什麼呢？」我得承認，我壓根兒沒想過這種問題；它甚至不可能是「我的」問題。不但近藤女士對電遊戲的那種體驗，而且她有關小人書的童年經驗，在我都是陌生的，雖則我在「小時候」，也讀過小人書。我其實並不配自稱本文標題所謂的「電腦發燒友」的。我太枯燥了，幾乎不會對任何一件事「發燒」。只不過每天上午打開機子，在鍵盤上敲擊時，如早年學樂器那樣，體驗到手指運作中的一份快感而已。

年輕的朋友已在為「多媒體」這有關電腦的新概念激動著了。我對此還無動於衷。只是任指尖在鍵盤上輕擊時，仍會吃驚似地想：我竟在用電腦寫作了！

一九九五年三月

# 記夢

　　我的記憶極少能保存夢的殘片。存留稍久的，只是幾個意義費解的夢。

　　那是一片很大的湖，卻又看得出其外的曠野。不記得有星或月。曠野罩著薄暗，水上卻有淡淡的月華浮蕩。明亮的地平線，提示著不遠處的城市。我在湖水中信意遊著，肢體舒張，水溫暖而柔滑，似全無阻力。看得見蘆葦，甚至看得出大的船影。但我只是自在地遊著——前所未有的自在。以至在醒來時，竟不願出離此境，留戀著那水的溫柔，一再傻想著，我是否真的在什麼地方這樣地遊過；而且奇怪何以會有那樣的安全感，以至整個情境澄明之極，絕無陰翳。

　　五年前的初夏，母親摔折了髖骨，我在醫院「陪護」。那一夜，我像是第一次清晰地夢到了丈夫，和二三摯友。丈夫由一個廣場邊的彎道處走過來（我辨認不出那是什麼地方），友人們則聚在一個半明半暗的房間裡。夜留給我的，只是這些無從拼合的殘片，我卻忍不住一再檢視。那是一段艱難的日子。守護在母親的病榻旁，手邊是一冊宋詞：我在當時唯一讀得下去的東西。由宋詞中，我讀出了童年住過的小院，似又聽到了那小院中的雨，滴滴嗒嗒，如清淚垂落。我每年總有幾次離開北京的家，卻從未有過這樣的牽記。或許因了離京時最後瞥到的丈夫的神情——他沒有被准許進站；我通過檢票口，在人流的推擁中回首，正遇到了那雙焦灼不安的眼睛。

　　白日夢，則每天在做著。一點點由頭，就引出個曲折的故事，且多半有黯澹的顏色。但也有豁朗之境。夏日，乘牛車過山口，頭上搭

著濕毛巾，滿耳是蟬的聒噪。山道旁的樹葉草葉，一律被照得透明。這夢總定格在出山口的那一瞬：草、樹和莊稼遠遠地鋪下去，其間錯落地點綴著一簇簇極小的村舍。

我乘過牛車，卻未出過什麼山口。那夏日草與莊稼地的氣味倒極熟悉。在生產隊鋤穀子，鋤到半晌，男女自動地錯開，女人則只穿件水淋淋的內衣，將長褲捋到大腿根。那可真是長極了的夏日。莊稼地裡的日子，總那麼悠長。

活到了這年歲，有時真有了「如夢」之感，以至「一覺」的經驗。這與「成熟」之類無干。時間澄清了感覺，汰除了浮華，往事在回首間，如泛黃的舊照片，反而染了一點溫暖的顏色。你體驗著「無奈」，也因此而安心。到了明白無所用其努力，生活已變得平衍而舒展，像一片秋末的原野，其單調足以讓你平靜。這片乾燥的平野上也仍會有夢的，比如秋色般蕭索而又斑斕的夢，流在悠長的時間裡⋯⋯

一九九四年五月

# 經驗

　　你往往會有一點極有用的經驗，正是那點經驗，使得你眼下的窘境較為容易忍受。比如忍受饑餓的經驗。我其實不曾體驗過絕對的饑餓，如路遙或張賢亮寫過的那種，如丈夫在青海吃七十天野菜的那種。但我所經驗的也是饑餓。記得六十年代初，第一次到京城，返回前由叔叔嬸嬸帶到附近部隊經營的一家小餐館，同去的還有叔叔家保姆的兒子。已記不清還吃過些什麼，記住了的，只是白麵的小花卷，一兩一個的那種。姐姐和我以及那個男孩子，吃那些花卷，一盤之後，是另一盤，我們一聲不響地吃下去，吃下去。背景中恍惚有叔叔嬸嬸憂鬱的神情，似也全無聲息。這鏡頭中唯一的動作是吃。我的記憶即定格在這吃上。這吃像是沒有終局的。

　　但饑餓年代不知怎麼一來就成了過去。已記不清從哪天起，餐桌上多了一點糧食與油水。這麼一點經驗卻使我相信，不堪忍受的那些，總要過去的，而且會是在你不覺間。

　　更說不清楚的，是「文革」中的經驗——是打什麼時候起，莊嚴變成了滑稽，你開始擁有了一點幽默感，開始能夠用了調侃的口吻談論屈辱以至談論那些「神聖事物」的？還記得「文革」中期被紅衛兵勒令搬家時，我和妹妹幾乎是唱著歌搬我們的家的，儘管住進那座「牛鬼蛇神」樓後，即成了明明白白的異類。至於調侃神聖，甚至不是能力的恢復，而是陌生能力的獲取：在那之前，任何一種「調侃」都類似輕佻。「文革」剛剛收場的那個短暫時期，輕喜劇、相聲曾大行其道，流行主題之一，即不久前的「追查政治謠言」。某出話劇中

有大意如下的一段對白：「你在哪兒聽到（謠言）的？」「澡堂。」「那人穿的什麼衣服？」「沒穿衣服。」全場哄笑。這其實不如說證明了魯迅所謂中國沒有「愛開圓桌會議的國民」的「幽默」，有的只是「傳統的『說笑話』和『討便宜』」（《「論語一年」》，《從諷刺到幽默》）。但確實把大家給逗樂了。那確實是無遮無攔的大笑。但笑過之後呢，是否有一點恐怖？如果撒謊也成正義，那麼撒謊者本人為此付出的是什麼？如果無所不可調侃，這社會將為此付出怎樣的道德代價？當然，武則天似的鑄銅甌鼓勵告密，足以敗壞世道人心；而被迫的撒謊之使得人性墮落，也是不爭的事實。

在我的經驗裡，較之「粉碎」一類事件，這才是意義嚴重得無可估量的轉折。正是那哄笑，為若干年後的商業化，準備了道德的以及心理的條件，雖然當時笑著的，決不會想到這一點。

但你畢竟大笑了。你差不多已忘了該如何大笑。在那之前你當然笑過，但難得痛快淋漓；「文革」中更多的是匿笑。在那之後你或許有了太複雜的情欲，這使你的笑再不能有當年似的透明。不能透明的豈止是笑。你發現那場「革命」已留在你的心裡、你的環境中，像章魚抓著海底那樣。你發現生活（尤其所謂的「人事」）已被世故、手段（無所不在的「政治藝術」）弄得渾濁不堪。你甚至會從我們的孩子眼裡，讀出一種老於世故的神情；你試圖使那孩子感動于純潔、高尚，那雙眼睛卻說：我不相信。你更發現無師自通的類似本能的政治手腕，已成某些國人特有的才具，據說他們在國門外的無論哪一處，不過略施小技，就不難將外國傻帽哄得「一愣一愣」。你因而隨時遇到了「文革」。你知道某種情境並非如饑餓那樣容易過去。請神容易送神難。何況是如此狡黠的神！

你於是會想，與商業化相伴的另一種邪惡的智慧，會否成為修復人心的積極力量？到得經濟生活走上軌道，較為正常的心態會否回到

我們的生活？當然這「回」不過譬喻。正如人類永遠不會也不必回到幼年，你不必回到政治上的童稚狀態，社會更不必回到使「文革」賴以發生的那種政治關係與氛圍。上述「經驗」你還不曾獲得。「歷史」會引向哪一種結局更無從知曉。我們的經驗畢竟是有限的，全不可仗恃。

寫到這裡，不免有點沮喪。但又明白不過書生式的迂想，與「實際進程」全不相干。隔壁房間正在播天氣預報，明天像是個晴朗的日子。

一九九五年五月

# 閒散的日子

　　一部新拍攝的影片，據說那片名就讓人覺得彆扭：將「文革」與「陽光燦爛」銜接在一起，豈不是荒謬的？我至今未看到這片子，也未曾看到過據說與之相類的另一部，《美國往事》，但我知道，即使「文革」中，也有「陽光燦爛的日子」；我甚至知道，在那段時間裡，有不少人體驗到過所謂「革命，是革命人民的盛大節日」──那種「節日」般的狂歡，即使由事後看來有幾分邪惡，但歡樂就是歡樂，你不必諱言。

　　你如果還不曾全然忘卻童年以及少年經驗，當會知道一個小學生或中學生，突然有了幾年的空閒，是怎樣的心情。要知道我作學生時，偶爾一張老師的假條，也夠我和夥伴們狂喜一陣子的，何況幾年！那真真是千載難逢！前不久與一位臺灣朋友談到「文革」中的停課，他說這麼大的國家，整整幾代人，「不可思議」。但這與身歷其境者的感覺，已全不是一回事兒。「文革」開始的那年，我已在大學。現在我可以承認，「文革」之於我的一種拯救，即使我永遠擺脫了外語課這一絕境：到「文革」開始的那年，我已因絕望而公然蹺課；如若不是「文革」，還真不知道這檔子事該如何收場。

　　我絕對無意于為「文革」辯護，我只想說，關於歷史，人的經驗、記憶是無窮多樣的。不必向任何一種敘述要求「全面」與「正確」：不但劃一評價且劃一記憶。我們有關「文革」的文學的膚淺，就應因了「劃一」的吧。這使我們失去了「多向度」所可能提供的思考空間的寬闊性。

　　我自己所懷念的，是「文革」中那一段閒散的日子。那段時間我先是在鄉下，然後在一所中學。平心而論，那日子過得並不輕鬆，尤其在中學。我所謂「閒散」指的是「無目標狀態」。當著生活陷於停滯，全無遠景，它忽而變得單純了。我還記得在鄉下的那間借住的農舍裡，白天幹完了活，夜間在燈下繡風景時，那極淡然極悠遠的心境。那是在其前其後都不能體驗的。

　　「無目標」將生活簡化了——在剔除了「目標」之類意義範疇之後，剩下的是所謂的基本生存，食與性。於是有事後所說的「生育高峰」。我也就在那時，將全部「母性」寄放在一個叫小兵的孩子身上。那是我姐姐的孩子。每晚熄了燈，把那個溫暖的小身子攬在懷裡，講著信口編出來的故事，看著孩子那雙在夜氣裡閃亮的眼睛，體驗到的，都是一份寧靜的滿足。我愛孩子。但愛得那樣專注而癡情，卻只在那幾年裡。

　　「食與性」使生活呈露出其未加修飾的粗陋顏色。「文革」後一時令人驚心動魄的作品，如阿城、劉恒的小說寫原始性需求，即應得自這一時期的經驗的吧。那種粗陋較之矯揉造作的意義設置，倒像是更真實的。正是虛假的意義的剔除，使得生活被澄清了。你回到了被忽略已久的「基本生存」。當然，你現在已經知道，這只是你的幻覺，從來沒有過意義真空，「無意義」正是一種意義；你還知道，那種無意義狀態所造成的破壞，幾乎是不可能修復的。

　　由無所用心的插隊，到似用心非用心的教書，日子就這樣悠悠地過去。那所中學教員們的牌局照例開到深夜。有時竟會有粗野的喧囂在夜靜時傳來。我也在那時才知道，牌戲是一種如此激動人心的遊戲，以至令人不得不用老拳去決輸贏。一些年之後又有過「麻雀」的風行，較之「文革」後期的牌風，似乎更有頹唐的氣味。「閒散」也各有其意境，彼此風味並不同的。商業大潮中，「閒散」將成老人的

專利了吧。到了不得不閒散，閒散難免變得苦澀：這已在本文題旨之外，不去說它了。

一九九四年三月

# 北京的大與深

　　以外地人前後居京近二十年，感觸最深的，是北京的大。每次出差回來，無論出北京站奔長安街，還是乘車過機場路，都會頓覺呼吸順暢。「順暢」本應是空間印象，卻由複雜的文化感受作了底子。日本鶴見祐輔的《思想·山水·人物》中有一篇《北京的魅力》，其中說，若是旅行者於「看過雄渾的都市和皇城之後」，去「凝視那生息於此的幾百萬北京人的生活與感情」，會由中國人的生活之中，發現「我們日本人所難以企及的『大』和『深』在。」（《魯迅譯文集》）這或許只是日本人的眼光。據由美國歸來的熟人說，看慣了美國的城市，竟覺得北京小了起來。

　　外國觀光客如何感覺北京姑置不論，來自人口稠密的江南城鎮而又略具歷史知識的本國旅遊者，所感到的北京的大，多少應當由三代（元明清）帝都的那種皇城氣象而來。初進北京，你會覺得馬路廣場無不大，甚至感到過於空闊，大而無當，大得近於浪費。由天安門下穿過故宮，則像是走過了極長的一段歷史。出故宮後門登上地處老北京中軸線的景山，你如釋重負又不禁悵然。俯視那一片金燦燦的琉璃瓦，會想到那歷史並沒有過去，它仍隱隱地籠罩在這古城之上。於是你又由「大」中感到了「深」。

　　久住北京，已習慣於其闊大，所感的大，也漸漸地偏於「內在」。似乎是汪曾祺吧，於香港街頭見老人提鳥籠，竟有點神思恍惚，因這種情景像是只宜在北京見到。無論世事有怎樣的變幻，護城河邊，元大都的土城一帶，大小公園裡，以至鬧市區馬路邊人行道

上，都會有老人提著鳥籠悠悠然而過，並無寂寞之色，倒是常有自得其樂的安詳寧靜。老派北京人即以這安詳寧靜的神情風度，與北京的「大」和諧。廠甸一帶雖重修後透著點俗豔，古玩店因銷路不暢帶了幾分蕭條冷落，你仍不妨去想像當年文人雅士流連於珍本、善本間的情景。這一方文化展臺與京城日益興旺的豪華大商場並沒有什麼不協調，倒也像是非有這並存共生即無以顯示北京的「大氣」似的。

大，即能包容。也因大，無所損益，也就不在細小處計較。北京的大，北京人的大氣，多少應緣於此的吧。躋身學界，對於北京城中學界這一角的大，更有會心。北京學界的大，也不只因了能作大題目大文章發大議論，憑藉「中心」的優勢而著眼處大，人才薈萃而氣象闊大，更因其富於包容，較之別處更能欣賞異見，接納後進。哲學家任繼愈寫北大的大，引蔡元培語：「大學者，囊括大典，網羅眾家之學府也。」說「北大的『大』，不是校舍恢宏，而是學術氣度廣大。」（《北大的「老」與「大」》，收入北京大學出版社《精神的魅力》一書）。北大的大，也因北京的大。當年蔡元培先生的治校原則，或許最能代表北京曾經有過的一種文化精神。

至於其「深」，天然的是一種內在境界，非具備相應的知識並有體會時的細心，即不能領略。上文說到的那位江南旅遊者已約略窺見了這深。天下的帝都，大致都在形勝之地。龔自珍寫京畿一帶的形勢，說「畿輔千山互長雄，太行一臂怒趨東」（《張詩舲前輩游西山歸索贈》）；還說「太行一脈走蜿蜒，莽莽畿西虎氣蹲」（《己亥雜詩》）。見慣了大山巨嶺，會以為如北京西山者不便名「山」，但這一帶山卻給京城氣象平添了森嚴。居住城中，瓦舍明窗，但見「西山有時渺然隔雲漢外，有時蒼然墮几榻前」。于薄暮時分，華燈初上，獨立蒼茫，遙望遠山，是不能不有世事滄桑之感的。即使你無意于作悠遠之想，走在馬路上，時見飛簷雕梁的樓宇，紅漆金釘的大門，也會不期

然地想到古城所擁有的歷史縱深。臺灣旅美作家張系國寫臺北水泥森林間的一座小廟，人物由香煙繚繞中體會古文化的寧靜。一間小廟尚且能提示一種文化意境，何況古文明遺跡所在皆是的北京城呢！

直到此時，你還未走進胡同，看那些個精緻的四合院和擁塞不堪的大小雜院。胡同人家才是北京文化的真正保存者。前幾年有年輕人大倡「文化尋根」，爭相誇炫楚文化的幽深，吳越文化的絢爛，以北京胡同文化為不足道，於今看來，不免像是可愛的偏見。厚積於北京的胡同、四合院中的文化，是理解、描述中國傳統社會後期歷史的重要材料。不但故宮、天安門，而且那些幸運地保存下來的每一座普通民居，都是實物歷史，是凝結于磚石的歷史文化。你在沒有走進這些胡同人家之前，關於北京文化的理解，是不便言深的。

就這樣，你漫步於北京街頭，在胡同深處諦聽了市聲，因融和的人情、親切的人語而有「如歸」之感，卻又時為古城景觀的破壞而慨歎不已。你忍不住去憑弔古城牆的遺址，為圓明園不倫不類的設施而大失所望；你悵望著那大片單調呆板的公寓樓群，憂慮於為子孫後代留出的生存空間的狹仄；你聽出了北京話的粗野化，因商店、公共汽車上的冷臉而怏怏不樂。但你仍然發現了古城猶在的活力。北京是與時俱進的。這古城畢竟不是一個大古董，專為了供外人的鑒賞。即使胡同人家又何嘗一味寧靜——燕趙畢竟是慷慨悲歌之地！

舊時的文人偏愛這古城的黃昏，以為北京最宜這樣的一種情調。北京確也象徵過一個時代的落日黃昏。士大夫氣十足的現代文人還偏愛北京的冬天，林語堂的《京華煙雲》寫北京的冬就寫得格外陶醉。郁達夫的《北平的四季》至於認為「北方生活的偉大悠閒，也只有在冬季，使人感受得最徹底」。這自然多半因了士大夫的「有閑」。今天的人們，或許更樂於享用生氣勃勃、激情湧動的北京之春。他們也會醉心于金秋十月：北方天地之高曠，空氣的淨爽，於一聲嘹亮的鴿哨

中尤令人感得真切。北京是總讓人有所期待的，她也總不負期待，因而你不妨一來再來。寫到這裡，發現自己早已是一副東道主的口吻。我有時的確將北京視同鄉土了。靜夜中，傾聽著這大城重濁有力的呼吸，我一再地想到明天，破曉後的那個日子：那個日子將給人們帶來些什麼？

一九九一年六月

# 「京師人海」

　　前兩年應約寫過一篇小文，題作《北京的大與深》。現在看來，這實在是個可以一篇篇作下去的題目，因為北京仍在愈大而愈深。你看，即使已高層建築如林，直欲將殘餘的四合院壓入地底，這京師也仍比別處空闊，隱約可見「帝都氣象」。即如北大那大而無當的校園，「學術機關」巍巍乎的大廈，無不與「帝都」相配，在在透露出一種身分自覺。此即那種無形而可感的「派頭」，每每令外鄉人覺著壓迫的。記得前幾年有上海作家寫北京人印象，說是「我最能感受到的是你作為一國之都的市民所具有的那種闊大高傲不可一世居高臨下和經多見廣見怪不怪的派頭」（魏心宏《閉上你的眼睛》，《上海文學》一九八八年第二期），真挖苦而又生動。但我敢肯定這決不至影響了北京人的好興致，也不相信真會有幾個北京人去讀它。眼下的北京人雖遠不及「老北京」的文雅，那副驕傲神情卻未必不同——誰讓他們住在京城呢！

　　前後在這京城待了二十年，且穩穩地住下來之後，我才真切地體會到了「大」的好處。你若是由小地方走出來的，當能明白這好處。雖同在「鄉村的中國」，「大」也仍意味著稍大的個人空間，雖然這或是你的幻覺。你走在如此空闊的所在，像是能多少避開一點人與人的碰撞，當然這更可能是你的自欺。你自以為不妨自行其是，不必顧忌他人的眼色，即使你明知北京也不過是條大胡同，絕少不了胡同中公然的窺探與蜚短流長。但你的自欺與幻覺也並非全無根據——就因為她大。

　　「林子大了，什麼鳥兒都有」。大，也才有品類之多。經了元明清三代至今的經營，北京才如人所樂道的「人文薈萃」、名勝（指所謂「名流勝流」）雲集，才成為如此的言論之區：其「士論」、「清議」曾影響至於王朝的進退人物，至今也未全失擁有文化力量的權威感，以至意識到其影響及於政治的「權力感」。三十年代有「京派」「海派」之論，沈從文發表過已成經典的「近官」「近商」說。京派的近官，在我看來，倒未必在真有多少人混跡官場或充當幕客，而在其權力意識，其賴權力為背景的一份自覺。老舍常寫到老派市民的「官派」；這類「官派」裡，不消說有官場文化素有的一份勢利。

　　讀到這裡，你可千萬別以為這就是我所謂「大」的好處。我和你同樣反感於那種官場做派，雖然久居其間，或也不免有所沾染。我所感激於其「大」的，是其能涵容；是因其品類的多，而易有「遇合」。

　　李符清跋楊米人《都門竹枝詞》，說：「京師人海也，無人不有，無物不有，無事不有，其大與海同。」這多少解釋了京城人的見怪不怪。你會發現，京師製造風尚，卻一向比之「地方」，更能容忍風尚外的諸種怪物，如商業潮外的迂執學人，不通世故的孤高文士等等。紫禁城下向來能寄居一批不知有漢遑論魏晉的純粹的書齋動物。品類既多，輿論亦雜，奇、畸、怪、異，各有其欣賞者；比之他處，也像是更易於生存。人多而雜，走在這片人海裡，你也較易於與「同道」「同調」覿面相遇。就我個人而言，京師的好處端在於此，且相信京師即以此留住了我的那些來自南方的友人，使他們心甘情願地忍受這裡乾燥，漫天塵沙，以及北京人越來越高的消費和越來越壞的脾氣。至於魯迅那一代學人的留戀北京——可以魯迅、周作人、郁達夫、梁實秋的文字為證——自有更深刻的理由；且魯迅不止對北京，甚而至

於對「北方」，都似懷有深情，這才部分地可由北京的風土、元明清
三代營造的學術文化環境來解釋。


一九九三年十二月

# 京師交遊

　　元明清三代對於北京學術文化性格的塑造，屬於那種幾乎不可能作的題目，倒非因了一般所謂的「大」，而是你無法僅據文字材料復原那種環境與氛圍。你只能約略地去想像。比如據那本《琉璃廠小志》──你可千萬不要為了這個目的去看眼下的這個琉璃廠，這一個較之那一個，少了的正是「風味」、「氛圍」。「書店門面，雖然不寬，而內則曲折縱橫，幾層書架，及三五間明窗淨几之屋，到處皆是，棐几湘簾，爐香茗碗，倦時可在暖炕床上小憩，吸煙談心，恣無拘束。書店夥計和顏悅色，奉承恐後，決無慢客舉動，買書固所歡迎，不買亦可，給現錢亦可，記帳亦可。雖是買賣中人，而其品格風度，確是高人一等，無形中便養成許多愛讀書之人，無形中也養成北京之學術氣氛，所謂民到於今受其賜者，琉璃廠之書肆是矣。」這是瞿蛻園的描述。梁任公在其《清代學術概論》（十八）中也說：「琉璃廠書賈，漸染風氣，大可人意，每過一肆，可以永日，不啻為京朝士夫作一公共圖書館，──凌廷堪備於書坊以成學，──學者滋便焉。」正是這份悠然，閒逸，那種油墨香（不必諱言，多半還混有鴉片香）中的書卷氣、學術氣，與那些賦有此二氣可為文人友的風雅的書商，你是再也見不到的了。老舍筆下的北京的巡警，于玲寫到過的北京的房東，以及魯迅所寫北京的書商，都應屬那類「永遠地」消逝了的品種。

　　當然，京師的便於成學，還因了其他條件。關於此，我所見及的，也以梁氏上文所述較為詳密。當然，他說的是清代的北京，及成「清學」的條件。「茲學盛時，凡名家者，比較的多耿介恬退之士。

時方以科舉籠罩天下，學者自宜十九從茲途出。大抵後輩志學之士未得第者，或新得第而俸入薄者，恒有先輩延主其家為課子弟。此先輩也以子弟畜之，當獎誘增益其學，此先輩家有藏書，足供其研索；所交遊率當代學者，常得陪末座以廣其聞見，於是所學漸成矣。官之遷皆以年資，人無干進之心，即幹亦無幸獲……俗則儉樸，事畜易周，而塞士素慣淡泊，故得與世無競，而終其身於學。」三十年代之人說「京派近官」，意含貶斥；看梁氏這文字，似乎近官倒也是便於成學的條件，可見世事之不便一概而論。梁氏以下還說到交遊以及生計的易於維持等條件。上述種種，不消說已成陳跡，但至少交遊等項，京師的條件仍較他處優越。就我所感的，還有「人物」及其「氣象」，雖此項條件也將成為陳跡。

無論是否京城，聚集了一大堆志趣相投的人，都足以造成風氣；此風氣又成對此堆人的庇護，使其較易於堅守某種價值信念，不至輕易地為時世所移易。而在中國，至少到目下為止，能聚集起這樣一大堆「學人」的，仍首先是京城。資訊發達，交遊之為成學條件，將越來越不為人所提到，這卻是我們的古人好作的題目。即以較近的明清之交而言，黃宗羲有《思舊錄》，顧炎武則有《廣師》，對一批時人（亦其引為「師友」者）推崇備至，雖則全祖望氏說過：顧氏于「同時諸公」，「以苦節推百泉二曲，以經世之學推梨洲，而論學則皆不合。」（《鮚埼亭集》卷十二《亭林先生神道表》）至於其他學有所成者，或自作、或他人作一篇「師友記」一類的文字，似被視為必不可少——否則其「學問淵源」即無從說明。近代周作人的《北大感舊錄》約略近之，雖作意已有顯然的不同。當代才士或不屑於為此，即使其學問全由「二手」以至「二手」的「二手」販來，也言必稱外國或前代的某名家；也有的雖屬稗販，對那版權者卻更樂於「姑隱其名」，令人看起來只見他本人在天馬行空。

　　與「交遊」情況相類，因了交通之便利，學人滿世界地飛來飛去，由京師所提供的「廣見聞」的條件，也將成舊話，雖則古往今來，學人在京師，幾無不得力於此──即使真正的蝸居書齋的怪物。但這篇小品已不算小，這話題還是留到下一篇再接著說。

　　　　　　　　　　　　　　　　　　　　　一九九三年十二月

# 見聞在京師

　　對於所謂的「學人」，京城首先意味著那樣的一堆人——這大概沒有錯。但人一成「堆」，也就會無端地生出些毛病來，尤其文人的成堆。「知識份子成堆的地方」云云，決非無所據而雲然。毛病之一，即是，重聲氣，好標榜。同聲相應、同氣相求，無可厚非；過重聲氣，即有可能演成門派習氣。時人早已是不大談「師門」的了，要談，也只是話頭，或竟是調侃。但「門派眼光」卻可能比之古人更甚。

　　即使不講「師門」的，也未必不好標榜。「標榜」本文人積習，不獨京師為然；卻因京師人才之「雲集」，最成風氣，且標榜起來最具效力。闕名的《燕京雜記》中說：「京師風氣最尚標榜，士大夫每有詩稿一本，濃圈密點，或墨或紫，或黃或藍，五色相間，許者多比之李、杜，下注某某拜讀，半是名公巨宿。又有裝一冊頁，冠以小圖，或寫登山臨水之景，或繪思親別友之地，其下題詠多請名公巨宿，以為交遊光寵。」今人多半已換了手段；更可能舊伎倆已用到了化境，人反不覺其舊。但京城之能製造名聲，則古今一例；有古人所無可借重的現代化的大眾傳媒，其效力也遠非古人所能想見。

　　「名」並非什麼壞東西；即使粹儒，也要講究「名」之為「教」的。因而若非一味標榜，「無中生有」，京城士論之于成才的刺激，應多屬良性的吧。李白頗為人稱引的「生不用封萬戶侯，但願一識韓荊州」云云，人們並不認為肉麻，雖則時至今日，此「韓荊州」何許人也，已不大有人說得清楚。在李白那個時代，京師之吸引士人，自然

也因這是「韓荊州」及可能的「韓荊州」所在的地方,雖然他們千里
萬里風塵僕僕而來,多半不過碰一鼻子灰。

　　至於真正的學人之游京師,則更是為了尋師會友及「廣見
聞」——即使在封閉的「農業的中國」,為學者也深知僻處一地之導
致「固陋」。廣見聞,不妨只是為了感受某種氛圍。吳梅村說:「余觀
古之為士者,雖其窮鄉僻壤之遠,苟才之可用,為鄉里所推擇,則必
之乎京師,而遊太學。」(《二宋稿序》)然而如顧亭林那樣的大學問
家,其對於京城之為學術環境的依賴,又與莘莘學子有不同。

　　顧亭林文集中有兩通與潘次耕的書信,前劄中說甚感潘氏勸其
「無入都門及定卜華下」之意,「回環中腑,何日忘之」(《答次耕
書》)!後一通卻又說「吾弟見人不妨說吾將至都下,蓋此時情事,
不得不以逆旅為家,而燕中亦逆旅之一,非有所幹也。若塊處關中,
必為當局所招致而受其籠絡,又豈能全其志哉!」(《與潘次耕》)這
是其作為「遺民」的理由;在顧氏,應更有其學者的理由,即「獨學
無友,則孤陋而難成;久處一方,則習染而不自覺。」「若既不出
戶,又不讀書,則是面牆之士,雖子羔、原憲之賢,終無濟於天
下。」(《與人書》一)

　　有以未游京師為終身憾事者,如宗教修行者的未能至聖地。這裡
有的是學者的虔誠,與薄慕浮名者非在同一境界。這種感情,當代人
也已覺陌生,卻並非因了「文化流失」,而是由於文化的普及,文化
的由高度集中到分散。由「一個中心」到「多中心」,到無所謂「中
心」,在一段時間裡,或也會如財富的由集中到分散,導致某種文化
的平均化;但對於經歷了如許長久的文化專制的中國人,仍應值得慶
倖。那也是京師的權威感、權力感遭遇真正挑戰的時候,是「京城學
界」的自我意識、自我感覺遭遇真正的挑戰的時候。這種挑戰其實早
已在悄悄地發生著,雖可能會為「商業大潮」一時阻斷,卻不會中

止。你驕傲的京城人，你憑藉了地利而自覺優越的京城人，是否已得知了這「挑戰」的消息？

一九九三年十二月

# 讀人（一──十一）

## 一

　　古代中國有關物質自然界的智慧受到抑制，卻像是片面地發展了有關人事的智慧。我在下文中將說到，那份「通」「透」的關於人事的智慧，往往被用於避害全身了。魏晉時人似乎不盡如是。其時士人對於人的興趣，近於純粹的詩情。其目標甚至不在人性發現，而是對人生之為「意境」的賞鑒。那一種對當世人物的品題賞鑒，以至鑒賞中的陶醉神情，已難得見之於忙碌且粗心的現代人了。你可以說，那種鑒賞賴於有閑，卻也不妨承認某些能力的衰退或喪失。那也應是正在流失中的文化的一部分。

　　「林宗曰：『叔度汪汪如萬頃之陂，澄之不清，擾之不濁，其器深廣，難測量也。』」（《世說新語‧德行》）是一個男人對另一個男人的魅力的讚美；甚至不止於審美陶醉，而是面對一片人間勝景時的傾倒。「桓大司馬病，謝公往省病，從東門入。桓公遙望歎曰：『吾門中久不見如此人！』」（同書《賞譽》）桓、謝均之為一時大人物，竟能有如此的心醉神迷。惟此也才足以成其「大」的吧。

　　於今看來，古代士人對於人的向慕與陶醉，也像是一種能力──當然，與「大眾文化時代」的追星，非在同一境界。《顏氏家訓‧慕賢》曰：「吾生於亂世，長於戎馬，流離播越，聞見已多。所值名賢，未嘗不神醉魂迷，向慕之也。」此種向慕，也應是士人文化信念的極具體的依據的。

　　《世說》對於人的鑒賞，其對象多系男性。不止《世說》，甚至你由正史中，也能隨時發現士（男性）之於同類的鑒賞；那眼光的細膩，以至陶醉神情，你只能在當代施之於女性的描寫中讀到。你對此當然可以有一大篇解釋，由男性中心，性別壁壘，直到古中國頗不缺乏的同性戀現象（我由《世說》中確也讀出過狎昵意味），以及士大夫的自戀。但這類解釋畢竟過於現成。你不妨承認，非基於「可欲」的對同性的鑒賞，是更近於「純粹的」審美。非因「可欲」的審美，甚至可由當時名士對異性的態度中見到，如阮籍的哭兵家女——哭其才色的消殞。[1]士人在上述審美中，表達了對於人、對於人間世的一份摯愛之情。

　　正是在面對其同類（即他「士」）時，士發展了極精緻細膩的審美能力，對人的鑒賞力。這也應屬士文化中最為精緻的那一部分。無疑，上述鑒賞活動，有助於士的自我認知，甚至有助於張大士的文化力量。這裡還沒有說到那一時代士在上述活動中，怎樣多方面地發展與豐富了人的自我感知、體驗的能力以及方式。這難道不應歸入那一時代士人的整體貢獻的？

　　最堪稱「奇行」的，是山濤妻的「夜穿墉以視」其夫之友（同書《賢媛》）。卻也是同一特殊事例，標出了「通脫」的限度。即使鑒賞也受制約于其時業已形成的倫理規範——尤其女性對於男性的鑒賞。發乎情，止乎禮義，窺看而不存狎玩之心，淫邪之念。但其時通脫的男女，在臨界狀態畢竟有上述優美的表演。

　　極境總是無可狀寫形容。同書另有一則記時人說黃憲（叔度），只說時月不見其人，「則鄙吝之心已複生矣」（《德行》），倒令人對此公更其神往。

---

1　《晉書》卷四十九阮籍傳：「兵家女有才色，未嫁而死。籍不識其父兄，徑往哭之，盡哀而還。」

真盼著有生之年能目睹這樣的一片風景！

## 二

魏晉士人對於同類的鑒賞，言語，是極其重要的物件。前於此，就有了關於「言」與「用」的儒家與法家的價值尺度。《韓非子》批評當時「言談之士」所說之無用，比之為「以棘刺之端為母猴」（《外儲說》）。但僅由此書的批評性描述，也可想見當時極其活躍的社會語言行為，以至於對當道的吸引。這裡正有先秦時期士生動的文化創造。不同于先秦遊士的政治性言談，魏晉清談更是其時貴族的文化行為，是他們對智力愉悅的追求。千載之下吸引了你注意的或許就是，那清談或曰玄論，將「言語」作為了目的本身，使其如同器物，可以示人，可與人共用，可望憑藉智力而佔有。上述對於言語之為「用」的發現，難道不是有趣味的？

魏晉士人甚至不止關心所說及說的方式，且關心及於說者的神情意態：於此也表現出對於人的生存狀態的多方面的關注。「林公辯答清析，辭氣俱爽」（《世說・文學》）。要這樣，才可稱意境完整。正是這一種共同的欣賞趣味構成的語言氛圍，才足令聽者陶醉「嗟詠」於言者之美，竟至「不辯其理之所在」（同上）。

當然，你也會認為，如該書《捷悟》篇諸條，多屬現代人也不乏的小聰明，較之先秦諸子的論辯，即「輕」、「小」到不可比擬。直到現在，中國人所樂於欣賞的，也仍然是這類小聰明。目下京城的「侃爺」們，玩的不就是類似的把戲？只不過比之魏晉士人，玩得熟滑也玩得粗鄙罷了。

你還會看到，魏晉士人即使在清談中，也不像一味灑脫。那些為

「說」而不惜拼卻性命的，[2]將「說」當作了何等重大的寄託！這固然因了時尚，時尚卻也由時勢所助成——「說」在亂世，或竟也是士人唯一可致力的事業。

但無論如何還得承認，語言能力的衰蛻，語言的純粹工具化，是知識人自我喪失過程的一部分。你看不出有什麼能阻止這衰蛻。你只能徒歎奈何而已。

## 三

對同類的品藻月旦，是士夫所熱中的智力活動。《抱朴子·正郭》不滿於有關郭泰（林宗）的虛譽，謂其人「非真隱也」，卻也稱許他的「鑒識朗徹」。在魏晉時，這已足夠其人享盛名的了。品藻賴有直覺判斷力，且強調預見（包括對安危禍福），因此決不同于尋常德行鑒定。裴楷目夏侯玄「如入宗廟，琅琅但見禮樂器」；見鍾會，則「如觀武庫，但睹矛戟」（《世說·賞譽》）。上述以性情、人格為可視的直覺判斷力，在現代人這裡也已稀有。魯迅的陳（獨秀）胡（適）比較，約略近之——我疑心那靈感正得自《世說》。[3]

你於是又發現，經驗與語言的積累，在在剝奪著感覺的「直接性」，剝奪著如魏晉士人那樣形成生動的內視像的能力。

---

2 《文學》：「衛玠始渡江，見王大將軍，因夜坐，大將軍命謝幼輿。玠見謝，甚說之，都不復顧王，遂達旦微言，王永夕不得豫。玠體素羸，恒為母所禁，爾夕忽極，於此病篤，遂不起。」

3 魯迅《憶劉半農君》：「假如將韜略比作一間倉庫罷，獨秀先生的是外面豎一面大旗，大書道：『內皆武器，來者小心！』但那門卻開著的，裡面有幾枝槍，幾把刀，一目了然，用不著提防。適之先生的是緊緊的關著門，門上粘一條小紙條道：『內無武器，請勿疑慮。』這自然可以是真的，但有些人——至少是我這樣的人——有時總不免要側著頭想一想……」

　　裴楷對夏侯玄、鍾會的比較與魯迅的陳、胡比較，均含有優劣評估。魏晉時人的人倫識鑒更值得注意的，是因人設置標準，各求其「勝」。儘管韓非曾有過誅不可臣之士的主張（參看《韓非子・外儲說》），中國古代思想（尤其儒家），于士人的「進退出處」，仍許諾了較大的自由。蘇軾所謂的「不必仕，不必不仕」（《靈壁張氏園亭記》），[4]即賴此選擇餘地。由上述背景助成的評價的雙重乃至多重標準，作用于士人，即表現為某種包容性。為士人所看重的既是所謂的「內在超越」，倘能「心存事外」，即與時俛仰，似也無損其人：阮籍一類名士，也賴有上述見識而造成。審美心理的寬裕，從來要有相應的觀念背景的。

　　也是《抱樸子》同篇，不滿於其時人倫識鑒避重就輕的非政治性，說「雖頗甄無名之士於草萊，指未剖之璞於丘園，然未能進忠烈於朝廷，立禦侮於疆場」，「徒能知人，不肯薦舉」，這裡或有與名士不同的對「品鑒」的功能理解。正是非功利（尤其非政治功利）性，使品鑒成其為詩式行為。但葛氏之論確也透露了那種貴族式的優雅空靈，即在魏晉之時也難以維持的消息。

　　魏晉名士之所賞譽，大多無關乎世俗所以為的「用」。政治人物的薦舉，要的應是別一副眼光的吧。既然國家命運系於人主、大臣等數人，政治人物的品鑒，就與天下、國之興亡以至你本人的安危攸關，一向有更嚴重的意味。晉人由謝安在風浪中的氣定神閑，認定其人「足以鎮安朝野」（《世說・雅量》），是較之尋常士人品題遠為複雜嚴重的判斷。解縉於永樂朝奉命品評朝中人物亦屬此類。[5]古中國的

---

4　蘇氏在此，說的是「古之君子」，且說因而「士罕能蹈其義、赴其節」。其實除了如明初那種以「寰中士夫不為君用」為觸犯刑律（參看《明史》卷九十三刑法志）的少數時期，士人於「仕」否，都有一定程度的選擇自由。

5　《明史》卷一百四十七解縉傳：「帝嘗書廷臣名，命縉各疏其短長……後仁宗即位，出縉所疏示楊士奇曰：『人言縉狂，觀所論列，皆有定見，不狂也。』」

士人何嘗不熱衷於評論政治人物！他們讀得最為爛熟的，往往就是那
「主上」。研究所得，有時就直接寫在了章奏裡——尤其如明代這種
被認為「士習甚囂」的時代。而從政的士人為此送了命的，也不在少
數。倘若你肯搜羅了明人的「崇禎論」或「張居正論」，會發現那品
評決不膚淺。儘管發達的「君臣論」，終未能提供稍具「科學性」的
政治學的基礎。

## 四

　　「竹林七賢」中，表演得最有深度的，我以為當推阮籍其人。其
「率意獨駕，不由徑路，車跡所窮，輒慟哭而反」（《晉書》阮籍
傳），是魏晉間人所創造的最為驚心動魄的行為符號；在我看來，那
也屬見諸文獻的最可稱意義飽滿的行為符號，與其《詠懷》，應同歸
入阮籍的個人貢獻的。一方面是極端的表演性，一方面是極度的任
率；到得「極」處，二者已渾不可分。其時名士中，劉伶的舉動或更
足驚世駭俗，但可驚駭者未必就深刻。上文已提到「臨界狀態」。七
賢中常在臨界狀態跳舞而能不踐危境，即有「無檢」之譏仍不失美
感，既充分地表演了其時的名士風範，又現身說法地提示了「自由」
的限度、「禮法」嚴峻的現實，以其行為有力地詮釋了那個時代的，
豈非阮籍其人？
　　「是時竹林諸賢之風雖高，而禮教尚峻」（《世說‧任誕》劉注引
《竹林七賢論》）。阮籍式的精神深度，或也由此「尚峻」造成。一放
而不可收的元康士風，正由反面作了證明。更嚴峻的，還應當是其時
盛行的殺戮的吧。供諸多名士表演其「審美的人生態度的」，是一方
蔑視生命的舞臺。那種雍容優雅之至的行為言語，要置諸這舞臺上，
才更見出奇特與瑰麗。我猜想或正因了殺戮，而有表演者的急不可

待，如恐不及，令人於千載之下，聽得死神前一派生命的喧囂。於是
你又由那優雅從容處，讀出了隱蔽著的緊張。在上述觀察中，「壓
迫」確有可能是深化人生、人性的條件。但沒有人會因而巴望作阮籍
式的窮途之哭。

　　寫到這裡，出自虛榮心，我忍不住要說一句，阮籍是敝同鄉（其
實我對此並無把握，因未研究過魏晉時的陳留尉氏與今天的河南省尉
氏縣是否重合），姑稱之為「鄉先賢」。我有時會疑惑地想，我家鄉，
那個沙土地上像是只產花生紅棗的地方，何以會生長出這等人物？而
諸阮用了我家鄉拙重的方言炫耀其機智──只要想像一下也會覺得滑
稽──時又是什麼樣子？那麼，魏晉時的陳留尉氏該是何種光景呢？

# 五

　　在「非功利」的一點上，可與魏晉名士的人物品鑒比擬的，是對
「技藝」之為行為的鑒賞。開其端的，就有《莊子》之說庖丁以至
「運斤成風」的匠石、「承蜩」的痀僂丈人。庖丁解牛，「手之所觸，
肩之所倚，足之所履，膝之所踦，砉然嚮然，奏刀騞然，莫不中音。合
于桑林之舞，乃中經首之會。」（《養生主》）

　　你在《莊子》之後的大文人那裡，幾乎都可見到此類文字。杜甫
的《觀公孫大娘弟子舞劍器行》，柳宗元的《梓人傳》、《種樹郭橐駝
傳》，張岱的《柳敬亭說書》，只是一些較為人知的例子。文人不但承
襲了《莊子》式的審美陶醉，也承襲了《莊子》式的意義結構：「臣
之所好者道也，進乎技矣。」（《養生主》）士夫即在審美陶醉中，也
忍不住標出了自己：他的所好不如說更在所謂體悟，他好的更是他由
物件中提取的思想，他陶醉於他本人的思維運作；最後，他所持久關
注的，不能不是他自己。

　　標準的儒者，是嚴格的秩序、等級論者。對技藝者的賞鑒，即使著眼在「行為」，也難免於「流品」之淆——活在現代的年輕人，已不能想見此「淆」曾有過何等嚴重的意味。因而到後來，上述鑒賞即漸成文人專利。文人不止以此證明自己的鑒賞力，顯示自己於雅俗之際見識的通脫，且將上述鑒賞作為自我表達的一種形式。文人有理由在如下方面認同技藝中人：創造力，行為方式，對於獨立性（即不依附於權力者）的嚮往。在「命運」這一種語義上，又略可比之于文人對名媛、藝妓的認同，尤其當亂世。「同是天涯淪落人，相逢何必曾相識。」

　　到明清之際，如吳偉業所襲用的《莊子》式的「道—藝」理路，竟也使粹儒難以下嚥。黃宗羲即指摘吳氏的張南垣（按張漣為其時的園林藝術家）、柳敬亭二傳，為「倒卻文章架子」（《柳敬亭傳》）。儘管黃宗羲作為一時大儒，並不腐，也不陋。

　　至於近世，此種趣味即于文人中也漸稀有。文人也與整個社會一起浮躁，難得保有為技藝欣賞所需的審美心境；而「傳統技藝」則在工業化大生產中迅速消失，或被抽離了其原有的文化環境：即由這一角看，「文人文化」質地之變，也是不可避免的。就我所見及的，沈從文及其高足汪曾祺仍風味古老。但汪曾祺那些寫技藝者的文字已近乎絕唱。這種文化流失無人憑弔。它流失得無聲無息。

# 六

　　已說到了魏晉名士的人倫識鑒，但「知人」卻非名士的專利。儒者何嘗不知人！「儒」非即「迂」，更未必「陋」。你看其老祖宗孔子，讀人讀得何等透徹！「君子易事而難說也」，「小人難事而易說也」（《論語·子路》）：這眼力，即非尋常所能有！《日知錄》卷十三

「宋世風俗」條引了孔子「易事難說」一句，接下來引《大戴禮》：「有人焉，容色辭氣，其入人甚愉；進退周旋，其與人甚巧；其就人甚速，其叛人甚易。」此等文字，真該編入《政客必讀》的。

其實不如說，正是那老祖宗，啟發了對於人的探究興趣。樊遲問知，子曰：「知人」（《論語·顏淵》）。在我看來，孔子關於人，最深刻的，是對「鄉原」這一人格的發現以及命名。[6]我不知道西哲發現類似人格是在什麼時候。我以為發現「鄉原」的意義，決不較之發現火藥為小。還有被其後士人屢用於人性辨析的那個重要概念「似」，孔子所說「惡似而非者」的那個「似」，[7]孟子所謂「居之似忠信，行之似廉潔」的那個「似」（《孟子·盡心》）。當然聖人也不總高明。即如「剛、毅、木、訥，近仁」（《論語·子路》），幾千年來，已成頑固的偏見——當然，這不便僅由聖人、也應由鄉土社會負責的。而孟夫子所謂「胸中正，則眸子瞭焉；胸中不正，則眸子眊焉」，今天用起來，倒很可能方便了騙子行騙的吧。

阻斷了通往人性深處的道路的，在我看來，也是後來發展起來的儒學。先秦那場關於「性善」「性惡」的辯論，本應是其時以「人」、「人性」為論題的意義重大的討論。卻正是那結果（在後世的當道與儒者那裡結的果），使得關於人性的稍具深度的洞察成為不可能。你只要略翻一下宋明儒那裡堆積的心性陳言，就知道「人」被作成了何等膚淺因襲的學問。朱子說過：「人之情偽，固有不得不察，然此意

---

6  《論語·陽貨》：「子曰：『鄉原，德之賊也。』」《孟子·盡心》釋「鄉原」，說其「閹然媚於世」，「非之無舉也，刺之無刺也，同乎流俗，合乎汙世，居之似忠信，行之似廉潔，眾皆悅之，自以為是，而不可與入堯舜之道」。

7  語見《孟子·盡心》。「似」被經常用於人性辨析。如《漢書》卷六十五《東方朔傳》謂朔「應諧似優，不窮似智，正諫似直，穢德似隱」。

偏勝，便覺自家心術，亦染得不好了也。」[8]是則論人物者，所以為內自訟之地……」儒者心理的脆弱一至於此！於是那「情偽」只好留給小說家去「察」。而有關小說家「心術」的猜測，未必不與上述思路有關。我就聽到過關于某小說家描寫「刻薄」因而其人必不「忠厚」的私下評論，也早知道「魯迅心理陰暗」一類說法。這民族本世紀在文學上終不能有大作為，是否多少也因了缺乏那一種鋒銳而苛刻的人性洞察力？

等級制下極其發達的「分」、「度」概念，劃定了有關的思考的疆界。「自反」、「自訟」的純粹道德性質，使以自身為物件的人性審視也難以真正進行。那些抉發隱秘洞燭幽微的精闢之見，不能不是片斷的，零碎的，無從拼裝成任何稍具「體系」規模的東西。

但畢竟有《莊子》關於人生而不自由的發現，與《韓非子》有關人所處政治關係的描述，以及對倫理（尤其政治倫理）黑暗的揭示，這也是那一時代見諸文獻的最深刻的人性發現與人的存在描述。魯迅決非白白地中了莊、韓的毒的。[9]可惜——非常可惜，那些極其寶貴的思想在先秦之後，終於未得更有力的闡發。

# 七

在我看來，《莊子》對人的不自由的發現及其所謂「自由」，都具有十足的貴族性質，屬於那一時代最稱精緻的文化哲學。

---

8　轉引自《明儒學案》卷五十九錢一本《龜記》。顧炎武也說過「臧否人物之論，甚足以招尤而損德」（《亭林文集》卷之三《與戴楓仲書》）。同書卷之四《與人書十四》曰：「是則聖門之所孳孳以求者，不徒在於知人也。《論語》二十篇，惟《公冶長》一篇多論古今人物……

9　魯迅《寫在〈墳〉後面》：「……就是思想上，也何嘗不中些莊周韓非的毒，時而很隨便，時而很峻急。」

　　充滿在《莊子》中、令你驚訝的，是古代人類的空間感，他們對人所處位置、人的限度的思考。《莊子》中人的「自由」之為問題，是在如許巨大時空中發生的。孔孟思考人倫綱維中的人，《莊子》則試圖探究處天地、萬物（《秋水》：「號物之數謂之萬，人處一焉」）間的人，因了上述「巨大」，其所佔據空間、所據有的時間長度（生命史）、其知解範圍及可能性都被極大地限制了的人。基於「大小之辨」的極限論，提供了人事評價的特殊角度。《莊子》概括那種放棄自由、自甘刑戮的人格，用的正是「天之戮民」、「天刑之」這樣的說法。[10]「曰：何謂天？何為人？北海若曰：牛馬四足，是謂天。落馬首，穿牛鼻，是謂人。」（《秋水》）《莊子》並沒有界定其所謂「自得其得」「自適其適」的「自」，其言論也不曾引發一場有關「自然」與常規（應即包括了《莊子》所指為「桎梏」的種種）的大辯論，如雅典人於西元前五世紀進行過的那樣。後世的士人尤其文人未加論證地接受了《莊子》式的「自然人性」，說「性靈」，說「任率」，以至說「吾喪我」[11]，只是小心翼翼地避開了《莊子》的時代無需避忌的「仁義」一類神聖概念——「吾未知聖知之不為桁楊椄槢也，仁義之不為桎梏鑿枘也。」（《在宥》）而《莊子》中尤為警策的，即應有上述那種對學術文化的諷刺性處境的揭示的吧。只是你會依了《莊子》式的邏輯，想，既然儒墨「離跂攘臂乎桎梏之間」，那麼非儒墨攘仁義者，又緣何證明自己不在「桎梏之間」？但你仍會承認，《莊子》不但發現了人的存在的種種悲劇性，也發現了其種種諷刺性，即使由字面上看，它像是不包含自身反省。

---

10 天戮、天刑則被描述為「役人之役，適人之適，而不自適其適」（《大宗師》），「得人之得，而不自得其得」（《駢拇》），其例證則包括了後來成了「聖人」的孔子，及被儒家作為典範的伯夷、叔齊、箕子等。

11 《徐無鬼》：「嗟乎！我悲人之自喪者，吾又悲夫悲人者，吾又悲夫悲人之悲者……」

你自不會將《莊子》中的「至人」、「真人」混同于任何一種道德人格；它只是一種生存境界，是人基於對諸種「桎梏」的知覺而企慕的生存境界。依著《莊子》的邏輯，人所能指望的，僅止于憑藉智力對「自由」的有限佔有；或曰，他的「自由」只能是一種須經複雜的思維運作才能達到的心靈狀態。這種「自由」也因而註定了是少數（極少數）才智之士的專利，提供它本不為了共用。

但其後被簡化而成士人常談的「物役」「物累」（在士夫，尤其「名」之為累）云云，仍然深刻化了士人的生存體驗，啟示了中國古代士夫一種基本的人生態度。只不過後世士夫對《莊子》，有時也如對禪宗，著迷的只是其話語形式，將其如禪宗機鋒似的用作才智的誇炫。沒有「智慧」，僅余了「聰明」，輕而且薄。你不必向這裡尋找「貴族精神」。這兒有的是偽「貴族」。更為常見的，則如民間的佞佛，只將其作為了厭倦時的遁辭或落魄中的解嘲。或許也正是在「物役」「物累」等等成為常談之後，那個《莊子》的「莊子」，終於消失了。

# 八

一部《韓非子》，向你提示的，是「現實關係」之為人的命運。

《韓非子》是在一種正在確定中的秩序、關係中體驗與描述士的命運的，這就是那些從政之士的命運。韓非有關政治關係中人的處境與命運的描述，不止在當時，而且對於其後都有驚人的準確性。雖然由於他本人的自我定位，使他的描述不可能包含對「士」自身政治理念的反省。

我猜想，莊周、韓非中的韓非，其對於魯迅的吸引力，應在那種坦然說「利害」而不假借大義的直率的吧。韓非說：「臣主之利，與

相異者也。」（《孤憤》）他說君臣「計」合──而非如儒家所謂的
「義」合（《飾邪》）。專制賴有「君臣」這一權力樞紐實現，韓非則
如惡梟，不厭其煩地強調著君臣關係的天然對抗性。自處於人主與權
臣之間，這只不祥的鳥反復鳴叫的，是「人主之患」，是諸種「亡
徵」，是臣對君的「劫」「弒」，是針對人主的無窮陰謀，是圍繞人主
的敵意與殺機，表達刻露，不留餘地。足以令人主髮指的，更有那手
段的殘忍性。「李兌之用趙也，餓主父百日而死。卓齒之用齊也，擢
湣王之筋，懸之廟梁，宿昔而死。」（《姦劫弒臣》）五倫中最為重要
的一倫「君臣」，在韓非筆下，是如此一幅恐怖而血腥的圖畫。

　　對「利」的直言不諱，固然賴有那個血氣健旺的時代，也賴有士
的非絕對歸屬、依附。儘管韓非鄙「遊宦之民」（《和氏》），但「士」
之「遊」確系先秦「百家爭鳴」的必要前提。尤其由後世看去，你不
難認為，正是某種游離提供了思想的餘裕。因而如韓非式的似無所避
忌的坦白，憑藉了當時「士」的理論立場，因非全然納入君臣關係才
可能據有的立場。[12]

　　你於此讀出了韓非的「峻急」。其實韓非式的「峻急」，與莊周式
的「隨便」，正構成士互補的兩面。他們往往即在自身調和了莊、
韓──因而入世，因而憤世，因而嘲世，因而似飄然而出世。當然，
魯迅「中」莊、韓的「毒」，有更個人的依據。

　　《韓非子》不便比擬于古希臘的政治學著作。那更是一部有關
「政術」的書。儒家說道德（包括政治道德），說原則化的「為政」，

---

12 在「人主─法術之士─大臣」的關聯式結構中，有韓非的自我定位。然而也正是
　《韓非子》中的《孤憤》等篇使你看到，士作為政治、權力結構中半游離因數，只
　能經由某種同化、納入，關係的明確化，身分的再次確認──納入「君臣」關係格
　局，在君（「公」）、權臣（「私」）間擇定位置，才能發揮其政治作用。「士」於此經
　歷著其歷史性轉折；韓非所訴說的，就包括了轉折中的痛苦。

韓非卻說為了「說之成」、「致其功」的一整套揣摩功夫（察顏色、辨情勢、窺時機等等），說為使主上聽其言的諸種狡計。也正是這類被高士與世俗一致指為卑污的狡計，將士關於自身政治處境的嚴峻性的意識，將韓非一類從政之士的身世命運之感，表達得淋漓盡致。古代中國有極其發達的「術」，由「政術」到一般的「應世術」，可當得「策略大國」。正是那「術」，戳破了「道」賴以「神聖」的政治神秘主義。「察見淵魚者不祥。」韓非豈但不聰明而已。

儘管《世說》中作為純粹審美對象的人令人著迷，人們所熟悉的，仍然更是現實關係（包括政治關係與倫理關係）中的人，更世俗的人。你難道不認為，我們至今仍缺乏足夠的力量，洞察政治關係、政治情境中的人性？僅由這一點看，我們像是白白地經歷了「文革」！

# 九

在「王朝政治」這一範圍內，《韓非子》也將倫理嚴酷——主要體現於最高權力者及其家族——歸因於利害關係。《莊子》以近人近事為寓言，《韓非子》則將大量的「史實」及傳說（無論遠近）直接作為佐其論證的「事實」。這「事實」中即包括了後世所謂政治黑幕、宮闈秘聞以至穢史——當然韓非是在極其嚴肅的意義上運用的。此人非但沒有通俗文化氣味，甚至不像是有任何幽默感。他所用「事實」中，就有春申君因妾言棄妻殺子的故事（《姦劫弒臣》），有楚王子圍以其冠纓絞殺其父而自立的故事（同上）；他說「輕其適正，庶子稱衡；太子未定，而主即世者，可亡」（《亡徵》），說「太子已置，而娶於強敵，以為後妻，則太子危」（同上），說「出君在外，而國更置；質太子未反，而君易子，可亡」，（同上），說「太子尊顯，徒屬

眾強，多大國之交，而威勢盡具者，可亡」（同上）──「利」異的
豈止君臣！上述每一則，均可用當時後世巨量的「事實」作注。在
《備內》一篇，他徑說「匠人成棺」「情非憎人也，利在人之死」；後
妃夫人太子「情非憎君也，利在君之死」。[13]你像是看到了那人主在這
梟鳴中的戰慄。當然也應當說，《韓非子》在這裡也同樣由於自我定
位（自居於「主道」的維護者），而限制了上述文字的批判力量。

　　《韓非子》使你看到，「君臣」「父子」，集中了傳統社會最酷烈
的倫理矛盾；父子、妻妾、嫡庶間，以權力爭奪為主題，成為其後長
演不衰的活劇。唐太宗、明成祖的骨肉相殘，其血腥決不在韓非的那
些「事實」之下。「第一家族」以下的家族，演出著類似故事，只不
過情節有輕重而已。尤其以「繼嗣」（即「繼承權」）為主題的戲劇。
「第一家族」的確提供了上述鬥爭的經典樣式。

　　在倫理關係中讀人，在宗法家族制這種最世俗人間的關係中讀
人，你才能讀懂中國人。現代中國不過剛剛許諾了關於人的更多樣的
詮釋。那街上行走著的少男少女，或許已走出了上述歷史陰影──老
實說，我對於是否如此並不確知。

　　到本世紀，「家族」成了文學的一大主題。但那些皇皇巨著的力
度，未必及得一篇不長的《金鎖記》。當代中國人注視「家族」「倫
理」的眼光，仍不能免於畏怯，閃爍不定。但也應當說，「家族」本
是一種太複雜的經驗。五四式的「似決絕」，是以問題的簡化為代
價的。

---

13 韓非在此對「後妃夫人」所以「冀其君之蚤死」的分析，尤可見出其人對世態人情
　的洞悉。這也是其「利」說（而非如儒者似的人性善惡說）的經驗根據。

# 十

上文已提到了古代中國人在關於人的認識上的包容性。

既然認知的前提之一，即「知人之難」，[14]基於此種認識，古代中國人發展了有關「情偽」的極犀利的洞察力。更難能的是，洞見情偽之餘，仍保存了相當的彈性（靈活與寬容）。馮友蘭以「天地境界」為最高境界。古代中國人有對「大」（天地、滄海等）的崇拜。《莊子》反復於大小之辨，雖以相對言大小，[15]但《逍遙遊》等篇令你印象深刻的，首先不就是面對「大」的驚歎？這「大」也包括了大人格：「夫至人者，相與交食乎地，而交樂乎天」（《庚桑楚》）；「聖人並包天地，澤及天下，而不知其誰氏⋯⋯此之謂大人」（《徐無鬼》）。《韓非子》也說「所謂大丈夫者，謂其智之大也。」（《解老》）有容乃大，更屬道德境界。惟其「大」，才能涵容。所謂「大醇小疵」、大體小節一類辨識，即常用之于對人才的辯護。

上文也說到了參與構成「包容性」的觀念背景的儒家有關「出處」的思想。有關思想的確為士人提供了較大的生存餘地。[16]但也因有此「彈性」，「包容性」，「餘地」，士林俗間均不乏應世（用了魯迅的說法，有時即「苟活」）的聰明，如周作人所指出過的，輿情不鼓勵日本人似的「情死」。甚至偉大如屈原，揚雄竟也不以為然於他的

---

14 《莊子・列禦寇》：「孔子曰：『凡人心險於山川，難於知天。天猶有春秋冬夏旦暮之期，人者厚貌深情⋯⋯」

15 《莊子・秋水》：「由此觀之，又何以知毫末之足以定至細之倪？又何以知天地之足以窮至大之域？」「以差觀之，因其所大而大之，則萬物莫不大；因其所小而小之，則萬物莫不小。」

16 子曰：「直哉史魚！邦有道，如矢；邦無道，如矢。君子哉蘧伯玉！邦有道，則仕；邦無道，則可卷而懷之。」（《論語・衛靈公》）孟子曰：「伯夷，聖之清者也。伊尹，聖之任者也。柳下惠，聖之和者也。孔子，聖之時者也。」（《孟子・萬章》）

「湛身」。[17]

非但「不必仕，不必不仕」，且不妨一死生、齊壽夭，以至「混一榮辱」，因而不難於「曳尾塗中」，活得雖不容易卻仍輕巧，所乏者，即那一種「重」之感。這種輕巧所賴，就有下面將要說到的「世故」。

## 十一

古代中國有關人的智慧，大量地，即積存於所謂的「世故」。一名之為「世故」，就似乎只有負面意義──何嘗不是偏見！子所曰「不在其位，不謀其政」，就是一種極有用的世故。孔子之徒曾子的「思不出其位」，即將此世故運用到了化境（以上見《論語·憲問》）。至於為孔子所稱道的甯武子的「邦無道則愚」（《論語·公冶長》），則更其難能，確屬「不可及」。不信，你「愚」一下試試！

比之如愚更高明的，還是《莊子》說的「彼且為嬰兒，亦與之為嬰兒」（《人間世》），「一以己為馬，一以己為牛」（《應帝王》），及以「無所可用」為「大用」（同上）、「處乎材與不材之間」（《山木》）、「物物而不物於物」（同上）。不過我想上述種種實行起來，絕對要比不通世故更難。世故達於極致，也會變了味道，比如成為純粹思辨，不再具有實踐意義。其實《莊子》中的世故，本來不過是社會批評的一種較精緻的形式而已。正是由《莊子》的世故談中，你讀出了你所熟悉的憤世疾俗的神情。嬉皮笑臉的憤世，往往更是真的憤世。《天下》篇說莊周「以天下為沉濁，不可與莊語」。你倒是想想，以天下為不值得莊語，其人該有何等深刻的絕望，與對斯世的輕蔑！

---

17參看《漢書》卷八十七揚雄傳。

　　「世故」確是一份沉重的遺產，其中有的是用了無量的生命與血換取的經驗。這一點尤見之於政治場合。《韓非子・說林》中正有適例：

> 隰斯彌見田成子，田成子與登臺四望。三面皆敞，南望，隰子家之樹蔽之。田成子亦不言。隰子歸使人伐之，斧離數創，隰子止之。其相室曰：「何變之數也？」隰子曰：「古者有諺曰：知淵中之魚者不祥。夫田子將有大事，而我示之知微，我必危矣。不伐樹，未有罪也。知人之所不言，其罪大矣。乃不伐也。」

　　這裡是佯作不知（不示人以知）。另有佯狂，佯醉（後者《韓非子》同篇即有其例），幾乎成了士人的慣技。你回頭讀阮籍的「酣飲為常」及大醉六十日（《晉書》阮籍傳），自會更有一種苦澀之感的吧。

　　《韓非子》的驚人之處，在於將有關「陰謀」的談論公開化了。那「疑詔詭使」、「挾知而問」、「倒言反事」（參看《內儲說・七術》）等等，都有十足的陰謀性質。俗世與高士一致由《韓非子》中嗅出了陰謀氣味。但他們忌諱的常常並非「陰謀」而只是那「氣味」。至於韓非《說難》諸篇，將主上的心思揣摩得何等透徹！擁有這份智慧者，卻終未能免于殺身之禍——士大夫常常是能說不能行的，他們尤其不能「不示人以知」。士夫的聰明誤，往往就在這種時候。至於龔自珍的「避席畏聞文字獄，著書都為稻粱謀」（《詠史》），更是十足的牢騷，倒像是為了招禍似的。依了魯迅的思路，韓非決非老於世故，老聃也說不上深于謀略，否則就不會有那篇半是牢騷的《說難》和《老子》五千言了。同理，莊周倘能處「材與不材之間」，也絕不會有《莊子》。「『世故』深到不自覺其『深於世故』，這才真是『深於世

故」的了。這是中國處世法的精義中的精義。」（魯迅《世故三昧》）。《莊子》說「黜聰明」（《大宗師》），令後人陶醉的，正有其上述聰明：這是不是有點「諷刺」？於今看來，古代中國極其發達的「政治藝術」、應世技術中，有怎樣令人痛心的才智的浪費！

我在這裡還未及談論搜集在《增廣賢文》等世俗讀本以及「庭訓」、「家規」中的處世箴言，與不斷被「民間」所生產的同類謠諺。上述世故，無不可讀作人的處境與存在體驗表述，尤其那些與「保全」、「避禍全生」有關的世故。那是老人的智慧。你從中讀出了一個「初期早熟」的民族衰老而疲憊的心靈。

我忽而想到了「文革」中所揭發的我的老師王瑤先生的「問題言論」，其中就有「苟全性命於治世，不求聞達于諸侯」。當時身負「批判」使命的我們，是決不肯弄懂這話的。當然，後來懂了。

# 讀人（十二──二十一）

## 十二

　　人類似將永遠有對「光明俊偉」──用了過時的說法，亦一種崇高美──之為境界的向慕，對超拔之境的向慕。即如魯迅所說的獅虎鷹隼，「它們在天空，岩角，大漠，叢莽裡是偉美的壯觀，捕來放在動物園裡，打死製成標本，也令人看了神旺，消去鄙吝之心。」（《半夏小集》）

　　人群中能有獅虎鷹隼如陳蕃（仲舉）、李膺（元禮）一流人物固可羨慕，也要其時有能鑒賞那「偉美的壯觀」的人性力量。陳蕃、李膺式的偉岸高峻，正賴時人的識力與趣味而造成。「庾子嵩目和嶠：『森森如千丈松……』」（《世說・賞譽》）「王公目太尉：『清峙，壁立千仞。』」（同上）擁有上述人倫識鑒、傾倒於「非常之器」的，自不會是一個平庸卑瑣的時代。

　　當然也須說明，魏晉人物所欣賞的光明俊偉，屬於一種貴族氣象，以其時發達的貴族文化為依據。那意境在日見平民化、「平均化」之後，因註定了不可複現而成永恆。那種徹底淘洗了「庸常性」的純淨，不能不遠於普通人（包括現代人）的經驗。

　　至於被魏晉人作為人格意境的「光明」，與今人所用「光明」，語義似有參差。那光明並不耀目。古代士夫更樂於陶醉其中的，是平遠高曠清澄疏朗之境。

　　狀寫這光明的，通常是「清」、「朗」一類字眼。衛伯玉以樂廣為

「人之水鏡」（同上），王右軍「歎林公『器朗神』」（同上），「王子猷說：『世目士少為朗，我家亦以為徹朗』」（同上），「時人目夏侯太初『朗朗如日月之入懷』」（《容止》）。另如「清暢」、「清夷沖曠」、「清遠雅正」、「朗拔」等等。與「朗」有意象上的關聯的，尚有「玉山」、「瑤林瓊樹」等。「玉」似止於狀其人之白皙（古代中國人顯然對「白皙」有偏好），而「朗」在我讀來，則是綜合了所謂「風神」「襟期」的完整意境，一種皎然塋然光明洞達的境界。

濁惡的社會，人心，也決不能容受「清」、「朗」，必渴望玷污，使成同類。

對「清」、「朗」的賞譽，不消說與古人對水對月的審美經驗相關。清風朗月，光風霽月，「水」之清澈，「月」之明亮柔和，更近於士夫所以為「美」的極致。人處濁世難免會有對豁朗清明之境的嚮往。而水、月以及同其為「朗」的人，使人間見出光潔，那光又不至於日光似的叫人暈眩，是士夫可期由此世得到的溫柔的撫慰。傳統的士夫，其生命力像是不大健旺，其所能承受的「美」，亦與其心性相應。現代人對人的意境自然別有嗜好，且都會已在乾裂；在水泥叢林與輝煌燈火中，那一輪月也不能不愈見柔弱而蒼白。

魏晉人對於人的容貌的公然坦然的欣賞，也應讓現代人慚愧的吧。現代人在此種場合，常不免於忸怩與虛偽，無論對於同性抑異性──尤其對於同性。我因而由遙遠的古代，讀出了健全的心理與明朗的語言氛圍，讀出了一片如此充滿審美愉悅的感覺世界。

# 十三

以貌取人，也算得上極古老的偏見的。甚至皇上老子，也不能免俗。本來皇上也是人，如你我。你總不見得會不喜歡一張令人愉快的

臉。《墨子・尚賢》批評最高權力者，說其「面目佼好，則使之，豈必智且有慧哉」，《明史》裡就有現成的例子。該書卷一百二十六李景隆傳，記李「長身，眉目疏秀，顧盼偉然。每朝會，進止雍容甚都，太祖數目屬之」。皇上觀感的非同小可，正因關乎其人的官運。同書卷一百九十六夏言傳即曰：「言眉目疏朗，美須髯，音吐弘暢，不操鄉音。每進講，帝必目屬，欲大用之。」卷二百五十七王治傳記治「儀錶頎偉」，帝奇其狀貌，「即擢任之」。於是，非本人所可選擇的相貌以及嗓音，對於其人，竟確確實實地有了「命運」的意義。有明一代，取士而以「俊秀」抑「年老貌寢」為甄別，是屢屢見諸銓選的事實。《日知錄》卷十六「擬題」條即提到「年少貌美者，多得館選」；卷十七「恩科」條，也說及銓選的淘汰標準，如所謂「人物鄙猥」，如所謂「殘疾貌陋不堪」等。

但皇上老子對臣下的臉的興趣，不大像是出自純粹的審美熱情。古代中國極其發達的命相學，正如其名目所標，是研究「相」與「命」的關係的大學問。而在朝廷政治中，其「相」所關，被認為即國家命運。清人金埴《不下帶編》卷三記其時皇上放官選將的「口敕」「某漢仗好」，「某漢仗去得」，即系對其人「祿命」的權威性判斷。該條說：「唐李臨戎命將必訾相，其奇龐福艾者，遣之。或問故，答曰：『薄貌命寢之人，不足與圖功名。』此即今之漢仗與才具也。」至於因悅而「嬖」，使「奸佞」得以濁亂朝政，雖古今同憤，卻仍不過證明了那皇上老子也是人而已。

正是在「命相」的意義上，對「殘疾」、「貌寢」的歧視，較之對「美風儀」的寵愛更深刻。視「殘」與「畸」為不祥，是那時代皇上與草民共用的偏見。《韓非子・亡徵》以「女子用國」與「刑餘用事」並論，均應根於男性中心社會有關「殘缺」的神秘觀點的。司馬遷《報任安書》所謂「身殘處穢」、「刀鋸之餘」，真沉痛之至。「虧體

辱親」，人所不齒。但我疑心「虧體」云云，半是藉口。未便明言的，也應有傳統社會對「不常」、「異類」的根深蒂固的恐懼的吧。

明太祖本人的發跡，竟也與他那張據說其貌不揚的臉有關。《明史》郭子興傳即記有郭氏因「奇」朱元璋之「狀貌」，而將他收至帳下的一段故事（卷一百二十二）。元末群雄之一的徐壽輝，也因狀貌之「奇」，而被推舉為主。這裡的標準不是美而是「奇」——應系大英雄（或曰大盜）當起事之時特有的關於相貌的一種迷信。

甚至「賊」，對其「臣」的相貌也同樣挑剔。《明季北略》卷之二十二記「從逆諸臣」中的劉餘謨，說其「以貌不當賊意」，由庶起士「改順天偽教」。而李自成本人，據同書說，「貌奇陋，眇一目」（卷之二十）。

## 十四

以貌取人，在人類生活中如此普遍，只不過古人做得更坦然也更公然罷了。

據王鏊《震澤紀聞》，後來頗顯赫的李東陽，也曾有過被「時宰」所歧視的經歷：其人雖「字畫遒美，詩詞清麗，盛有時名，作為詩文殆遍天下。然以貌寢，好詼諧，不為時宰所重。」《明史》卷一百四十三，則記有與後來的「王學」大將同名的王艮因「貌寢」，科試「對策第一」而被易以他人的故事。這倒多半是臣下在迎合皇上的意旨。

當然每有偏見，必有其逆反。《抱朴子》於此，也標出不同於《世說》的另一種趣味，像是在處心積慮地敗壞名士們的雅興。其《行品》篇即說：「士有顏貌修麗，風表閒雅，望之溢目，接之適意，威儀如龍虎，盤旋成規矩，然心蔽神否，才無所堪，心中所有，

盡附皮膚。」──即中看不中用者。《清鑒》篇也說：「欲聽言察貌，
則或似是而非，真偽淆錯」；「夫貌望豐偉者不必賢，而形器尪瘁者不
必愚」。你可以承認，這裡有更深刻的經驗，只不過與《世說》非屬
同一文化意境，因而不便比較而已。

　　世俗社會不消說更有對「貌」的歧視，亦俗世的一種勢利。我童
年時，每見市井頑童對盲人、畸殘者的捉弄，與書寫在胡同牆壁上的
淫穢符號一起，都屬於我個人關於「兒童的殘忍性」、「兒童的惡」的
最早的經驗的。近年來「開放」了，但在有些方面，今人仍不見得比
古人高明。前幾年流行的關於擇偶的身高標準，即一例。當然，擇偶
較之朝廷用人，其輕重已不可比較。近幾年開始了面試錄用，自會為
人才的面世打開方便之門，但我怕上述那種古老文化，也會因而「復
興」。這是否過慮？

# 十五

　　上文已說到了儒家及「之徒」。應當承認，正是他們，將有關
「形」與「神」的經驗理論化了。被後儒徵引不已的《禮記》卷六
《玉藻》篇所謂「九容」[1]，到宋明已成修身教科書，且更加具體
化。即如所謂「目容端」，即具體化為視線「上於面、下於帶」，更具
體化為「視不離乎袷帶之間」，據說「上於面則傲，下於面則憂，傾
則奸（傾，斜視也）」，而袷帶之間，「此心之方寸是也」（參看《明儒
學案》卷五十二）。這一番標準化製作的成績，自然會是如魯迅所說
「兩眼下視黃泉，看天就是傲慢，滿臉裝出死相，說笑就是放肆」

---

[1] 「九容」謂「足容重，手容恭，目容端，口容止，聲容靜，頭容直，氣容肅，立容
　德，色容莊」。

（《忽然想到》五）。但儒者的想像力也仍有足令今人佩服者。如說古之君子佩玉，「在車則聞和鸞之聲，行則鳴佩玉，是以非辟之心，無自入也」（《禮記・玉藻》）。

至於由內（神）作用於外（形），《荀子》以為，是可經由「學」達成的。其《勸學篇》即說：「君子之學也，入乎耳，箸乎心，布乎四體，形乎動靜，端而言，蝡而動，一可以為法則。小人之學也，入乎耳，出乎口，口耳之間，則四寸耳，曷足以美七尺之軀哉！」「學」以「美七尺之軀」，這意思不也值得現代人體味？

據此，你已經知道了上述訓練的目標決非止在「儀態」。明末大儒劉宗周即說：「天命之性不可見，而見於容貌辭氣之間，莫不各有當然之則，是即所謂性也。故曰：威儀所以定命。」（《人譜》續篇三《證人要旨》）

「紛吾既有此內美兮，又重之以脩能。」你也會認為，對「完美」的無厭追求，永遠是人類自身發展的動力。當然現代人已不必懂得什麼「禮儀三百、威儀三千」；「九容」，一類訓練之為戕賊人性也不言可喻。但你仍不妨承認，關於儀態服飾之於精神的作用，基於極細心的體察。這裡確有古人研究得頗為精到的一門學問。你想，古代的儒者無須懂得物理化學，苦心孤詣在規範人的行為，其思理焉能不入於精微！

# 十六

對於性情的鑒賞，較之對容貌的，一向有更大的難度。

欣賞性情之難，也因性情較之形貌，人所以為「美」的標準更難一致，甚至對聖賢。「亞聖」何許人！宋儒卻說「孟子有些英氣。才有英氣，便有圭角。英氣甚害事」。且將孔孟比作玉與冰、水精，以

為「冰與水精非不光，比之玉，自是有溫潤含蓄氣象，無許多光耀也」（《四書集注・孟子序說》）。上述比較或適足以證明「後儒」心性的柔弱，但你仍不妨佩服那種辨識細微差異的能力。

上文已說到傳統社會視「殘」「畸」為不祥。那個社會能夠容忍以至欣賞的「畸」，在「性情」的一面，如世俗所謂的「狂」「怪」，並相沿而成一種趣味。「歸奇顧怪」（歸，歸莊；顧，顧炎武）、「倪迂」（倪，倪瓚）一類說法，幾於無代無之。以至到明清之際，迂執如顏元者，說「偏勝」也何等通達![2]但仍不便誇大這一點。我相信那欣賞與容忍，本身也非常態——更多的「不常」，被過於常態的社會吞噬或消磨掉了。只要看那被人以「奇」目之的歸莊，也以其友顧炎武為「迂怪之甚」，諄諄勸誡其「抑賢智之過，以就中庸」即可知（《歸莊集》卷五《與顧寧人》）。而那有限度的欣賞與容忍，也要拜老祖宗之賜的吧。「子曰：『不得中行而與之，必也狂狷乎！狂者進取，狷者有所不為也。』」（《論語・子路》）「狂狷」與「鄉原」同屬經典性概念，啟示了觀察人性的眼光；其中有關「狂狷」的釋義，又標出了「容忍」的條件與邊界。[3]

最為世人所容忍（這類「容忍」中或從來就有更深的歧視）的，是文人尤其畫家的「怪」。這也多半因了文人自己的誇張，使人相信

---

2　顏元《存性編》卷二《性圖》曰：「全體者為全體之聖賢，偏勝者為偏至之聖賢……宋儒乃以偏為惡，不知偏不引蔽，偏亦善也。」也可讀作夫子自道。

3　上述尺度影響于士人之大，以明清之際為例，即如王夫之的說「江左風流」：「其失也，浮誕而不適於用；其得也，則孔子之所謂狂簡也。狂者不屑為鄉原之曖昧，簡固可以南面者也。」（《讀通鑑論》卷十三）黃宗羲說豐坊之「狂易」，謂其人「眼底無一人當其意者，故其注《六經》，視訓詁為可厭，別出新意僻經，怪說以佐之。然其中驚駭創辟處，實有端確不可易者，乃概以狂易束之高閣，所以歎世眼之如豆也。」（《明文授讀評語匯輯》）在王氏上述言論中，「狂」系「鄉原」的對立物；在黃氏那裡與「狂易」成對照的，則無疑是瑣瑣小儒的「僻固狹陋」。

「怪」是成就其為文人或畫家的條件。這倒暗合了現代心理學有關「精神病與天才」的觀點。清人姚元之解釋「倪迂、蕭尺木輩性不能與人同」，說其人「丘壑幽邃、花竹清閒之氣蘊釀已深，故畫品愈高，而其性愈僻」（《竹葉亭雜記》卷五）。我相信正是這一類說法，鼓勵了文人、畫家尤其偽文人畫家的作怪——即使其文、其畫不足傳，也要造出足傳的故事。我們的祖宗也自有其「廣告藝術」。至於造作故事者的心理，則與今天的藝術家造出「藝術」之前，先披長髮作落拓不羈狀相似。

# 十七

將「色」與「精神」作對立觀，其為偏見同樣古老。我常疑心那些聲稱美與德行、學問不可得兼者，只是出於嫉妒。

曾在一種刊物上讀到對臺灣女學者林文月的訪談錄，其間林女士談到其要證明一個女人的美貌並無妨其博學。對著那刊物上林女士的照片，我竟也發了一會兒癡。真美！但美而博學，畢竟稀有，無論男女——尤其女人。

然而對學人，即俗世也有一份寬容（我也疑心這「寬容」竟是另一種歧視）。顧炎武其貌不揚，似無妨學人對其的崇拜。但事實仍不如此簡單。我們已無從懸揣顧氏本人對其尊容作何感想，其友歸莊倒是一本正經地勸他人「試略其寢貌，聽其高言」（《歸莊集》卷五《與王於一》），可知時人對這大學者的「貌寢」，也決非全不在乎。當然更有可能因了那時的顧炎武尚未負盛名。

到了今天，一個美貌的女人或美風儀的男人而「做學問」，也要被懷疑有病的吧。經大眾文化也經文人文化的製作，「讀書人」的形象早已定型，甚至若不敝衣縕袍、蓬頭垢面，也會令人生疑。你只要

看那些記述學人的文字，常要將不修邊幅作為「勤奮」的證明即可知。上述眼光或已成了學人的心理暗示，使其自以為不便對其形象過於認真。

不妨美貌卻不必美貌的，更有忠臣。

據說史可法「形容猥陋」（參看計六奇《明季南略》卷之三）。同時卻也有「忠」而「美」者，如名將盧象昇。明末的另一忠臣祁彪佳，據說「美風采」，夫人「亦有令儀」，「鄉黨有金童玉女之目」（朱彝尊《靜志居詩話》）。邵廷采為祁氏所撰傳曰：「公美皙而頎，顏如玉人，每出，士女列觀，而憚其英毅，莫敢犯。」文人貌美而無緋聞，大約也要被視為不正常的吧。但忠臣不在此例。上述祁氏之凜不可犯，即忠臣本色──忠臣也可能好色（也是明末忠臣的瞿式耜即此類），但仍以不好色者更像忠臣。

人確可以略形貌而取精神的，但我也仍不願誇大這一點，因其與我的經驗不符。艾絲米拉達畢竟不曾愛上卡西摩多（《巴黎聖母院》）。對形貌的「略」是有限度的。我們都是俗人。

# 十八

儒家之徒對「色」的戒懼，最足為男性的孱弱作證。「子見南子」，子路尚要給他臉色看，逼得夫子指天發誓（《論語·雍也》）：在其徒眼裡，即聖人也如此易於玷污！

男人的孱弱與自憐，還刻畫在「狐媚」這個詞裡。你看那戲臺上夾在兩強（法海與二蛇）間的許仙是何等無辜。真是天可憐見！

《嶺表錄異》（唐劉恂）卷上記白州雙角山下有綠珠井，「耆老傳云：汲飲此水者，生女必多美麗。里閭有識者以美色無益于時，遂以石鎮之。爾後雖時有產女端麗，則七竅四肢多不完全」：婦人的美，

在此地竟類似「公害」。

《儒林外史》第十四回寫馬二先生游西湖，岸上女客「頭上珍珠的白光，直射多遠，裙上環佩，叮叮噹當地響。馬二先生低著頭走了過去，不曾仰視」，到得山門，「那些富貴人家的女客，成群逐隊，裡裡外外，來往不絕，都穿的是錦繡衣服，風吹起來，身上的香一陣陣的撲人鼻子」。馬二先生似仍視若無睹，「橫著身子亂跑，只管在人窩子裡撞。女人也不看他，他也不看女人」──大約只有小說家，才能從中看出「諷刺」來的吧。手邊的《陳確集》中，有記春遊的一節文字，正可相映成趣：「自南鎮至禹廟，婦女塞路。吾三人僂行踽踽，殆無可舒步處，惟仰天看怪松數十樹而歸。」（文集卷八《春遊記》）其狼狽可知。

儒學的道德論，阻斷了由「性」「欲」探究人性的路。「性」之為禁地不必說，儒者說「欲」，即有折中，也難得逾限。上文已說到的山濤妻的窺看，與阮籍的哭兵家女，以及未說到的阮籍的臥鄰女側[4]，均被作為行為上「達」而不逾限的標本（《晉書》阮籍傳於此所下的評語是：「其外坦蕩而內淳至，皆此類也。」）；這裡不可能有「性心理」這一角度。於是小說趕來補了闕，那裡可不乏赤裸裸的「性」，因剝光了一切所謂禮義廉恥而無所忌憚的「欲」。

人如此地懼怕「人」！懼怕「人」的人，自不敢走向「人」。懼怕「人」的人群中，也自不會有真的人。於是狂人說道：「難見真的人！」（魯迅《狂人日記》）

畏「欲」如虎，畏「色」如虎──或者只是做作出來的懼意，指縫後面，正有窺視著的眼睛。但在此「限」後，男人不可能真知女

---

4　《晉書》阮籍傳：「鄰家少婦有美色，當壚沽酒。籍嘗詣飲，醉，便臥其側。籍既不自嫌，其夫察之，亦不疑也。」

人，即男人又何嘗能真知男人！人不可能認識人自己。人世間所有的，是卑怯神情，與曖昧氣氛，是交頭接耳、切切察察，是飛語流言出自牆根壁角。

同樣是文學，古今的，卻一再神情詭秘地告訴你，真的人的孑遺保存在萑苻、叢莽間，在化外、法外，以至通常所謂「人類」之外……[5]

# 十九

正在讀明清間人的文字。活在那個嚴峻的時代，處在那樣嚴酷的政治中，士人的人倫識鑒，不能不別有一種重量之感。

宋明儒那裡「天理」「人欲」、「道心」「人心」、「義理之性」「氣質之性」、「先天」「後天」、「已發」「未發」一類熟濫話頭，確不像在通往人性，倒像是蓄意阻斷向著「人」的探求；但士人仍未喪失經由經驗辨析世情人性的能力。如王夫之《俟解》的「陳白沙、莊定山論」，就正有儒者式的對差異的敏感。[6]其說「樂違人者，決於從人。一有所從，雷霆不能震，魁鬥不能移矣」（《讀通鑒論》卷二十四）；其說「蓋其厚有所疑者，唯其深有所信也」，「夫人之多所疑也，皆生

---

5 這幅圖畫似過於黯淡。顧炎武本人貌陋，言及女人的容貌，見解卻頗不陋。《日知錄》卷三「何彼穠矣」條曰：「古者婦有四德，而容其一也，言其容則德可知矣。（原注：《說苑》引書五事，一曰貌，貌者男子之所以恭敬，婦人之所以姣好也。）故《碩人》之詩，美其君夫人者，至無所不極其形容；而《野麇》之貞，亦雲『有女如雲』。即唐人為妃主碑文，亦多有譽其姿色者。（原注略）豈若宋代以下之人，以此為諱而不道乎！」「宋代以下」，自與道學有關。從來世愈衰，忌諱也愈多；風氣愈偽，士人的心性愈孱弱，言論也愈「道德」。

6 這裡的靈感也得自儒家經典。《孟子·公孫醜》：「伯夷隘，柳下惠不恭。隘與不恭，君子不由也。」

於不足」（同上）；其說「強者力足以逞而怨憤淺，弱者怨毒深」（同書卷二十七）；其說「君子之道，有必不為，無必為。小人之道，有必為，無必不為」（《宋論》卷六），均系明於世情洞見人心之言。至於「廉吏以廉自標舉，氣矜淩物，苛刻待下者，其晚節必不終」（《搔首問》），更是經驗之談。明清之際是個戲劇性的時代，士人也樂為誇張的表演。一時大儒卻賴有「中」這一尺度，保有了對時尚的批判意識。

　　黃宗羲是明末三大儒中最有文人氣味者，其碑銘文字所顯示的對人、事的理解力，決不在一時文人之下。如說其弟黃宗會（澤望）的自虐，曰「隘則胸不容物，並不能自容」（《縮齋文集序》）。黃宗羲本人並不「隘」，無寧說靈活稍過，[7]卻不妨其讀「隘人」。其評張居正文，說其《答五臺書》「純是一片殺機」，說「此老胸中，真有利刃」（《明文授讀評語匯輯》），也算得上善讀政治家的吧。

# 二十

　　其時文人的讀人論人生，亦十足文人方式。錢謙益說：「余惟唐、宋以來，名人魁士，以風流儒雅為宗者，若李公、米南宮、趙魏公之流，其標置欣賞，往往在勳名德業之外，無當於世用，而世顧不可少焉者，何也？」其回答是，生命世界的豐富性，與人的需求的多樣性（參看《李君實恬致堂集序》，《牧齋初學集》卷三十一）——儘管「無用」之為「用」，仍不能全出「用」這一價值尺度。至於儒者所深懼的「玩」（「玩物喪志」的「玩」），錢氏說：「古之人逬者（通

---

7　黃宗羲自說「賦性偏弱，迫以饑寒變故，不得遂其麋鹿之一往，屈曲從俗，姑且不免……」（《前鄉進士澤望黃君壙志》）

「嗜」）逐好，至於破塚發棺，據船墮水，極其所之，皆可以委死生、輕性命。玩此者為玩物，格此者為格物，齊此者為齊物。物之與志，器之與道，豈有兩哉！」（同書卷三十三《琴述敘》）錢氏在此，說的是「古之人」。這一種非世俗所謂「功利」，目的像是只在生命高揚、激情發越，而「糾纏如毒蛇，執著如怨鬼，二六時中，沒有已時」（魯迅《雜感》），以至為淋漓盡致的高峰體驗不惜「一擲」者，或當錢氏發此議論之時已然罕見。「文化過熟」的民族及其「實用理性」，甚至不大會是「文人文化」的適宜土壤，雖然看起來像是滿世界都是「文人」。

正是文人所堅持的非功利性，補了儒者、功名之徒文化心態的偏畸，否則古代中國有關「人」的認識土壤，將會何等貧瘠！

## 二十一

「明亡」這一巨大事件，刺激了對於「人」、對於「理想人格」的尋找。如王夫之史論以說大臣、「社稷臣」，表達其政治人格期待，將那意境結構得何等完整！

有農民般迂執的顏元，將此「尋找」也落在了實處：他竟赴中州「閱人」。

由人群中覓不到，即向山野去找，向邊鄙去找。劉獻廷《廣陽雜記》的記山水，何嘗不是讀人！不滿於吳中人文的熟軟，即尋訪至湘至鄂至贛。顧炎武、屈大均，更尋訪到邊塞，向荒寒處尋找人的雄強、堅忍，尋找被認為失卻了的人性力度與對於萎弱人性的批判力量。最終，那又不能不是向著自身的尋找，尋找的無非是其所心儀、所向慕，是原即存在其心中的那段精神。因而讀山水又是自讀、自我詮釋與表達。

吾與我晤對，吾向我傾倒其情懷，孤獨而又悲壯。

幾乎每當歷史變動之際，都有對「人」的尋找——清末民初，本世紀二三十年代，以至所謂「新時期」。這本應是一種永遠的尋找。我想問的是，我們是否真的不曾放棄過尋找？我們還能否讀懂那種尋找者的情懷？我們是否還保有為這種尋找所需的莊肅心情？如果我們自以為在尋找，我們果然知道要找的是什麼嗎？

一九九五年五、六月

# 乏味

　　你知道在家庭生活中，怎樣的缺陷是最令人難以忍受的？我以為是，乏味。你受不了你的妻子，因為她瑣碎、嘮叨，因為她有太多的小計畫、小安排，將你的休閒時間分割得零零碎碎；你甚至常常憤憤地想逃出去，把你的妻子與她的嘮叨永遠地拋在後頭。但當你客中獨處，你又會想念起那些瑣屑來。你已有了足夠的餘閒，只是又太空閒了，你的生活一下子變得空空蕩蕩，無著無落。你於是感到了你前此從未感到過的需要，你需要一點小零碎來填充空虛——這其實是我代那些作丈夫的想像出來的，我根本不知道事實是否真的如此。我只是忽而有點同情我的丈夫，因為我越來越意識到，作為妻子，我是太乏味了。

　　我說不清楚這乏味是怎麼來的。在活了大半輩子之後，才意識到自己的不會玩是一種病。我幾乎不能參與任何一項遊戲，包括最通俗化的牌戲「拱豬」。前幾年隨中直機關的「講師團」下鄉支援教育，在家鄉河南的一座正在建設中的小城待了兩個月。那裡實在沒有任何娛樂設施，供我的年輕同伴消磨時間。晚飯後，大家會結伴在沒有路燈的街上閒逛，更多的時候，只能聚在宿舍裡「拱豬」。「拱」到高興時，會有一位小夥子到走廊上宣佈：「偉大的時刻來到了！」召喚大家觀看某人鑽桌子。我在這種時候，必待在自己的宿舍裡，儘管也要忍俊不禁。

　　能記得起來的遊戲還是在所謂的「兒時」，比如小學時的准軍事遊戲「偷營」、「奪紅旗」之類，真是既興奮又刺激。那時的少先隊實

在可愛，有時你會覺得，這組織仿佛只是為了夏令營、篝火晚會等等而設置的。當然你也要先能加入。那年月，即使加入這種「少兒」組織，也有一套「考驗」之類的複雜程式，像是只為了在兒童中劃分後來所謂的「左中右」。而我自己另有一點與這組織有關的不愉快的經歷。那是在五七年末或者五八年初，我被突然宣佈「罷免」了少先隊大隊長的職務，理由是不能與「右派」母親劃清界限。當時我讀小學六年級。從那時起，我及與我處境類似的同學，一再被教導要「劃清界限」，對於如何個「劃」法，我卻始終想不大明白。「劃」，當然是好事，具體的「操作」呢？是否要離家出走，或竟從此不認這個母親？話說得遠了。我們仍然來說遊戲。在少先隊之前，更早的記憶裡，還有開封胡同裡的頑童遊戲。信不信由你，當年的我曾經是那半條胡同的孩子王，瘋玩起來，是很不缺乏想像力的。那麼，我是打什麼時候起乏味了呢？

對丈夫的興致勃勃，我有時竟懷了隱隱的嫉妒。他是宿舍樓上的孩子們所歡迎的「王爺爺」。能贏得孩子的心，從來是一種難得的稟賦；能和孩子們一起玩到忘情的，必是未失真率的人。而我不行。孩子們在喊他們的「王爺爺」時，通常對我這位「奶奶」視若無睹。我何嘗不愛孩子！我只是乏味而已。

丈夫又以孩子樣的興趣，愛及一些小動物。關於對樓陽臺上的一群鴿子，他那裡隨時有新的故事。如若某對鴿子夫婦在別家的陽臺上作了窩，那對夫婦連同小鴿子的命運，即成為持久關注的對象。有燕子在鄰居簷下作窩，令他豔羨不已；觀察既久，他斷定燕子是喜歡在鐵絲上起落的，特地買了鐵絲扎在陽臺上。

結婚之初，我就常常用了蒼老的眼神，看丈夫這類孩子氣的舉動，看他在諸種遊戲中的投入，看他對其嗜好的如癡如迷，儘管我比他年輕。明人張岱說過人無癖不可與交，以其無深情（大意）的話，

實在是精於識鑒者之言。有嗜欲，有對於生活的「享用」態度，有心境的從容與寬裕，才有所謂的「生機流溢」。

後來，我把對於丈夫的好興致、他的善於「找樂」的欣賞，寫在了一本談「北京人」的書裡，雖則他並非北京人。在那本書裡，我欣賞的更是一種生存方式與生活態度，這態度在這個「匱乏」的社會裡尤為有益。當然我也並不打算改變自己。差異使人生豐富──倘若你能保持一種鑒賞態度的話。你的經驗是否也如此？

一九九四年四月

# 從前，有個老頭和他的老太婆

「從前……」

我兒時讀過的童話故事幾乎都這樣開頭，令人覺得有趣好玩的事都在「從前」發生過了。但一個「老頭」和「他的老太婆」卻是太過基本的情境，以至在不好玩的現在還隨處可見那些亞當和夏娃的老態龍鍾的後代們。突然想到老亞當和老夏娃是個什麼樣子，是否也一樣地皺皺巴巴，相互攙扶著，在伊甸園外蹣跚地遊逛。

「從前，有個老頭和他的老太婆，

住在蔚藍色的大海邊。」

那是小學語文課上慣用的分角色朗讀，我分到的，是老太婆，對那個扮演「漁夫」的男孩子尖聲尖氣地嚷著：「你這個蠢貨，你這個傻瓜！」我不知現在的孩子讀些什麼，是否還知道「普希金」這個名字，是否如我當年那樣，在語文課堂上朗讀這種敘事長詩時，被那「蔚藍色的大海」與小金魚（而非老頭和老太婆）所激動。我只覺得現在的孩子有太多的誘惑與滿足，這使得他們大大地早熟了。我有時竟由一些孩子那裡，發現一種看穿了世事似的蒼老神情。

一天，老頭打上了一條金魚，於是，生活中固有的平衡永遠地喪失了。這故事很合于古中國聖賢的訓誡：及其老也，血氣既衰，戒之在得；雖然普希金的教訓不只是寫給老人的。「鄉村的中國」與「鄉村的俄國」，直到不久前，還那樣地呼吸相通。

當年扮演老太婆的女孩，在幾十年後成為老太婆時，有時會暗自驚訝於人際遇合的奇妙。那樣的兩個人，在各自的軌道上，像兩個絕

無機會相撞的微小星體，繞著或大或小的圈子，直到有一天，它們畫出的圓居然相切了。這終於的相切，又只能追因于「文革」及其後的事件。因而這兩個極其渺小的人的極其偶然的相遇，竟與「大歷史」發生了因果關係。這很誇張，但它是真的。

那是一個初夏的日子，在北大的未名湖邊，他偶然地和她走在一起。他後來告訴她，他是在看到她邊走邊用一根柔長的枝條劃同伴的背時，對她發生了好感的。她此後則一再有機會嘲笑他對異性觀察的膚淺；結句通常是，幸而遇到的是我。

當她在小學語文課堂上扮演老太婆時，「老」字對她還那樣遙遠，她甚至沒工夫想到它。她那時是個貪玩且因功課好而被寵愛著的女孩，她的母親則還年輕，如五十年代其他出色的職業婦女一樣精力充沛。那之後的幾十年間，她終於認識了這個「老」字。在與老人相依的悠長歲月裡，她發現了老人的脆弱，他們的自卑，和要如此艱難才能維持的尊嚴。她自以為讀懂了杜甫的那句不美麗的詩，「貧賤傷老醜」。她也在這時自以為讀懂了「老人」。一次為父母搬家時，她信手丟掉了他們的一件舊物，她後來一直忘不了她的母親失望的神情。她終於想到了沒有權力改變老人的生活，甚至沒有權力損傷他們的記憶。他們的生活所剩不多，你沒有權力代他們揮霍。那條被蟲蛀了的毛毯，那把瘸了腿的椅子，是一份「過去」。當黃昏的餘光照著它們，或許，記憶的某一角就開啟了。那殘陽中的朦朧一角是神聖的，你沒有權力觸碰它。

今年夏天，有位不相熟的姑娘，用了同情的口氣對她說，看到了她在商店裡攙扶著她的母親，「這樣的年紀了，還要照顧更老的老人……」她想，我已在被人悲憫了。但她的更老的丈夫卻像是依然生氣勃勃。當她和他走在一起，手握在他的手裡，會一再重溫最初的感覺，自覺像一個小女孩，手握在小哥哥的手裡，又軟弱又安心。他們

仍這樣手拉著手走過馬路，不理會旁人的注視。丈夫的步態也依然有力。但她也知道，他們會更老的，像不遠處那對相互攙扶著，顫巍巍地穿過鬧市的老夫妻。到那時，他們的手也將粗糙，如疤痕斑駁的樹皮，但握在一起的手，仍會是暖和的。

他們並不常像這樣地回憶過去，丈夫尤其不；他們仍然如過去一樣地忙，沒有工夫一味倒騰陳穀子爛芝麻。他們也不願總用了「過來人」的神氣誇耀貧窮，誇耀苦難，雖然他們並非無可「誇耀」。作丈夫的極偶然地，會用了自嘲的調子，說自己所經歷的。但這是如此稀有，以至她會頓時緊張起來，生怕漏掉了什麼。她或許將永遠沒有機會聽稍為完整一點的丈夫的故事。如果他以為那記憶是只屬於他個人的，她又何必去觸動它？她只要體驗那種手被握著的感覺，就已經滿足了。

這些瑣瑣碎碎的文字，是她寫給他的，將在他六十歲生日的那天，送到他的手裡。這是她送他的一份生日禮物，他喜歡嗎？

　　　　　　　　寫于王六十歲生日前夕一九九三年歲末

# 後記

　　一九九二、九三之交在香港暫住時，居港的朋友勸我寫一點可在當地發表的東西，說經濟上不無小補。這實在是切實的建議，其中包含的體貼，我自然是懂得的。那時我已在打點行裝準備返京，春節在賓館裡，為排遣寂寞，試著寫了幾篇，離港時留了下來。久不寫這種東西，文字的拙以至心境的枯澀，是自己馬上就感到了的。不料那幾篇枯燥的文字居然刊了出來，回到北京，也就寫了下去。此後又由電腦刺激了寫作興趣，即在做學術的間隙，寫點短文以為調劑。寫這被人稱作「散文」的東西，預先並無湊熱鬧的一念，不幸偏偏遭遇了「散文熱」；待到結集，更不幸又適逢「散文」、「隨筆」的被嘲罵。有並不俏皮的俏皮話，說是隨便扔個磚頭，砸著的准是「散文家」。只是嘲罵者所寫，也仍得歸入「散文」或「隨筆」──真是可歎也夫。

　　其實散文的「熱」無需特別的理由。我們所生存的，原是「散文時代」。這只要看新詩的命運即可知。我的友人說到「最後的浪漫」：「在這個沒有唯美主義的世紀末，浪漫主義者已是真正的古人。」那麼「最後的」之外，那種平庸瑣屑，日常性，那些個沒有激情的白天與夜晚呢，散文豈非最現成的收容之所？

　　嘲罵者所嘲罵的，還有散文的私人性。這不大有道理。散文一向較之小說「私人」，比詩「平民」。散文之為人所偏愛，又因其為「私人性」提供的包裝。散文許諾了你以摻了水的「詩意」裝點瑣屑平庸，使日常性顯出可愛，製造一點為生存所需的有關「美」的幻覺。誰說散文的上述文體策略，不暗示著人類的普遍困境與普遍需求？

　　收在這集子裡的，除一兩篇舊作外，均寫於一九九三年之後，是這一時期心境的零碎記錄。其中一些篇，為香港《聯合報》而作的，可由內容與寫作態度看出。其他則刊在《中華散文》、《散文與人》、《雨花》、《小說林》、《當代散文》、《上海文化》、《山花》及《光明日報》、《中華讀書報》、《北京日報》等報刊上。《讀人》一組，寫在最後，原來的想法只在整理一下幾年前所作讀《世說新語》的劄記的，不料將話說遠了。這一種隨便，確也賴有「散文」提供的便利。

　　將這一堆老氣橫秋的文字重讀一過，自己也嗅出了其中衰頹的「世紀末」氣味。在這方死方生的大時代，即使衰頹著的，也應在生命鏈上有其位置的吧。這樣一想，也就坦然。初用電腦的興奮已過，寫作散文也已意興闌珊──這倒更因了我的不自信，與散文行情的漲落無關。這「不自信」業已寫在散文裡，茲不再說。

　　無論用了怎樣的諱飾，印在紙上的，畢竟也是一點生命之痕，自己還是愛惜的。我就把這痕跡留在這裡了。

一九九五年五月

當代名家叢書‧趙園選集　A0502006

# 獨語

| | | |
|---|---|---|
| 作　　　者 | 趙園 | |
| 責任編輯 | 蔡雅如 | |
| 發　行　人 | 陳滿銘 | |
| 總　經　理 | 梁錦興 | |
| 總　編　輯 | 陳滿銘 | |
| 副總編輯 | 張晏瑞 | |
| 編　輯　所 | 萬卷樓圖書股份有限公司 | |
| 排　　　版 | 林曉敏 | |
| 印　　　刷 | 百通科技股份有限公司 | |
| 封面設計 | 菩薩蠻數位文化有限公司 | |

出　　　版　昌明文化有限公司

桃園市龜山區中原街 32 號

電話　(02)23216565

發　　　行　萬卷樓圖書股份有限公司

臺北市羅斯福路二段 41 號 6 樓之 3

電話　(02)23216565

傳真　(02)23218698

電郵　SERVICE@WANJUAN.COM.TW

大陸經銷

廈門外圖臺灣書店有限公司

電郵　JKB188@188.COM

ISBN 978-986-496-042-2

2017 年 7 月初版

定價：新臺幣 400 元

如何購買本書：

1. 劃撥購書，請透過以下郵政劃撥帳號：

　　帳號：15624015

　　戶名：萬卷樓圖書股份有限公司

2. 轉帳購書，請透過以下帳戶

　　合作金庫銀行　古亭分行

　　戶名：萬卷樓圖書股份有限公司

　　帳號：0877717092596

3. 網路購書，請透過萬卷樓網站

　　網址 WWW.WANJUAN.COM.TW

大量購書，請直接聯繫我們，將有專人為您

服務。客服：(02)23216565 分機 10

如有缺頁、破損或裝訂錯誤，請寄回更換

國家圖書館出版品預行編目資料

獨語 / 趙園著.-- 初版.-- 桃園市：昌明文
化出版；臺北市：萬卷樓發行, 2017.07
　　面；　　公分.-- (當代名家叢書. 趙園選集；
A0502006)
ISBN 978-986-496-042-2(平裝)
855　　　　　　　　　　　　　106011525

本著作物經廈門墨客知識產權代理有限公司代理，由北京師範大學出版社（集團）有

限公司授權萬卷樓圖書股份有限公司出版、發行中文繁體字版版權。